KB074836

초초난난

초 초
난 난

비밀을 간직한 연인의 속삭임

오가와 이토 장편소설

권영주 옮김

RHK
알에이치코리아

차 례

새
봄

—

　미나리, 냉이, 떡쑥, 별꽃, 광대나물, 순무, 무. 새하얀
죽에 잘게 썰어 넣으니 그곳만 봄이 됐다.

　새해가 되어 일을 시작하는 첫날, 난로에 일곱 나물죽
을 올려 끓였다.

　아까 부엌에서 일하다가 안뜰의 납매에 꽃이 핀 것을
발견했다. 가느다란 가지에 노란 꽃이 드문드문 봉오리
를 벌리고 있었다.

　죽을 다 먹고 화로에 다가앉아 설에 먹다 남은 달콤
한 검정콩조림을 요구르트에 섞어 먹는데, 누가 문을 똑

7

똑 두드렸다. 작은 노크 소리로 보아하니 마도카 씨였다. 커튼을 걷고 미닫이문을 열자 아니나 다를까 소녀처럼 귀여운 옷을 입은 하스미 마도카 씨가 서 있었다.

"어머나, 예뻐라."

마도카 씨는 내가 입은 매화 무늬 기모노를 칭찬하며 가게 안으로 들어왔다.

아침에 추웠는지 수반에 살얼음이 얼었다. 며칠 전 산책길에 주워 온 홍백 무늬 동백꽃이 늠름하게 그 위에 꽃잎을 펼쳤다.

"새해 복 많이 받으세요."

신발 벗는 곳으로 내려가 정중하게 머리를 숙여 인사했다.

"올 한 해도 잘 부탁드립니다."

마도카 씨는 늘 그러하듯 마루턱에 살짝 걸터앉았다.

나는 서둘러 방석을 깔아 주었다. 체구가 작은 마도카 씨는 댓돌에 발을 올려놓으면 그 자리에 딱 들어맞는다. 선명한 파란색의 예쁜 발레슈즈가 세련된 마도카 씨와 잘 어울렸다.

"이거 받아. 설 선물이야."

마도카 씨는 털실로 짠 조끼 속에 손을 넣더니 녹색

꾸러미를 품에서 꺼내 다다미 위에 살포시 놓았다. 근처에 있는 일본 과자 상점 도린도의 포장지였다.

"고지카(야채나 과일을 설탕으로 조린 도린도의 과자)야. 입에 맞으려나."

"커피 내올게요."

일어나 화로에 올린 쇠 주전자의 물이 끓는지 확인했다. 같은 동네에 사는 마도카 씨는 가끔 이렇게 과자를 주러 들른다.

아들 부부와 함께 사는데 며느리와 잘 지내지 못하는지 한 지붕 밑에서 따로 생활한다. 과자를 1인분만 사기 어색하다며 늘 내 몫까지 사 온다. 그 자리에서 같이 먹을 때도 있고, 손님이 있어 내가 바쁠 때면 반 나눠 가져가기도 한다.

내가 포장지의 끈을 풀려 하자 마도카 씨는 화로에 손을 쬐며 "아냐, 괜찮아. 이건 설 선물이니까. 시오리 혼자 나중에 천천히 들어. 난 커피면 돼."라고 말했다.

지은 지 육십 년 가까이 된 이 집은 화로와 난로를 둘 다 동원해도 사방에서 웃풍이 불어 들어 추위가 뼛속까지 스민다.

나는 커피를 두 잔 준비한 뒤 검정콩요구르트를 마저

먹었다.

"시오리, 설은 어떻게 지냈어?"

갓 끓인 커피를 마시면서 마도카 씨가 내 얼굴을 가만히 보았다.

"본가에 인사하러 하루 다녀오고 나서 내내 여기 있었어요."

나는 본가라는 표현이 적절한지 생각하며 대답했다.

"조용해서 외국 여행이라도 갔나 했지 뭐야."

"외국은요. 초사흘에 겨울 모란 보러 우에노 도쇼 궁에 다녀온 게 다예요. 나머지는 책도 읽고 연하장 답장도 쓰고 그랬죠."

"봄철 모란도 좋지만 겨울 모란도 특별하지. 특히 눈 오는 날엔 더. 죽은 남편도 아주 좋아해서 눈이 오면 함께 자주 보러 갔었는데."

마도카 씨는 그때를 그리워하듯 눈을 가늘게 뜨더니 "겨울의 모란, 가슴속 몰래 감춘 사랑이어라." 하고 즉흥으로 하이쿠를 지어 읊었다. 우에노 도쇼 궁의 모란 정원에는 꽃과 함께 하이쿠를 적은 목판이 장식되어 있다.

마도카 씨의 하이쿠를 듣자 지푸라기로 만든 바람막이 아래 추운 듯 얇은 꽃잎을 펼치고 있던 '하치요'라는 연분홍색 모란이 떠올랐다.

"그러고 보니까 하나는 잘 지내고?"

"네, 뭐, 여전해요."

마도카 씨와 동생 하나코는 묘하게 죽이 잘 맞는다.

내 눈에는 어떻게 봐도 길거리 어릿광대만 같은 하나코의 기모노를 마도카 씨는 예쁘다고 칭찬한다. 마도카 씨의 마치 올리브 소녀(1980~90년대 일본 잡지 《올리브》를 애독하던 여자 중고생 독자들을 일컫는 말) 같은 차림새를 하나코는 귀엽다며 눈을 반짝인다. 서로가 상대방의 패션 센스를 존경하는 듯, 예의 차리는 데에 전혀 관심 없는 하나코도 마도카 씨에게는 존댓말을 쓴다.

마도카 씨는 한 시간쯤 잡담을 하다 갔다. 늘 보는 뉴스쇼가 시작할 시간이라고 했다.

나는 도쿄 시타마치의 모습이 남아 있는 야나카라는 동네에서 앤티크 기모노를 판매하며 살고 있다. 세 칸이 나란히 붙은 집은 일층이 점포, 이층이 살림집이다. 가게 이름은 히메마쓰야다.

아무 연고도 없는 곳에 갑자기 가게를 내어 제로부터 시작했지만 친절한 동네 사람들, 그리고 나처럼 타지에서 온 이들의 네트워크 덕에 간신히 지금에 이르렀다. 앤티크 기모노를 좋아하는 젊은 사람들도 조금씩 늘어나, 인근 카페나 갤러리에 놀러 왔던 이들이 훌쩍 들어와 기모노를 사 가기도 한다. 넉넉하지는 않아도 의식주 걱정 없이 이럭저럭 혼자 해 나가고 있다.

아직 명절 기분으로 집에 머무는 사람이 많은지 손님은 많지 않았다. 문을 열자마자 여자 손님 둘이, 그로부터 한 시간쯤 뒤 프랑스에서 관광하러 왔다는 가족이 왔지만, 매출은 처음에 온 여자 손님 중 한 사람이 산 검은색 면벨벳 버선뿐이다. 뭐 어쩌랴, 생각하며 부지런히 현관 앞 낙엽을 쓸었다.

수반의 살얼음은 그새 다 녹았다. 홍백 무늬 동백꽃 아래로 물속을 들여다보니 금붕어가 하늘하늘 헤엄치고 있었다. 빨간 것이 후쿠, 검은 것이 긴타로. 몇 년 전 스와 신사의 여름 축제에서 데려왔다. 길고양이에게 공격당하지 않고 살아남아 지금은 수반 속을 유유히 헤엄쳐 다닌다.

집 앞 청소도, 화분 손질도 끝나고 가게 안으로 돌아오니 오후 세 시 반이었다. 마도카 씨가 준 과자를 먹으며 잠깐 쉬려는데 실례합니다, 하는 남자 목소리가 들려왔다. 순간 아버지인 줄 알았다. 특별한 관을 통과해 울리는 듯한, 클라리넷의 저음을 닮은 듣기 좋은 목소리. 설마 아버지가 왔나 생각하며 돌아보니 낯선 남자가 머뭇거리는 표정으로 미닫이문 사이로 얼굴을 내밀었다. 그때, 두둥실 매끄러운 바람이 날아오른 듯했다.

"어서 오세요. 들어오세요."

정신을 차리고 명랑하게 인사했다. 목소리 느낌은 아버지와 똑같은데 외모는 전혀 딴판이라 이상하게 느껴졌다.

남자는 무거워 보이는 배낭을 다다미 바닥에 내려놓고 작은 목소리로 실례합니다, 라고 중얼거린 뒤 구두끈을 풀고 신을 벗었다. 신을 한옆으로 가지런히 모아 놓고 다시 일어서더니 공기를 어지럽히지 않으려는 듯 조심스럽게 한 발짝씩 걸었다. 그는 기모노가 진열된 선반 앞에 멈춰 서서 망설이듯 몇 번이고 손끝으로 기모노를 만져 봤다.

"찾는 게 있으신가요?"

조용히 다가가 묻자 남자는 허둥지둥 "아, 아뇨, 저, 기모노를 찾습니다만." 하고 대답했다.

"어떤 기모노를 찾으시는지요?"

"남자 것도 있습니까?"

"남성용 기모노는 저쪽에 있답니다."

나는 안쪽 선반을 가리키며 대답했다. 남성용 기모노는 수요가 많지 않아 가게 맨 안쪽에 가지런히 쌓아 두었다. 남자는 안심한 얼굴로 다시 배낭을 고쳐 메고 다시 조심조심 안쪽으로 걸어 들어갔다.

"실은 신년 다회에 입고 갈 옷을 찾거든요."

"다도를 배우세요?"

"아직 초보이긴 합니다만……."

남자는 다소 긴장한 표정으로 말했다.

다회에서 입을 하카마(통이 큰 하의)는 친구에게 빌린다고 했다.

나도 옆에 정좌하고 앉아 기모노 찾기를 거들었다. 오래된 작업복이나 오키나와 마직물 같은 것은 있지만 남자가 바로 입을 수 있을 만큼 상태가 좋은 것은 많지 않았다. 기모노를 찾는 젊은 여자는 꽤 늘었어도 젊은 남자는 거의 없다. 히메마쓰야에 있는 남성용 기모노도 실용적이라기보다는 취미에 가까운 것들이다.

그런데 아래쪽에서 상태가 괜찮은 게 하나 나왔다. 단고 지리멘(기모노 옷감으로 많이 사용되는 일본 단고 지방의 견직물)이니 어떤 다회에도 어울리거니와 언뜻 보기에 얼룩졌거나 올이 풀린 곳도 없었다. 기모노를 빼서 남자에게 직접 대보니 색도 나쁘지 않을 듯했다.

외투를 입고 있어 잘 알 수는 없었지만 얼굴로 보아 살이 너무 쪘거나 마르지는 않은 것 같았다. 사이즈는 대략 문제없어 보이기에 검은 외투와 짙은 갈색 코듀로이 재킷을 벗고 거울 앞에 서 보게 했다.

남자는 재킷 안에 랄프 로렌 스트라이프 셔츠를 입고 있었다. 나도 같은 브랜드의 카디건이 있는 터라 친근하게 느껴졌다. 가까이 다가가자 목 근처에서 과일처럼 싱그러운 향이 났다.

그의 뒤로 가 기모노 옷깃을 들고 어깨에 살짝 걸쳐 보았다. 처음에 들어왔을 때는 나와 그리 차이가 없는 줄 알았는데, 가까이 서 보니 남자가 나보다 머리 절반 정도 컸다.

머릿속으로 남자의 키를 가늠하며 발돋움을 해 소매에 팔을 끼웠다. 남자는 종이접기 인형처럼 두 팔을 옆으로 벌린 채 가만히 있었다. 둘 다 거울을 보고 선 상태로 내가 뒤에서 손을 뻗어 허리 부근에서 겉섶과 안섶을 교차시켰다. 요추 위로 보조 띠를 두 바퀴 매어 보니 근육이 잘 발달된 체격이라는 것을 알 수 있었다.

"아주 잘 어울리시는데요. 멋있으세요."

인사치레가 아니라 진심으로 말했다. 밝은 녹색 기모노가 정말 잘 어울렸다.

"처음 입어 보는 거라 쑥스럽군요."

남자가 처음으로 살짝 웃었다.

"기모노는 익숙해지는 게 중요하니까요."

내가 그렇게 말했을 때 옆에 둔 배낭 주머니에서 휴대폰이 부르르부르르 진동했다.

"잠깐 실례합니다."

전화를 건 상대방이 누군지 확인하더니 남자의 미간에 주름이 잡혔다.

통화가 길어질 것 같은지 남자는 기모노를 입은 채 신을 신고 밖으로 나갔다. 날은 이미 저물기 시작했다. 외투도 재킷도 벗었는데 감기라도 들지 않을지 걱정됐다.

처음 온 손님에게 지나친 행동이 아닐까 망설인 끝에 남자의 외투를 집었다. 보기보다 훨씬 가벼운 다운재킷이 내 품에서 조그맣게 쪼그라들었다. 깃털과 깃털 사이에서 좋은 향기가 퍼졌다.

밖으로 나가려는데 통화를 마친 남자가 히말라야삼나

무 쪽에서 돌아왔다. 기모노 차림이 그새 자연스러워졌다. 남자는 허연 김을 내쉬며 미안해하는 얼굴로 "죄송합니다."라면서 들어왔다.

"일 문제로 급하게 확인해야 할 게 있어서요. 근처에 찻집이 있을까요? 노트북을 쓸 수 있는 곳이면 좋겠는데요."

무척 난처한 표정이었다.

"조금 걸어야 하지만 야나카보사나 노마드 카페가 있어요. 그렇지만 명절 직후라 문을 열었을지 모르겠네요. 괜찮으시면 여기 책상을 쓰세요. 오늘은 손님도 별로 없거든요."

남자는 그래도, 하고 어물거리면서 손목시계를 보고 뭔가를 필사적으로 계산했다. 그러더니 죄송합니다! 하고는 배낭에서 소형 노트북을 꺼내 책상에 펴고 작업을 시작했다.

깜박한 건지 불편하지 않은 건지 남자는 기모노를 입은 채 노트북 화면을 보고 있었다. 이 기모노와 연이 있는 모양이라 생각하며 나도 신경 쓰지 않고 연말에 들어온 기모노를 어떻게 할지 고민했다. 하지만 이런 식으로 손님과 시간을 보내는 일은 흔치 않다 보니 긴장해서 숨을 내쉴 때도 되도록 소리가 나지 않게 조심했다. 그 탓에 실제로는 일 따위 머리에 들어오지 않았다.

남자는 휴대폰과 노트북으로 상대방과 여러 번 연락을 주고받았다. 내게는 모든 게 그저 수수께끼 주문 같았다. 휴대폰은 있지만 거의 쓰지 않고 컴퓨터는 아예 없다. 메일을 보내는 법도 모르고 마우스가 뭔지 최근 들어 겨우 알았다. 다만 긴박한 대화가 이어지는 와중에도 남자의 말씨는 줄곧 정중했고, 상대방이 똑같은 질문을 몇 번씩 반복하는 듯한데도 건성으로 대답하지 않았다.

한 시간쯤 지나 남자는 한숨을 크게 쉬며 노트북을 덮었다. 곤혹이나 피로를 의미하는 한숨이 아니라 일이 일단락되어 안도하는 한숨이라는 것을 막연히 알 수 있었다.

"이제야 끝났습니다. 감사합니다."

남자는 머리를 깊이 숙였다. 가게로 돌아왔을 때와는 달리 표정에 생기가 있었다. 남자가 일에 몰두하는 사이에 밖은 완전히 어두워졌다.

"고지카라고, 근처 일본 과자 가게의 과자랍니다."

자신이 여전히 기모노를 입고 있다는 것을 비로소 깨닫고 미안해하며 기모노를 벗은 남자에게 과자를 권했다. 아까 남자와 기모노를 고르면서 이야기를 나누는 사이에 나도 오랜만에 말차를 달이고 싶어졌다.

"저도 전에 다도를 배웠거든요."

찻사발에 더운물을 조금 따라 찻솔을 준비하며 말했다.

"전 이제 막 시작한 참입니다. 시작한 참이라고 할지, 정식 다회는 이번 신년 다회가 처음이고요."

"기대되시겠어요."

"실은 작년에 건강이 안 좋아져서요. 일과 관련된 스트레스 때문이라고 하는데, 디지털의 세계는 버튼 하나로 모조리 사라지잖습니까. 가령 이 기모노가 불에 타면 기모노는 없어져도 재는 남죠. 하지만 컴퓨터로 삭제하면 정말 모든 게 완전히 없어지거든요. 애초에 손으로 만져 확인할 수 있는 게 아무것도 없어요. 그걸 깨닫고 났더니 갑자기 견딜 수 없어져서요. 퇴원하는 길로 다도 교실로 달려갔지 뭡니까. 어머니가 옛날에 다도를 하셔서…… 죄송합니다, 제 이야기를 괜히."

아니에요, 라고 대답하고 싶은데 말이 잘 나오지 않았다.

마음을 진정시키고 차통을 열어 찻숟가락으로 말차를

한 숟갈 반 퍼서 찻사발에 넣었다. 그 순간 정신이 번쩍 들 만큼 상쾌한 말차 향기가 났다. 남자가 아직 과자에 손을 대지 않기에 드세요, 하고 다시 권한 뒤 천천히 쇠 주전자의 물을 따랐다. 하얀 김이 부드럽게 번졌다.

마도카 씨가 아침에 가져다준 녹색 상자에는 당근과 표고버섯, 금귤, 우엉, 셀러리가 들어 있었다. 도린도에 가면 늘 붕어빵을 사 버리는 터라 고지카는 나도 처음이었다.

남자가 설탕에 조린 표고버섯을 먹기를 기다려 찻솔을 놀렸다. 거품을 내며 슬쩍 훔쳐보니 남자는 진지한 표정으로 과자를 씹고 있었다.

"드세요."

찻사발의 정면이 남자 쪽을 향하도록 돌려 정중하게 내어 놓았다. 말차 찻사발은 취미로 도예를 시작한 아버지가 스무 살 생일에 두 개 세트로 만들어 준 도기 찻사발 중 하나였다.

남자는 꿀꺽꿀꺽 소리 내어 단숨에 말차를 다 마셨다. 그는 입가에 거품이 묻은 채 다다미에 두 손을 짚고 검은 찻사발을 열심히 쳐다봤다.

남자가 관심을 보이기에 이번에는 붉은 찻사발로 남

자에게 내 차를 달이게 했다. 한 모금 마시니 모난 데 없이 순하고 고상한 맛이 났다.

"아주 맛있어요."

찬찬히 음미하며 마시고 나서 말하니, 남자는 마음이 놓였는지 매우 온화하게 웃었다. 마지막 거품까지 남김없이 차를 다 마시자 기분이 더없이 부드러워졌다. 남자의 첫인상과 똑같은 맛이었다.

결국 남자는 내내 입고 있던 녹색 기모노와 본견 내의를 골랐다. 어쩐지 기모노도 남자가 입어 주기를 바라는 듯했다. 남자도 그 기모노를 입으니 서양식 옷을 입었을 때보다 늠름해 보였다. 앤티크 기모노에는 가끔 그런 운명적인 만남이 있다.

다만 소매와 기장이 약간 짧아 사이즈 수선이 필요해 보였다. 신년 다회는 일주일 뒤에 열린다고 했다.

"어떻게든 늦지 않게 수선을 맡겨 볼게요."

달력을 확인하며 말한 다음 기모노를 한 번 더 걸치고 치수를 꼼꼼히 재서 적었다.

돌아갈 때 몸을 굽히고 신을 신던 남자가 입구 장롱 위에 놓은 목각 새 장식을 발견했다. 내내 이곳에 놓여 있지만 이 장식이 있는 것을 알아차리는 손님은 거의 없다.

"이게 뭐죠?"

"기우소라고 해요. 근처에 유시마 덴만 궁이 있는데, 그곳 덴진 님의 사자인 피리새를 나무로 조각한 거랍니다. 우리가 평소 무심코 하는 거짓말을 이 애가 사실로 바꿔 준다고 하네요.(일본어로 '피리새'와 '거짓말'이 둘 다 '우소'다.)"

일 년에 한 번, 덴만 궁의 신년 축젯날에 우소 교환이라는 행사가 열리는데 그때 옛 기우소와 새 기우소를 교환할 수 있다. 올해도 새 기우소를 받으러 가야 한다.

"편해서 그만 너무 오래 있었습니다. 수고를 끼쳐 죄송합니다만 수선 잘 부탁드립니다."

"아니에요, 저야말로 즐거웠습니다. 바쁘신데 오래 붙들어서 죄송합니다. 금요일까지는 될 것 같으니 편하실 때 찾으러 와 주세요. 그리고 죄송합니다만 비 올 때는 가게 문을 닫거든요. 번거로우시겠지만 오시기 전에 미리 전화 부탁드려도 될까요?"

기우소 옆에 둔 가게 명함을 남자에게 건네주었다.

"정말 비 오는 날은 쉰다고 쓰여 있군요."

남자는 글자만 있는 명함을 유심히 뜯어보았다. 그러

더니 명함을 주머니에 넣고 그럼, 이라 말하고는 걸음을 빨리해 미우라 고개 쪽으로 사라졌다.

밖으로 나와 남자를 배웅했다. 쪽빛 염료를 탄 것 같은 짙은 감색 하늘 아래 겨울밤이 고요히 번지고 있었다.

기노시타 하루이치로 씨.

나는 방금 알게 된 남자의 이름을 가슴에 새겼다.

이번에는 마음속으로 '木ノ下春一朗'라고 한자로 써서 기억했다.

이름이 근사하시네요, 라고 내가 칭찬하자 기노시타 씨는 봄의 첫 강풍(일본어로 '하루이치반')이 분 날 태어났거든요, 라고 부끄러운 듯 웃으며 대답했다. 웃으면 눈꼬리에 주름이 세 줄 지는, 왼손 약지에 결혼반지를 낀 사람이었다.

신년 다회 전날, 기노시타 씨는 오후 늦게 기모노를 찾으러 왔다. 여전히 무거워 보이는 배낭을 메고 있었다. 외투를 벗고 스웨터 위에 기모노를 걸쳐 수선이 잘 되었는지 확인했다. 기노시타 씨는 오늘도 지난번 셔츠와 같은 브랜드의 고급스러워 보이는 스웨터를 입고 있었다. 보풀 하나 없었다.

"잘 고쳐졌네요. 이제 소매도 기장도 기노시타 씨 사이즈에 딱 맞는데요."

용기를 내어 기노시타 씨, 하고 이름으로 불러 보았다.

"추우시면 긴팔 긴바지 내복을 입으시고, 평소에 착용하시려면 칼라 없는 셔츠를 속에 곁들여 입으셔도 멋지답니다. 옛날 서생 같은 이미지로요."

기모노를 단정하게 접어 옻을 바른 포장지로 쌌다. 끈을 묶어 반으로 접으니 히메마쓰야에서 사용하는 쇼핑백에 딱 맞게 들어갔다.

"내일 즐거우시길 바랄게요."

"보고드리러 오겠습니다."

기노시타 씨가 진지한 표정으로 말했다.

"네, 기다릴게요."

나도 진지하게 대답했다.

"일 때문에 들를 곳이 있는데 JR역까지 가는 길을 가르쳐 주시겠습니까? 전에 이 근처 회사에서 일을 의뢰받아 온 적이 있는데 그새 길을 까맣게 잊어버려서요."

기노시타 씨가 신발 끈을 매며 물었다.

나는 장롱 위에 놓아둔 지도에 손을 뻗었다. 이곳 야나카에는 거리 산책이나 절 순례를 하러 외부에서 찾아오는 사람이 많은 터라 다양한 지도가 있다. 실려 있는 정보가 각각 조금씩 다르기 때문에 그중에서 가장 쓰기 편할 것 같은 지도를 골라 가게에 두었다. 그러나 잠시 생각해 보고 손을 멈추었다.

"저도 볼일이 있어서 야나카긴자에 가니까 역까지 안내해 드릴게요. 닛포리로 가시려면 야나카 묘지를 통과해서 가는 게 가깝거든요. 어차피 가게 문 닫을 시간도 다 됐고요."

애써 자연스럽게 들리도록 그렇게 말하고 나갈 채비를 서둘렀다.

와인레드 색의 긴 코트는 고모할머니가 애용하셨던 것이다. 큰 상가(商家)로 시집가신 고모할머니는 아이가 없었는데 마음이 맞았는지 나를 매우 예뻐해 주셨다. 히메마쓰야를 시작할 때도 가진 기모노를 물려주었을 뿐 아니라 자금까지 마련해 주신 은인이다. 지금은 세상을 떠나 이 코트가 유품이 되고 말았다.

보드라운 벨벳 코트는 장미 무늬가 도드라지게 들었다. 그 위에 목도리를 두르고 밖으로 나오자 흐릿한 저물녘 하늘이 펼쳐져 있었다.

"늘 기모노를 입으십니까?"

절이 늘어선 거리를 빠른 걸음으로 지나며 기노시타 씨가 물었다. 나는 팔까지 올라오는 긴 장갑을 끼며 질문에 답했다.

"영업용 유니폼이에요. 가게를 찾으시는 분께 평소에도 기모노를 입고 생활하는 모습을 보여 드리고 싶어서요. 게다가 익숙해지면 되레 서양식 옷이 헐렁헐렁해서 불편하답니다. 뭐랄까, 기모노를 입으면 기모노가 절 지켜 주는 느낌이 들거든요. 기모노엔 여러 사람의 마음이 깃들어 있으니까요."

"기모노가 지켜 준다고요?"

"네. 게다가 이 거리도 어쩐지 절 지켜 주는 것 같고요."

탁 트인 하늘이 상쾌했다. 나는 커다란 하늘을 올려다보며 말했다.

"절은 웬만하면 망하지 않으니까 절이 많은 데라마치는 풍경이 그리 바뀌지 않아요. 고층 건물도 얼마 없고 하늘도 넓죠. 그래서 기분 좋은 바람도 많이 불거든요. 누가 그러더라고요. 이 지역은 살고 있는 사람보다 무덤에서 잠자는 사람이 더 많지 않겠느냐고. 그러니까 그런 토지의 힘 같은 게 지켜 주는 걸지도 모르겠네요."

"그 큰 히말라야삼나무도 박력 있던데요."

"그건 삼십 년 전 미카도 빵 앞에 있던 화분이래요."

"미카도 빵이라면 그 고풍스러운 가게 말입니까?"

"향수를 느끼는 사람이 많은 것 같더라고요."

"저도 그중 한 명입니다. 아까 하마터면 들어갈 뻔했지 뭡니까."

나와 기노시타 씨는 속도를 늦추기는커녕 오히려 조금씩 속도를 높이며 걸었다. 이따금 게다가 아스팔트에 스치며 드르륵 소리가 났다. 찬 공기가 몰려오는 중인지 돌풍이 불 때마다 얼굴이 시리고 눈에 눈물이 살짝 맺혔다. 기노시타 씨와 함께 있으니 왠지 저절로 말이 술술 나오고 나에 대해 더 알아주면 좋겠다는 생각이 들었다.

"원래 천 종류를 좋아하다가 앤티크 기모노를 취급하게 됐답니다. 고등학교를 졸업하고 나서 일러스트레이션 전문학교에 들어갔는데, 어째선지 그쪽 공부는 전혀 관심이 없고 직물에 푹 빠졌지 뭐예요. 한때는 베 짜는 일을 하고 싶어서 제자로 받아 달라고 공방에 편지를 보낸 적도 있어요. 오래된 천에 관심 있어서 돈이 모이면 천을 보러 지방에 내려가기도 하고요."

그렇게 말하며 의식적으로 걷는 속도를 늦추었다. 그

러지 않으면 금세 닛포리역에 도착해 버릴 것이다. 기노시타 씨도 내게 맞춰 천천히 걸어 주었다.

"하지만 오래된 기모노는 구하기 어렵지 않나요?"

걷는 속도에 맞춰 기노시타 씨의 말도 느려졌다.

"갈 데 가면 있다고 할지, 있는 곳엔 있거든요."

"전문 시장 같은 겁니까?"

"경매 시장에도 가끔 가요. 하지만 기모노를 일부분만 잠깐 보여 주는데 사고 싶으면 몇 초 안에 가격을 결정해야 해요. 게다가 남보다 높은 값을 불러야 손에 넣을 수 있고요."

"완전히 도박이군요."

"맞아요. 그 때문에 좋지 않은 걸 사게 되고 말이에요. 골동품 시장에도 가 봤지만 거기도 물건이 천차만별이랍니다."

"그럼 평소에는 어떻게 구하십니까? 죄송합니다, 만난지 얼마 되지도 않았는데 질문을 퍼붓고. 변명 같지만 잘 모르는 세계는 역시 흥미로워서 이것저것 묻게 되는군요."

"아니에요, 물어봐 주셔서 기뻐요. 요새는 개인적인 경로로 구입하는 경우가 많아요. 있는 곳엔 있다는 게 그런 뜻이에요."

기노시타 씨와 이야기하면서 점점 긴장이 풀리는 게 느껴졌다.

"오래된 집이라든지, 할머니가 돌아가셨다든지, 광을 철거했다든지 그런 건가요?"

"그렇죠. 저희는 앤티크 기모노가 주된 상품이지만 새 것도 취급하는데 그건 짓는 분께 직접 매입해요. 또 동업자 네트워크도 있으니까요. 다른 기모노 상점들과 정보를 교환하기도 하고요."

"재미있는데요."

기노시타 씨는 정말 감탄한 듯 말했다.

"그렇지만 매입하고 나서도 할 일이 많답니다."

기노시타 씨에게 내가 하는 일에 대해 더 이야기하고 싶어졌다.

"기모노가 오면 우선 용도를 결정해요. 상태가 괜찮으면 다시 기모노로 쓰고 눈에 띌 만큼 때가 탔으면 허리띠 같은 걸로 만들고요. 그런 판단이 끝나면 싯카이야로 보내죠."

"싯카이야?"

"염색이나 세탁을 해 주는 전문 업자예요."

"매입한다고 바로 판매하는 게 아니군요."

"특히 지방엔 그냥 판매하는 가게도 많긴 해요. 그렇지만 히메마쓰야에선 손님과의 관계를 좀 더 오래 이어가고 싶거든요. 기노시타 씨가 이번에 구입하신 기모노도 싯카이야에 보냈다가 가게에 내놓은 거랍니다."

"어쩐지 입었을 때 중고 기모노란 생각이 별로 안 든다 했더니 그래서였군요."

"앤티크 기모노의 겹옷은 안감에 땀자국이 있거나 올이 풀렸거나 하는 일이 많으니까, 그것만 새로 갈아도 기모노가 몰라볼 만큼 새것처럼 되거든요. 그런 작업을 외주로 주기도 하고요. 허리띠로 만드는 경우엔 직접 바느질을 하지 않아도 어느 부분이 뒤로 오게 할지 지정해야 하니까 그런 작업을 하기도 하고요. 또 기모노의 혼처가 정해지면 그분 사이즈에 맞게 고치는 애프터서비스도 필요하니까 수선해 주는 곳을 소개하기도 해요."

"그렇군요. 많이 배웠습니다. 가게만 보면 되는 게 아니었군요. 이거 참 실례 많았습니다. 저번에 히메마쓰야의 명함에 비 오는 날은 쉰다고 쓰여 있어서 꽤나 부러운 직업이라고 생각했거든요."

"그런 말 많이 들어요. 하메하메하 대왕(일본의 동요)

같다고요."

"정말 그러네요."

기노시타 씨는 재미있다는 듯 웃었다.

"하지만 실제로는 모든 걸 혼자 하다 보니까 가게를 비우지 못해요. 직물 관련 전시회에 가서 공부하고 작가의 개인전에 가서 네트워크를 넓히고 할 시간이 전혀 없는 거예요. 그러니까 비가 온다고 집에서 멍하니 쉬고 있을 수도 없어요."

"쉬는 날도 일한다는 말씀이군요."

기노시타 씨는 온화하게 말했다. 이야기에 열중하는 사이에 몸이 따뜻해졌다.

"여기서부터가 야나카 묘지예요."

"그렇군요. 정말 죄 무덤인데요. 묘지 안에 도로가 있을 줄 몰랐습니다."

"거주하는 사람도 있는걸요."

"묘지에 집이 있다니 대단한데요."

"유령도 나오고 그렇다나 봐요."

"전 사양하겠습니다. 히메…… 히메마쓰 씨는 그런 거 괜찮으십니까?"

"저요? 전 아쉽게도 그런 것과 인연이 없어서요. 죄송합니다. 제가 아직 이름을 말씀드리지 않았네요."

"히메마쓰 씨 아닙니까?"

"그런 말 많이 듣지만 아니에요."

"좋은 이름이라고 생각했는데요."

"요코야마 시오리라고 해요. 책에 끼우는 서표(栞)라고 써서 시오리요. 히메마쓰는 작은 소나무란 뜻인데, 다도 에선 나비란 의미도 있대요. 나비가 날개를 펴면 작은 소나무와 비슷하잖아요? 가게를 열 때 도와준 고모할머 니가 나비를 좋아하셨거든요."

벚나무 가지 끝에 조그맣게 봉오리가 부풀어 있었다. 봄이 되면 이 길은 멋진 벚꽃 터널로 변신한다.

"어라? 어째 여기 전에도 온 적이 있는 것 같은데요."

이모 고개를 앞두고 집과 연립주택 몇 채가 늘어선 곳을 지날 때 갑자기 기노시타 씨가 고개를 갸웃하며 말했다.

"언제 왔던 거지? 아래쪽에 작은 공원 같은 게 있었 는데."

하지만 나는 기노시타 씨의 착각이라고 생각했다. 이 부근은 지역 주민들 중에서도 아는 사람이 얼마 없다. 닛포리역에 갈 때 이곳과 조금 떨어진 고텐 고개를 지나는 사람이 압도적으로 많다.

같이 멈춰 서서 주위를 두리번거리는데 기노시타 씨가 말했다.

"아, 생각났습니다! 대학 시험 보러 오카야마에서 올라왔을 때 여기서 묵었거든요. 예대에 다녔는지 예대 가려고 재수하고 있었는지는 잊어버렸지만 여기 연립에 살던 먼 친척이 있어서 그 집에서 묵었어요. 아침부터 밤까지 열차 소리가 얼마나 시끄러운지 시험공부는 전혀 안 됐지만 말이죠."

그러더니 연립 입구로 다가가 "맞습니다, 쇼로쿠 장. 이런 이름이었어요. 이층 맨 안쪽, 선로 바로 옆집이었죠."라고 말하며 건물 안으로 들어가려 했다. 나도 서둘러 따라갔다.

입구 옆 벽에 주민 이름을 기입한 표가 붙어 있었다. 계단 중간에서 신을 벗고 우리는 몰래 쇼로쿠 장에 숨어들었다.

안은 상상했던 것보다 깨끗했고 복도도 잘 닦여 있었다. 기노시타 씨가 소리 나지 않게 문을 열어 보여 준 공동 수도와 화장실도 생각보다 청결했다. 낡은 건물인데도 음울한 인상이 전혀 없었다.

"여기입니다." 기노시타 씨가 목소리를 낮추고 맨 안쪽 문을 가리켰다. "두 평 좀 넘는 방인데 참 좁았죠."

귓가에서 비밀 이야기를 하듯 소곤소곤 이야기하는 게 간지러워 하마터면 소리 내어 웃을 뻔했다.

우리는 관리인에게 들키기 전에 허둥지둥 쇼로쿠 장에서 나왔다.

"옛날 생각나는군요."

건물에서 나온 뒤로도 기노시타 씨는 아쉬운 듯 몇 번씩 쇼로쿠 장을 돌아봤다. 부드러운 눈빛이었다. 내내 뭔가를 닮았다고 생각했는데, 기노시타 씨는 기린을 닮았다. 목이 길다든지 눈이 크다든지 눈썹이 굽었다든지 그런 부분이 아니라, 분위기라고 할지, 내면에 깃든 정신 같은 것이.

나는 여전히 쇼로쿠 장에서 시선을 떼지 못하는 기노시타 씨를 두고 눈앞에 뻗은 구름다리로 나아갔다. 다리를 건너면 닛포리다. 사 년 전 야나카에 살기 시작한 뒤로 좋아하는 장소가 여럿 생겼는데, 이 구름다리도 즐겨 찾는 곳 중 하나다.

다리 밑으로 전철이 여러 대 지나갔다. 역으로 가는 열차, 역을 떠나는 열차. 열차와 열차가 상하로 입체 교차를 하고, 열차를 운전하는 기관사와 눈도 마주치고. 이곳에 오면 어쩐지 무척 자유로운 기분이 들었다. 마음만 먹으면 어디든 갈 수 있다고 무수한 전철이 큰 소리로 외치는 것 같다.

나는 구름다리 중간에 멈춰 서서 여느 때처럼 지나가는 전철을 내려다봤다. 보고 또 봐도 싫증나지 않았다.

"잠깐만요!"

그때 갑자기 뒤에서 목소리가 들리더니 기노시타 씨가 무시무시한 기세로 달려와 뒤에서 내 왼팔을 붙들었다. 놀라 돌아보자 "제가 높은 데가 어려워서."라며 가쁜 숨을 몰아쉬며 애써 말했다. 나는 기노시타 씨를 정면으로 마주 보며 나를 꽉 붙들고 있는 손에 오른손을 살며시 포갰다. 그러고는 천천히 팔을 따라 미끄러지듯 기노시타 씨의 손바닥을 옮겨 손을 잡았다. 아플 정도로 팔을 꽉 붙들고 있었는데도 손가락에 닿는 기노시타 씨의 왼손은 오믈렛처럼 보드랍고 따스했다. 장갑 너머로 살짝 축축한 게 느껴졌다.

세게 쥐면 부서질 것 같기에 나는 힘을 빼고 살며시 기노시타 씨의 손을 감쌌다. 그리고 얼굴을 올려다보며 말했다.

"눈 감고 걸으세요. 제가 맞은편까지 안내할게요. 괜찮아요."

기노시타 씨는 눈꺼풀에 힘을 주어 눈을 질끈 감았다. 주사 맞는 어린애 같은 표정이었다. 나는 기노시타 씨가 넘어지지 않도록 주의하며 조심조심 한 발짝씩 나아갔다. 열차가 쉴 새 없이 바로 밑을 굉음을 내며 지나갔다.

기노시타 씨에게 미안하지만 나는 점점 이 상황이 즐거워졌다. 그에게는 비밀로 하고 구름다리를 건너 야나카 묘지를 한 바퀴 더 돌고 싶어졌다. 하지만 열차의 굉음이 들리지 않으면 아무리 눈을 감고 있다 해도 들킬 것이다. 눈 깜짝할 새에 다리를 다 건넜다.

"이제 눈 뜨셔도 돼요."

내가 속삭이자 기노시타 씨는 마치 새로운 세계가 열리는 듯 천천히 눈을 떴다.

"고맙습니다. 부끄러운 모습을 보여 드렸군요. 몇 년 전에 뉴스에서도 크게 보도됐던 사건인데, 제가 탄 비행기가 납치된 적이 있어서 말이죠. 그때부터 이런 데에 못 오게 됐습니다."

천천히 손을 놓으니 그 순간 손가락 사이로 찬바람이 불었다.

"감사합니다."

기노시타 씨는 몇 번씩 돌아보고 허리를 굽혀 인사하며 인파 속으로 사라졌다. 나도 번갈아 절했다가 손을 흔들었다가 하며 역 개표구에서 기노시타 씨를 배웅했다. 많은 이가 오가는데도 기노시타 씨가 있는 곳만 양지바른 곳처럼 환해 보였다.

주말에 어머니의 생신이 있었다.

그저께 일기예보에서 생신 당일 날씨가 맑다고 했다. 나는 어째선지 조금 마음이 놓여 어머니에게 택배로 생신 선물을 보내기로 했다.

생신날 밤 집에 전화하니 작은 동생 라쿠코가 받았다. 어머니와 하나코, 그리고 하나코의 표현을 빌리자면 부모님이 이혼하는 원인을 제공한 '씨 다른 동생' 라쿠코는 임대 주택에서 셋이 함께 산다.

"여보세요, 라쿠?"

"아, 오시리(일본어로 '엉덩이') 언니다!"

라쿠코가 나를 그렇게 부르는 것은 하나코 탓이다.

"라쿠, 엄마 계셔?"

"안 계셔!"

"그럼 하나는?"

"있어. 잠깐만!"

느긋한 성정의 라쿠코는 언제나 천천히 말한다. 얼마 지나자 하나코가 입을 우물거리며 수화기 너머로 등장했다.

"하나? 엄마는? 생신이라서 전화드린 건데."

"응, 요시코 지금 없어."

"없다니? 아직 일 안 끝난 거야?"

"공연 보러 간다고 아까 잔뜩 치장하고 나갔어."

"공연?"

"응. 요시코, 요새 젊은 록 밴드를 따라다니거든."

"괜찮은 거야? 엄마 연세도 있으신데. 설에 갔을 때 보니까 연세가 확 드신 것 같더라."

"호스트클럽 같은 거에 빠지는 것보다는 낫잖아?"

"응, 그건 그렇지만. 아, 맞다. 도라야키 보냈는데 받았어?"

"응, 왔어. 배고파서 방금 랏코(일본어로 '해달')랑 둘이서 먹었어."

"어머, 그거 엄마 생신 선물인데. 노시(축하 선물에 붙이는 장식)도 붙였잖아."

"괜찮아, 남겨 놨으니까. 아, 랏코가 또 먹는다. 야, 이 바보야, 그건 엄마 거니까 먹으면 안 된다니까."

수화기 너머에서 소란스러운 소리가 들렸다. 늘 있는 일인지라 나는 신경 쓰지 않고 말을 이었다.

"아무튼 엄마한테 생신 축하드린다고 말씀드려 줘. 그리고 밴드에 너무 푹 빠지지 말라고."

그럼 끊어, 라고 말하고 전화를 끊었다. 어머니는 요시코, 큰 동생이 하나코, 작은 동생이 라쿠코, 나는 시오리. 자매 중에서 나만 아버지가 이름을 지었다.

아버지는 지금 본가가 있는 호쿠리쿠 산속에서 거의 자급자족에 가까운 생활을 하고 있다. 몇 년 전 고향에서 재혼했다. 상대방도 두 번째 결혼이었다. 그 뒤로 나도 집에 가지 않았다. 나는 아버지 호적에, 동생은 어머니 호적에 들어갔으니 호적상으로 우리는 이제 자매도, 모녀도 아니겠지만. 나만 혼자 야나카에서 살고 있다.

그 주초에 유키미치에게서 연하장이 왔다.

하도 늦기에 올해는 안 올 줄 알았다.

헤어진 지 육 년 가까이 됐다. 그는 이미 부인이 있고, 연하장도 일방적으로 받기만 할 뿐 내가 보낸 적은

한 번도 없다.

올해는 파푸아 뉴기니에서 찍은 사진이었다. 사진 속 유키미치는 눈을 반짝이며 웃는 현지 아이들과 함께였다.

유키미치는 포토저널리스트 지망생이다. 이렇게 아름다운 지구가 온난화의 영향으로 위기에 처해 있다고 했다.

하나도 안 변했네. 아니, 얼굴은 조금 탔나? 컬러 사진을 보며 우리가 행복했던 무렵을 멍하니 떠올렸다.

유키미치와 함께 상경해 싸구려 연립에 나란히 세 들어 살았다. 유키미치는 포토저널리스트가, 나는 일러스트레이터가 되기 위해 각각 전문학교에 다녔다. 주말이면 가이드북을 들고 데이트하러 여기저기 돌아다녔다. 유키미치와 함께 보낸 사 년 반은 조금도 색 바래지 않고 지금도 내 마음속 특등석에서 빛나고 있다.

'나도 열심히 노력하고 있어. 시오리 씨도 알찬 인생을 살길 바랄게. 추신. 얼른 좋은 사람 만나서 행복해져야 해.'

괜한 참견이라고 웃으면서도 손 글씨가 기뻐서 몇 번씩 되풀이해서 읽었다. 이제는 예의를 차려 '시오리 씨'라고 '씨'를 붙이는 게 조금 서글펐다. 대담한 성격과 달리 글씨는 섬세한 사람이었다는 게 새삼 생각났다. 유키미치의 연하장과 여름 인사장은 전부 보석 상자에 넣어 두었다.

유키미치의 연하장이 온 다음다음다음 날 기노시타 씨가 히메마쓰야에 나타났다.

"보고드릴까 해서요."

"보고요?"

나도 모르게 물었다.

"저, 신년 다회 말입니다."

"아, 그렇군요. 다회에 참가하셨죠."

또 오겠다고 했어도 보통은 인사치레로 하는 말이고 정말 또 오는 사람은 많지 않다. 그렇기에 기노시타 씨가 정말로 히메마쓰야에 또 와 준 게 무척 뜻밖이었다.

구름다리 위에서 잡았던 손의 보드랍고 따스한 오믈렛 같은 감촉이 생각났다.

"괜찮으시면 들어와서 차라도 드세요."

두근거리면서도 쇠 주전자 뚜껑을 열어 물이 얼마나 끓었는지 확인하고 물었다. 몸속에서 뭔가 오랜만에 느끼는 기분이 풍선처럼 부풀어 올랐다. 조금이라도 뾰족

한 것에 닿으면 곧바로 터져 속에서 새콤달콤한 감정이 솟아날 것 같았다.

"아직 근무 중이라 바로 가야 합니다만, 혹시 요코야마 씨, 시간 되시면 저녁에 여기 있을 테니까 오시겠습니까? 사례하고 싶어서요. 어려우시거나 저와 함께 마시는 게 싫으시면 신경 안 쓰셔도 됩니다."

빠른 말투로 단숨에 말하더니 외투 주머니에서 가게 명함을 꺼내 내게 주었다.

"그럼 이만 실례하겠습니다!"

그렇게 말하고는 히메마쓰야의 문을 탁 닫고 달려가 버렸다.

나는 그 자리에서 웃음을 터뜨렸다. 입을 막아도 들뜬 소리가 밖으로 새어 나왔다. 웃다 보니 점점 더 웃음이 나 소리 내어 웃자 이번에는 눈물이 쏟아졌다. 뭐에 대한 눈물인지 쉴 새 없이 눈물이 흘렀다.

갑작스레 시작된 여우비처럼 웃으면서 울었다. 히메마쓰야가 한가한 가게라 다행이다. 지금 손님이 여럿 있었다면 이토록 포근한 기분을 마음껏 누리지 못했을 것이다.

어떤 기모노를 입고 갈까. 나는 유니폼이 든 장롱 서

랍을 살며시 열었다.

어디서 딱따기 소리가 들려왔다. 지붕과 지붕을 맞대고 사는 동네라 불조심은 철저히 한다.

딱따기 소리가 히메마쓰야 앞을 지날 때 고마치가 간드러지게 울었다. 고마치는 몇 년 전 이곳 안뜰에서 태어난 절세의 미인('고마치'는 일본어로 '이름난 미인') 고양이다. 멀어져 가는 딱따기 소리를 불러 세우듯 고마치가 또다시 야옹 하고 간드러지게 울었다.

매
화
—

2월 8일은 바늘 공양을 하는 날이다. 전에는 센소 사
아와시마 당까지 갔지만 요새는 집에서 공양한다. 곤약
이나 찰떡을 쓰는 사람도 있다는데 나는 두부를 쓴다.
어느 가게에서 살까 고민하다가 올해는 네즈역 앞 나카
가와의 연두부를 택했다.

못 쓰게 된 바늘을 연한 두부에 꽂고 합장하며 차분
한 기분으로 지금까지 고생했다고 노고를 위로하는데,
평소 거의 쓰지 않는 휴대폰에 전화가 왔다. 발신인을
확인하지 않아도 하나코라는 것을 알 수 있었다. 번호를

아는 사람은 어머니와 하나코, 아버지뿐이다. 이 시간에 어머니는 근무 중일 테고 아버지는 아직 한 번도 이 휴대폰 번호로 전화한 적이 없다.

"아, 언니?"

부탁할 게 있을 때만 간지러운 분홍색 목소리로 언니라고 부르는 게 동생이다.

"이젠 절대 안 빌려줘."

하나코에게 내 결의를 알리기 위해 일부러 매섭게 말했다.

"너무해, 사람이 왜 그렇게 심술궂어? 세상에 단둘뿐인 피를 나눈 자매잖아."

"라쿠도 자매거든."

"걔는 씨가 다르잖아. 순정(純正)을 따지자면 단둘뿐인 자매는 나 아냐?"

"그런 식으로 말하지 말라니까. 라쿠가 불쌍하잖니. 그리고 어쨌거나 절대로 안 돼. 너한테 빌려주면 기모노가 꼭 어딘가 올이 풀려 돌아오고, 하지 말라는데도 향수 쓰잖아. 지난번 이로토메소데(바탕이 검정이 아닌 여성용 예복 기모노)도 냄새가 얼마나 심한지 가게에 내놓고 팔 수 없게 됐다고."

45

"외국인 손님은 향수 뿌리면 좋아한단 말이야. 나도 좋아서 향수 쓰는 게 아닌걸."

"어쨌거나 이제 다신 안 빌려줘. 기모노가 꼭 필요하면 대여해 주는 데를 알아보지? 우리 가게는 원래도 대여는 안 하니까."

마침 안면이 있는 손님이 와 나는 일찌감치 전화를 끊었다. 이야기하면 할수록 빌려주면 안 된다는 확신이 커졌다. 전에 빌려줬던 유자 무늬 허리띠도 붉은 얼룩이 끈적하게 묻어 돌아왔다. 미국인과 패밀리 레스토랑에 갔다가 미트 소스를 흘렸다고 했다. 내가 보기에 하나코는 오래된 물건을 소중히 다루려는 생각이 희박하다.

그대로는 해결이 안 나리라는 것을 깨달았는지 하나코는 오후에 담판을 지으러 히메마쓰야에 나타났다. 양과자점 쇼핑백을 손에 들었다. 도쿄의 서쪽과 동쪽으로 갈라져 살고 있지만 전철을 갈아타면 한 시간이면 된다.

"언니."

하나코는 내 눈치를 살피며 살그머니 들어와 또 간지러운 분홍색 목소리로 나를 불렀다.

"손님 계셔."

나는 하나코에게 얌전히 있으라고 눈짓으로 부탁했

다. 손님이 아무것도 사지 않고 나가자 하나코는 바로 조신하게 쇼핑백을 내놓았다.

"이거 언니가 좋아하는 케이크야. 과자도 같이 들었어. 저번에 아주 근사한 기모노를 빌려준 데 대한 작은 답례."

"과자로 낚을 생각 마."

상자 속 케이크가 궁금했지만 드러내지 않고 분명하게 의사 표시를 했다.

그래도 하나코는 기죽지 않고 차를 준비하기 시작했다. 오후 세 시 반. 휴식을 취하기에 좋은 시간대다.

하나코는 손님용 티백을 상하로 움직이며 큼직한 머그잔에 홍차를 끓였다. 어렸을 때 어머니가 가끔 이 양과자점에서 케이크를 사 오면 우리 자매는 앞다투어 먹었다. 특히 크리스마스에는 이곳의 데커레이션케이크가 가장 큰 선물이었다.

하나코가 밥상을 꺼내 홍차와 케이크를 놓았다. 히메마쓰야에 온 적이 여러 번 있어 뭐가 어디 있는지 대강 안다.

"언니, 차 마셔!"

하지만 이래서는 영락없이 하나코의 속셈에 넘어가는

것 같아 석연치 않았다. 나는 이미 빌려주지 않겠다고 결심했다. 케이크 하나로 중요한 결심을 바꿀 수는 없다.

"난 됐으니까 너나 먹고 가. 남은 건 가져가서 라쿠 주고. 걔도 좋아하잖아."

"내가 기껏 자전거 타고 가서 사 온 건데 그러지 말고, 응? 자, 봐, 이거 언니가 좋아했지?"

하나코는 케이크 위에 얹은 노란 밤을 가리키며 말했다. 아닌 게 아니라 이곳에서 파는 여러 케이크 중에서도 나는 눈앞에 있는 몽블랑을 가장 좋아했다. 그래도 나는 매몰차게 말했다.

"그래서 뭐?"

"부탁이야. 제발 후리소데를 빌려주면 안 될까? 가능하면 검은색으로. 저쪽에서 그걸 원하거든. 제발 부탁해!"

하나코는 작은 목소리로 그렇게 말하고는 무사처럼 납작하게 엎드렸다.

"후리소데라니 무슨 소리야? 그렇게 소중한 걸 어떻게 빌려주니? 하나, 너 지금 무슨 말을 하는 건지 알기나 해? 후리소데는 그런 데에 쓰는 게 아니야. 손님이 원하면 거절해. 일본 사람을 업신여기지 말라고."

어째 하나코의 말을 진지하게 듣고 있는 게 바보처럼

느껴져 예쁜 몽블랑에 포크를 넣었다. 하나코는 내 몫으로 몽블랑을, 자기 몫으로는 슈크림을 사 왔다.

하나코는 조금 특이한 아르바이트로 생활한다. 나는 데이트 클럽과 다를 게 뭐냐고 생각하건만 본인은 문화 교류라고 우긴다. 일본을 찾은 외국 관광객을 상대로 하는 일인데 주된 고객은 서양 사람이라고 한다. 하나코는 매번 기모노를 입고 약속 장소, 대개 하라주쿠역에 가서 상대와 손잡고 오모테산도를 걷는다.

그게 다야? 하나코에게서 처음 이야기를 들었을 때 나는 무심코 그렇게 물었다. 하지만 정말로 그게 다라고 했다. 오모테산도를 한 번 걷고 보수로 2만 엔 이상 받는 모양이다.

한번은 손님의 희망으로 나가주반(기모노 안에 받치는 긴 속옷)과 하오리만 입고 오모테산도를 활보했다. 내게는 차마 눈 뜨고 볼 수 없는 모습이었지만 하나코는 가벼워서 걷기 편하다고 좋아했다. 하나코는 자력으로 기모노를 입을 수 없는지라, 손님이 지정했다는 다소 특이한 방식으로 내가 거의 매번 입혀 줘야 한다. 하지만 앞으로는 그것도 그만둘 생각이다.

"후리소데는 어디쯤에 있더라?"

슈크림을 다 먹은 하나코가 손가락을 핥으며 또 말을 꺼냈다.

"여기엔 없다니까. 대여점에 있으니까 거기서 빌려. 세타가야 벼룩시장 같은 데에 가면 너도 입을 수 있을 만한 싼 게 얼마든지 있고."

"그렇게 심술부리지 말고. 기왕이면 언니가 고른 기모노를 입고 싶잖아. 대여점하고는 센스가 전혀 다른걸. 몽블랑 맛있지 않았어?"

내 접시에 있던 케이크도 거의 없어졌다. 나는 시침 떼고 말했다.

"그거랑 이거랑 별개야."

"시오 언니, 오 년, 아니 육 년 만에 봄이 왔잖아? 이럴 때 인심 써야지!"

하나코가 히죽히죽 웃었다. 무슨 말인지 몰라 멍하니 있자 "에이, 나한테 숨기려고 해 봤자 소용없어. 내가 저번에 똑똑히 봤는걸. 시오 언니가 남자랑 알콩달콩 손잡고 있는 거."

"뭐?"

"산타 할아버지 같은 코트를 입고 있어서 금세 알아봤다고. 닛포리 파란 다리 위에서 남자랑 데이트하던데?

역 플랫폼에서 우연히 봤지 뭐야. 꽤 분위기 좋더라?"

"그런 거 아냐."

"와아, 얼굴 빨개진 거 봐. 웬 순정파? 이번엔 꼭 행복해져야 해."

하나코의 말에 다시 떠올리고 싶지 않은 과거가 되살아나려고 했다. 발끝으로 뭔가가 스르르 빠져나가는 기분이었다. 동생 잘못이 아니다. 나쁜 건 나다. 아무리 머리로 그렇게 납득하려 해도 동생에게 기노시타 씨와 있었던 일로 놀림을 당해 내 안의 뭔가가 조용히 균형을 잃었다.

"하나, 오늘은 그만 가 줄래?"

울음이 나려는 것을 애써 참으며 하나코에게 짐을 내밀었다.

"케이크 잘 먹었어."

내 분위기가 달라진 것을 눈치챘는지 하나코는 순순히 자기 짐을 챙겨 돌아갈 준비를 시작했다. 시멘트 바닥에 쪼그리고 앉아 조급한 듯 억지로 부츠 지퍼를 올리려 했다. 나는 그 모습을 그저 가만히 내려다보고 있었다.

하나코의 머리카락을 자세히 보니 두피에서 1센티미

터쯤 길이로 검은머리가 자라 있었다. 요새 미용실에 못 가는지도 모르겠다. 핫핑크 머리는 몇 번씩 탈색과 염색을 반복한 탓에 머릿결이 많이 상했다.

하나코를 그냥 보내면 안 된다는 생각이 들었다. 그런데도 나는 이 흐름에 도저히 브레이크를 걸 수 없었다. 이제 두 번 다시 유키미치와 함께 사이좋게 영화를 보러 가지도, 여행을 가지도 못한다. 그 사실이 어두운 덩어리가 되어 나를 집어삼키려 했다. 내 잘못이다, 하나코 탓으로 돌리면 안 된다. 또 한 명의 내가 옹고집을 부리는 나를 애써 타이르려 했다.

하나코는 연신 나를 돌아보며 역 쪽으로 걷기 시작했다. 어디서 발을 삐었는지 한 발을 끌며 힘없이 걸었다.

안으로 들어가려고 발을 들었다가 그제야 내가 버선발로 시멘트 바닥을 딛고 서 있는 것을 깨닫고 손으로 버선을 털었다. 버선 바닥에 하나코의 긴 분홍색 머리카락 한 올이 붙어 있었다. 하나코는 원래 겁이 많은 성격이라 어렸을 때는 나 없이 혼자서 밖에 나가지도 못하는 심약한 아이였다.

하나코가 가져온 양과자점 쇼핑백을 접는데 또 눈물

이 나려 했다. 나를 위해 케이크를 사려고 자전거 페달을 밟는 하나코의 뒷모습이 영화처럼 눈앞에 선명하게 떠올랐다.

옛날에 하나코가 아직 유치원에 다니던 무렵, 장난으로 '하나코 花子'의 '하나'는 '꽃'이 아니라 '코딱지'의 '하나'라고 했다가 하나코를 울린 적이 있다. 그날 밤, 그 사실을 알게 된 아버지에게 나는 태어나서 처음으로 뺨을 맞았다. 히메마쓰야를 떠나는 하나코의 뒷모습을 보고 있으려니 갑자기 뺨이 얼얼한 느낌이 되살아났다.

지금 당장 뛰쳐나가 역까지 달려가면 하나코를 붙들 수 있을지도 모른다. 하지만 또 한 명의 옹고집쟁이 내가 완강하게 거부하며 움직이려 하지 않았다.

그때도 유키미치는 여러 번 다시 시작하자고 말해 주었다. 시오리한테 상처 줘서 미안하다고 계속 사과했다. 그러나 나는 하찮은 자존심 때문에 하나코와 유키미치를 도저히 용서할 수 없었다.

내가 무엇을 잃었는지 깨달은 것은 유키미치가 나와 헤어지고 일 년 반 뒤에 연상의 여자와 결혼했을 때였다. 과거로 돌아가게 해 달라고 신께 몇 번을 애원해도 소원은 이뤄지지 않았다.

해가 지려면 아직 시간이 조금 남아 있었지만 히메마쓰야에 있으면 기분이 밝아지지 않으니 일찌감치 문을 닫기로 했다. 사람이 많고 떠들썩한 곳에 가고 싶어서 일부러 큰길을 골라 걸었다. 산다화 꽃잎이 땅에 흩어져 있었다.

하나코를 닮았다고 생각했다. 조금이라도 오래 가지에 붙어 있으려고 가지 끝에서 보기 흉한 모습을 드러내는 모습이, 그때 언제까지고 아버지에게 엉겨 붙어 떨어지려 들지 않았던 하나코와 겹쳐졌다.

부모님이 이혼해 따로 살게 된 십여 년 전, 나는 고등학생이었지만 하나코는 아직 초등학생이었다. 어쩌면 하나코는 어머니가 아니라 아버지를 따라가고 싶었는지도 모른다고 생각하니 가슴이 답답하게 죄어들었다.

그래도 야나카긴자 상점가의 활기와 소음 속에 있자 어느 정도 침착함을 되찾았다. 늘 사람들이 줄을 서는 스즈키 정육점 앞에 웬일로 줄이 없었다. 고민하다가 민스커틀릿을 두 개 주문하는데 문득 과자를 2인분 사는 마도카 씨의 기분을 알 것 같았다.

그 길로 두부 가게로 가서 반찬도 몇 가지 샀다. 평소에는 되도록 해 먹으려 하지만 오늘은 칼을 쓰고 불을 쓸 기력이 없었다.

아직 해가 지기 전이라 역 앞에 있는 센다기 클럽에 들어가 잠깐 앉기로 했다. 바로 얼마 전까지만 해도 네 시 반이면 어둑어둑했는데 최근 갑자기 해가 길어졌다. 지금은 다섯 시가 지나도 아직 환하다.

시노바즈 거리가 내다보이는 일층에 앉으니 길 건너 지하철 센다기역에서 나오는 사람들이 바로 정면에 보였다. 슬슬 저녁 혼잡 시간대인지 직장인인 듯한 사람들이 강풍에 고개를 움츠리며 계단을 올라왔다.

나는 전부터 궁금했던 팥오레를 주문했다. 센다기 클럽은 약속을 잡을 때도 쉽게 찾을 수 있는 위치라 가끔 이용한다. 야나카답게 느긋하고 차분한 곳이다.

개표구에서 올라오는 사람들 가운데 기노시타 씨를 발견한 것은 팥오레를 반쯤 마셨을 때였다.

트렌치코트를 입은 기노시타가 계단을 올라왔다. 멀리서 봐도 기품 있어 보이는 코트는 빛의 각도에 따라 광택이 변했다. 기노시타 씨는 언제나 자신에게 어울리는 옷을 품위 있고 청결하게 소화해 낸다. 전부 직접 고르는 걸까? 하고 생각하다가 나는 황급히 생각을 멈췄다.

지상으로 나온 기노시타 씨는 좌우를 확인했다. 그의

표정을 보며 기노시타 씨는 언제 어디서나 기노시타 씨만의 자세를 잃지 않는구나 싶어 감탄했다. 아마 불쾌한 일이 있어도 상대방에게 언짢은 표정을 내비치지 않는 사람이 아닐까. 포커페이스와는 다르다. 누구를 만나든 어디서 만나든 내 앞이든 아니든 기노시타 씨는 기노시타 씨다.

지난달 함께 갔던 유시마의 오뎅 집에서도 기노시타 씨는 내내 바른 자세였다. 그렇다고 딱딱한 느낌도 아니었다. 일 때문에 무척 고생하는 것 같은데도 투덜거리지 않고 늘 담담했다. 가끔씩 농담을 던지고 큰 소리로 웃기도 했다.

함께 있으면 어째 자연스레 어깨에서 힘이 빠지고 안심됐다. 또 기노시타 씨는 매우 품위 있게, 그러면서도 아주 맛있게 음식을 먹었다.

밖으로 나가 말을 걸까 말까 잠깐 망설였다. 이대로 몰래 기노시타 씨를 지켜보고 싶은 마음도 있었다. 그는 도로 반대편에서 신호등을 기다리고 있었다. 그런데 좀처럼 신호가 바뀌지 않았다. 시계를 얼핏 보더니 뭔가 생각하는 것 같은 표정을 짓고는 파란불로 바뀌기를 기다리지 않고 네즈 방향으로 걷기 시작했다.

그 순간 나는 일어섰다. 가게 직원에게 양해를 구하고 급히 밖으로 나와 마침 파란불로 바뀐 횡단보도를 건너 기노시타 씨를 쫓아갔다. 오늘은 보드라운 긴샤(금실 등으로 문양을 짜 넣은 비단)로 지은 바둑판무늬 기모노를 입었다. 가볍고 매끄러운 천이라 걷기 편해 나는 있는 힘껏 뛰어 횡단보도를 건넜다. 게다가 딸가닥딸가닥 메마른 소리를 냈다.

"기노시타 씨!"

역 출구에서 백 미터쯤 뛴 끝에 가까스로 기노시타 씨를 따라잡아 불렀다. 기노시타 씨가 놀라 돌아봤다.

"어라, 여기는 오늘 비가 왔습니까?"

정말이지 기노시타 씨다운, 느긋한 어조였다.

"좀 일찍 문을 닫았거든요."

기노시타 씨의 말에 살짝 맥이 빠졌지만 호흡을 가다듬으며 대답하고는 이어서 "저기 센다기 클럽에서 차를 마시다가 기노시타 씨를 뵈어서요."라고 말했다.

"그렇군요. 전 다음 약속까지 시간이 남아서 저번에 알려 주신 헌책방에 가 볼까 했는데요."

"오요요 쇼린 말씀이세요?"

"그렇지만 이렇게 뵀으니 저도 거기 같이 있다 가도

되겠습니까?"

"물론이죠. 마침 옆자리도 비어 있거든요."

우리는 횡단보도를 건너 센다기 클럽으로 왔다. 아까 뛴 탓에 가슴에 살짝 땀이 흐르고 아직 약간 숨이 가빴다. 손수건을 꺼내 목덜미를 훔치고 컵에 든 찬물을 마시니 그제야 숨차던 게 가라앉았다. 내 옆자리에 앉아 메뉴를 보던 기노시타 씨는 얼그레이를 주문했다.

"여기 케이크도 맛있답니다."

내가 작은 목소리로 가르쳐 주자, 기노시타 씨는 "실은 저 단걸 못 먹거든요. 커피도요." 하고 고개를 움츠리며 웃었다.

"그럼 혹시 고지카도 억지로 드신 게……."

"고지카?"

"저, 처음 가게에 오셨을 때 드신 표고버섯을 설탕에 조린 과자 말이에요."

"그건 야채인지 과자인지 판단이 안 선 채로 삼켜서 말입니다."

그때 기노시타 씨가 보인 뭐라 말할 수 없는 복잡한 표정이 생각났다.

"죄송합니다. 몰랐어요."

"아뇨, 제가 말씀드리지 않은 건데요. 게다가 차엔 원래 과자를 곁들이지 않습니까. 일본 과자만에라도 강해지자는 게 올해의 제 작은 목표랍니다."

기노시타 씨의 홍차가 나왔다.

"오요요 쇼린에 가시려면 네즈 쪽이 가깝지 않나요?"

기노시타 씨가 홍차를 조금 마시기를 기다려 물었다.

"맞습니다. 그런데 히메마쓰야에 갈 때도 그런데 왠지 모르게 센다기 쪽에서 가고 싶어져서요. 센베이 가게도 있고 말입니다."

"기노시타 씨, 센베이는 괜찮으시군요."

"설탕 뿌린 것만 아니면요."

"방금 길 말씀하신 거, 무슨 말씀인지 알 것 같아요. 저도 똑같거든요. 네즈역이 더 가까운데도 센다기까지 와서 내리지 뭐예요. 작은 상점들 구경하면서 천천히 걷는 게 좋죠. 뱀길도 재미있고요."

"뱀길이라고요? 뱀이 있습니까? 저 파충류도 힘든데요. 아까부터 그런 말만 해서 부끄럽습니다만."

나는 웃음을 참으며 뱀길의 유래를 설명했다.

"저도 그래요. 뱀을 좋아하는 사람은 괴짜라니까요."

"그럼 우리 고하루는 정말 괴짜군요."

"고하루?"

"저희 집 응석쟁이 딸애입니다."

그러더니 기노시타 씨는 지갑을 꺼내 사진을 보여 주었다.

"귀엽네요."

"이제 겨우 열 살인데 어른 흉내 내며 명품 같은 거에 관심을 보여서 얼마나 힘든지 모릅니다. 게다가 이번엔 집에서 뱀을 기르고 싶다나요."

아버지의 얼굴로 말했다. 사진 속 소녀는 라쿠코 또래라는 게 믿기지 않을 만큼 조숙해 보였다.

"이름이 고하루인가요?"

"네, 포근한 늦가을 날(일본어로 '고하루비요리 小春日和')에 태어났거든요."

"가을에 태어났군요? 언제요?"

"11월 22일입니다."

"저랑 생일이 똑같네요!"

"그렇습니까? 당신도 11월 22일생이셨군요."

기노시타 씨가 '당신'이라고 했을 때 놀라 몸이 움찔할 뻔했다.

기노시타 씨는 단숨에 홍차를 끝까지 마시고 손목시

계를 흘깃 봤다.

"죄송하지만 전 먼저 일어나겠습니다."

그는 일어나 트렌치코트를 입으며 바구니 속 반찬을 슥 보고 물었다.

"저녁 반찬이신가요?"

"사 년 만에 드디어 스즈키의 민스커틀릿을 사는 데 성공했거든요."

나는 웃으며 대답했다.

"직접 만들기도 하십니까?"

"전 요리는 전혀 안 해요."

어째선지 갑자기 거짓말을 하고 싶어졌다.

"요리 잘하면 인기 많은데요."

기노시타 씨가 티 없이 웃으며 말했다. 별 뜻 없이 한 말인 만큼 더 가슴에 파고들었다. 기노시타 씨가 계산서를 집어 들기에 나는 황급히 "저번에 사 주신 데 대한 답례예요."라며 계산서를 빼앗았다. 그새 밖이 어두워졌다.

기노시타 씨는 무거워 보이는 배낭을 메고 밖으로 나갔다. 카우벨 소리가 딸랑딸랑 오래 울렸다. 몸을 내밀어 창유리 너머 하늘을 올려다보자 마치 구름 뒤에서 내출

혈을 일으킨 양 어두운 보라색 하늘이 펼쳐져 있었다.

남은 팥오레를 다 마시고 찻값을 계산한 뒤 구불구불한 뱀길을 지나 집으로 돌아왔다. 히메마쓰야의 문을 연 순간, 고하루의 '하루'가 하루이치로 씨의 '하루'이기도 하다는 것을 뒤늦게 깨달았다. 여느 때는 집에 가면 꼭 전화하는 하나코가 아직 연락이 없었다.

히메마쓰야의 커튼을 닫으려다가 창밖을 보니 날이 저무는 옅은 먹빛 하늘에 초저녁 별이 오도카니 빛나고 있었다. 별사탕 같다고 생각하자 기분이 조금 더 밝아졌다. 이 순간 기노시타 씨도 같은 별을 보고 있다면 좋겠다.

일주일 뒤, 라디오를 들으며 아침을 먹는데 강풍 예보가 나왔다. 사전에서 '하루이치반'을 찾아보니 입춘 뒤 처음으로 부는 남풍이라고 쓰여 있었다.

오늘은 기노시타 씨가 태어난 날이다. 나는 멋대로 그렇게 정했다.

안뜰 쪽으로 밖을 내다보니 온화하고 옅은 파란색 하늘이 펼쳐져 있었다. 고마치가 매화나무 밑에 핀 수선화 옆에서 한 발을 들고 요가 동작 같은 포즈를 취하고 있다. 히메마쓰야의 문을 열기까지 아직 시간이 있으니 장을 보러 가기로 했다.

감자, 당근, 양파, 우엉, 머위, 시금치, 닭고기 간 것. 그리고 맛있어 보이는 고등어 한 토막. 눈 가는 대로 슈퍼 바구니에 척척 넣었다.

가게로 돌아오니 마도카 씨가 꽃무늬 블라우스에 감색 바탕의 하얀 물방울무늬 롱스커트를 입고 입구에 서 있었다. 마도카 씨가 아니면 절대로 불가능한 조합이다.

"문 열게요."

그렇게 말하며 열쇠 구멍에 열쇠를 넣었다. 현관 옆 수반에 빛이 비쳐 들어 후쿠와 긴타로가 빛의 띠 속을 기분 좋게 헤엄치는 게 보였다.

"이거 딸기샹들리에야."

"걸어서 다녀오신 거예요?"

"응, 출장 갔던 우리 꼬맹이가 드디어 왔거든. 산책도 할 겸, 무엔 고개를 지나서. 늦었지만 밸런타인데이 선물이야."

"매년 오자와 양과자점에서 사시네요."

"맞아, 우리 꼬맹이가 좋아해서."

마도카 씨 손에는 리본을 묶은 커다란 과자 상자가

하나 더 있었다.

나는 차를 준비하며 마도카 씨의 외아들이 딸기샹들리에를 먹는 모습을 상상했다. 마도카 씨는 여태 '우리 꼬맹이'라고 부르지만, 실제로는 스킨헤드에 체격 좋고 우락부락하게 생겨 반상회를 책임지는 어엿한 감독님이다.

상자 안에는 쿠키에 큼직한 딸기를 얹고 생크림으로 덮은 다음 초콜릿으로 전체를 코팅한 딸기샹들리에 두 개가 들어 있었다.

"시오리가 큰 걸로 먹어. 난 할머니니까 작은 거면 돼."

마도카 씨가 호호호호호, 하고 새가 지저귀듯 웃는 것을 들으며 나는 몇 년 전 골동품 시장에서 발견한 이마리 도기 접시에 크고 작은 딸기샹들리에를 얹어 차와 함께 가만가만 날랐다.

예외도 있지만 일본 과자에는 커피, 양과자에는 녹차가 암묵적인 규칙이다.

"그러고 보니까 가스가 거리의 비탈을 쭉 올라가면 소방서 거의 다 간 곳에 시오리가 좋아할 만한 카페가 있던데. 이름이 좀 어렵더라."

마도카 씨는 할머니여도 최신 지역 정보에 빠삭하다.

지금은 자주 가는 야나카보사와 노마드도 마도카 씨가
가르쳐 주었다.

나는 딸기샹들리에를 한입에 먹었다. 입안에서 쿠키
와 딸기와 생크림과 초콜릿이 섞여 봄 비슷한, 살짝 쌉
싸래하고 행복한 맛이 퍼졌다.

그날 손님이 없는 빈 시간을 이용해 틈틈이 감자샐러
드를 만들었다. 그리고 시금치를 깨로 무치고, 머위줄기
를 조리고, 우엉을 조리고, 고등어에 된장을 발라 조렸
다. 우엉조림에는 간 닭고기를 넣었다.

그 뒤로 하나코에게서 연락이 없다. 나도 연락하지 않
았다. 어색하게 헤어지고 나서 얼마 동안은 우울했지만
시간이 지나면서 조금 나아졌다. 다만 께름한 느낌만은
남아 있었다.

기노시타 씨의 생일 파티를 하자. 아침에 라디오를 듣
고 그렇게 정했다. 진짜 생일은 모른다. 몰라도 된다. 나
는 기노시타 씨의 모든 것을 알고 싶지는 않다.

오후 일찍 일기예보대로 강풍이 불었다. 그러니까 올
해의 기노시타 씨 생일은 오늘이다. 바람이 전에 없이
세서 유리문이 부웅부웅 독특한 소리를 냈다. 평소보다

그 소리가 섬뜩하게 느껴지지 않는 것은, 비록 가짜라고는 해도 내가 기노시타 씨의 생일을 축하하고 있어서일 것이다. 저번에 함께 오뎅 집에 간 덕에 기노시타 씨가 무엇을 좋아할지는 대략 알 수 있었다.

저녁에 가게 문을 닫을 준비를 하는데 전화가 왔다. 뜻밖에도 기노시타 씨였다. 통화는 처음이라고 생각하자 갑자기 긴장됐다. 전화로 이야기하려니 기노시타 씨의 목소리가 더욱 도드라져 악기처럼 울려 퍼졌다.

"잠깐 찾아뵈어도 될까요?"

"지금 어디 계세요?"

"어디 보자, 다이묘 시계 박물관이란 오래된 건물 옆이군요."

꿈속에서 느닷없이 낯선 골목길로 끌려 들어간 기분이었다. 너무 놀라 얼마 동안 멍하니 있었다.

"조심해서 오세요."

가까스로 그렇게 말하고 수화기를 내려놓았을 때는 숨 쉬기가 힘들 만큼 가슴이 두근거렸다.

진정하자고 일단 크게 한번 심호흡을 했다. 가게를 치우고 몸 매무새를 만지고 향을 피우고, 할 일은 수두룩한데 몸이 꼼짝하지 않았다. 이럭저럭 히메마쓰야의 커틈만을 치고 안의 조명은 켜 둔 채 기노시타 씨가 오기를 기다렸다. 기노시타 씨가 이제 곧 올 텐데, 열이 난 것처럼 몸이 움직여 주지 않았다.

오늘은 봄답게 흰색 오시마 비단을 입었다. 연분홍과 물빛 동백꽃 무늬가 있다. 문득 정신을 차리고 일어나 밑에서 주반을 잡아당겨 목덜미를 드러냈다. 몇 초 뒤 기노시타 씨가 늘 메고 다니는 배낭을 메고 히메마쓰야에 들어왔다.

"갑자기 와서 죄송합니다."

순간 기노시타 씨는 역시 기린 같다고 생각했다. 자신이 살아남기 위해 누군가를 공격해 목숨을 빼앗고 입가에 피를 칠해 가며 남의 살을 먹지 않는다. 목이 길어 시야가 넓고, 자신은 조용히 눈앞의 풀을 뜯는다. 결코 상대방에게 상처를 주지 않는 기린과 어딘지 모르게 분위기가 닮았다.

그나저나 오늘 정말로 기노시타 씨를 만날 수 있을 줄은 몰랐다. 기적처럼 마음이 통한 게 기쁘기도 하고 조금 무섭기도 했다.

기노시타 씨의 모습을 홀린 듯 바라보고 있으려니 그가 들고 있던 커다란 쇼핑백을 내밀었다. 나는 급히 현실로 돌아왔다.

"이거, 지금 일 때문에 드나드는 회사 근처 빵집의 빵입니다. 지난번 이 근처에 맛있는 빵집이 없다고 하셨던 게 기억나서요."

"그것 때문에 일부러 와 주신 거예요?"

쇼핑백 안에 빵이 가득 들어 있었다.

"평범한 연립 주택에서 한 달에 며칠만 영업하거든요. 저도 이번에 처음 가 봤는데 젊은 부부가 둘이서만 하는 좀 특이한 곳이더군요. 하지만 빵은 아주 맛있나 봅니다. 뭐라더라, 밀가루랑 물도 신경 써서 좋은 걸 쓴다나요."

맛있는 냄새에 나도 모르게 황홀해졌다.

"그래서 이걸 꼭 드리고 싶었습니다. 죄송합니다, 갑자기 찾아와서……."

"무슨 말씀이세요. 저야말로 고맙습니다."

쇼핑백을 받자 한층 맛있는 빵 냄새가 짙게 퍼졌다.

"그럼 전 이만."

기노시타 씨가 미닫이문을 열려 하기에 나는 황급히 "혹시 괜찮으시면 빵을 같이 들고 가지 않으시겠어요?"라며 붙들었다. 어떻게든 붙잡고 싶은 마음이었다.

"괜찮으시겠습니까?"

기노시타 씨가 물었다.

"지저분하지만 들어오세요. 준비될 때까지 편히 계시고요."

나는 빵이 든 쇼핑백을 가지고 안쪽 부엌으로 들어갔다. 다리가 살짝 떨렸다.

"손님이 아직 영업 중인 줄 알고 오시면 죄송하니까 큰 조명만 끌게요."

변명처럼 그렇게 말하며 천장에 매달린 전등 끈을 당겨 불을 껐다. 탁자 위 스탠드만 남은 히메마쓰야는 세세한 게 보이지 않아 바 같은 분위기로 변했다.

밥상을 꺼내 그 위에 앞 접시와 젓가락을 놓았다. 들어오세요, 하고 여러 번 권한 끝에야 비로소 기노시타 씨는 신발을 벗고 들어왔다. 그리고 화로를 밥상 가까이로 옮기는 것을 거들어 주었다.

요리는 하지 않는다고 말했으니 부엌으로 돌아와 낮에 한 반찬을 각각 스티로폼 접시로 옮겨 랩을 씌웠다. 지난번 야나카긴자 상점가 입구의 두부 가게에서 반찬을 사서 그 그릇이 남아 있었다. 그걸 비닐봉지에 담아 기노시타 씨에게 들고 갔다.

"반찬을 너무 많이 사는 바람에 처치 곤란이었거든요."

일부러 말꼬리를 늘여 명랑하게 말하며 앞 접시에 반찬을 반씩 덜었다.

순간적으로 기우소가 이런 때를 위해 있는 것임을 깨달았다. 덴진 님의 참된 마음이 내 거짓말을 진실로 바꿔 주니 이렇게 고마울 수 없다. 얼마 전에 새로 데려온 기우소는 그 어떤 거짓말도 진실로 바꿔 줄 것처럼 든든했다.

줄 계획도 없으면서 밸런타인데이에 기노시타 씨 선물로 레드와인을 샀다. 단 음식을 싫어한다는 것을 알았으니, 상품이 다양한 것으로 유명한 근처 주류 상점 주인이 추천해 준 레드와인을 골랐다. 주류 상점의 리본을 풀어 가져갈까, 아니면 밸런타인데이 선물이라고 솔직하게 말할까 고민한 끝에 결국 리본과 포장은 벗겼다.

"친구가 맛있는 레드와인이라고 췄거든요."

기우소가 또 시침 떼는 표정으로 허공을 보고 있었다. 와인오프너와 같이 기노시타 씨에게 주고 따 달라고 부탁했다. 화로에 석쇠를 놓고 방금 받은 빵을 올려 데웠다. 불똥이 탁탁 튀고 빵에서 향긋한 냄새가 풍겼다.

"건배."

드디어 준비가 끝나 잔을 맞댔다.

"여기서 이렇게 식사하시는 겁니까?"

레드와인을 한 모금 마신 뒤 테두리를 손가락으로 훔치더니 기노시타 씨가 흥미진진한 표정으로 물었다.

"평소엔 혼자 먹지만요. 위층에 있는 방은 침실과 창고로 쓰기 때문에 자리가 없거든요. 게다가 작으나마 있는 부엌이 아래층에 있으니까 매번 오르내리는 것도 번거롭고요."

"심플한 생활이 부럽군요."

"불편한 점도 많아요. 특히 이 시기엔 춥고요. 가족들은 이해를 못 하겠나 봐요. 어머니는 궁상맞다고 슬퍼하세요. 이곳을 보러 왔다가 놀라서 가 버리시더라고요. 여동생은 여동생대로 사극 같다고 업신여기고 말이에요. 아, 편히 드세요."

나는 이야기를 중단하고 화로 위의 빵을 뒤집으며 기노시타 씨에게 음식을 권했다.

"맛있는데요."

예상대로 기노시타 씨는 감자샐러드를 먹기 시작했다. 내가 만드는 감자샐러드는 식초가 아니라 유자를 짠 즙으로 새콤한 맛을 낸다.

"맛있는데요."

똑같은 말을 같은 느낌으로 한 번 더 반복했다. 기노시타 씨는 음식을 정말 맛있게 먹는다.

"이렇게 맛있는 반찬 가게가 근처에 있으면 요리를 안 하게 될 만도 합니다. 아아, 나도 이 근처에 살고 싶다."

기노시타 씨는 마치다에 산다. 최근 단독 주택을 구입해서 아내 한 명, 딸 한 명, 고양이 한 마리와 살고 있다. 이제 곧 그곳에 기노시타 씨가 꺼리는 뱀이 추가될지 아닐지는 알 수 없지만. 기노시타 씨는 술이 들어가면 말수가 조금 많아진다. 창밖에서 밤이 점점 깊어 갔다.

"저도 이 동네로 이사 오면서 요리를 안 하게 됐어요."

그렇게 말했을 때 느닷없이 탕탕탕탕탕, 하고 미닫이 문을 두드리는 소리가 났다.

"앗."

나도 모르게 소리칠 뻔했다. 황급히 입을 막고 최대한 목소리를 낮추어 "기노시타 씨, 절대 움직이시면 안 돼요. 부탁드려요."라고 말했다.

얼굴을 보지 않아도 근처 절 주지 스님의 부인, 일명 '이멜다 여사'라는 것을 바로 알 수 있었다. 문을 거칠게 두드려서다. 안을 살피려 하는지, 커튼 틈으로 이멜다 여사의 안경테가 어른거렸다.

몸이 굳었다. 여기서 이러는 것을 그녀에게 들켰다가는 내일 아침 온 동네, 아니, 온 야나카에 나와 기노시타 씨에 대해 소문이 날 것이다. 그것도 온갖 살까지 붙어서. 이멜다 여사는 가십을 좋아한다.

다행히 그녀는 눈이 좋지 않아서 얼마 뒤 어울릴 것 같은데 아쉽네, 하고 큰 소리로 말하며 돌아갔다. 무슨 이유인지 그녀는 잠깐 신다가 싫증난 구두를 내게 들고 왔다. 하나같이 값비싸 보이는 브랜드 제품이지만 나는 기본적으로 조리를 신는지라 구두는 잘 신지 않는다. 애초에 사이즈도 맞지 않는다. 받아 봤자 신을 수도 없어 처치 곤란이 된 이멜다 여사의 구두가 이미 내 침실 한 귀퉁이를 차지하고 있다.

"아휴, 무서워라."

이멜다 여사의 발소리가 멀어지는 것을 확인한 뒤 해동된 것처럼 팔다리의 힘이 빠진 채 기노시타 씨에게 누가 왔었는지 설명했다.

"이멜다 여사라니 별명 한번 대단한데요. 진짜 이멜다 여사를 아는 것도 아니잖아요?"

기노시타 씨가 쿡쿡 소리 죽여 웃었다.

"구두를 많이 수집했다는 것만은 안다고요. 그 부인도 신발이 많거든요."

우리는 다시 한번 건배했다. 시간이 지나면서 산미가 사라져 레드와인의 맛이 순해졌다.

결국 둘이서 와인 한 병을 비우고 기노시타 씨가 가져온 빵을 다 먹고 반찬까지 깨끗이 먹어치웠다. 고등어조림을 냄비로 데운 것까지는 기억나지만 그 뒤는 꿈속에서 벌어진 일처럼 기억이 흐릿하다. 마치 행복해지는 마법에 걸린 것 같았다.

어느새 열한 시가 넘었다.

"어이쿠, 시간이 벌써 이렇게 됐나."

기노시타 씨가 허둥지둥 트렌치코트를 입었다.

"실은 오늘 일 관계로 말썽이 좀 있어서 우울했거든요. 그런데 이렇게 뵙고 같이 맛있는 걸 먹었더니 기운이 났습니다. 정말 고맙습니다."

기노시타 씨는 그렇게 말하고는 현관 앞에 내려서 신을 신고 오른손을 슥 내밀었다.

"저야말로 정말 즐거웠어요."

그렇게 말하는 게 고작이었다. 나도 오른손을 내밀었다. 기노시타 씨의 보드라운 손바닥에서 손을 떼기 싫어서, 한 팔을 잡아 빼도 상관없으니 기노시타 씨가 내 손만이라도 집에 데려가 주면 좋겠다고 생각했다. 손바닥과 손바닥이 대화하는 것을 느끼며 나는 살며시 손과 손의 수다를 중단시켰다.

"좌우지간 길을 따라 계속 계속 가세요. 길을 잘못 들었나 싶어도 되돌아오지 마시고요. 계단을 몇 단 내려가면 우물이 나오니까 우물 지나서 계속 가세요. 그럼 교쿠린 사라는 절의 부지로 나오거든요. 거기서 비탈을 내려가면 네즈역이 보여요."

헤어질 무렵 알딸딸하게 취해 역까지 가는 길을 설명했다.

내가 역까지 배웅하겠다고 아무리 말해도 기노시타 씨는 여자 혼자 밤길을 걸으면 위험하다며 거절했다.

"안녕히 가세요."

속으로 '생신 축하드려요.' 하고 덧붙이며 하는 수 없이 기노시타 씨의 뒷모습을 골목에서 배웅했다.

기노시타 씨는 갈지자로 조금 비틀거리며 내가 알려준 네즈로 가는 지름길로 걸어갔다. 묘후쿠 사 옆에 있는 일명 '속삭임 오솔길'로 가면 고토토이 거리로 이어지는지라 네즈까지 더 빨리 갈 수 있다.

교쿠린 사 정원에는 오백 살 먹었다고도 하고 육백 살 먹었다고도 하는 구실잣밤나무가 우뚝 솟아 있다. 주위에 다른 나무가 울창하게 우거져 햇빛이 들지 않는 탓에 줄기에 곰팡이가 피고 썩기 시작했다. 지금은 로프로 고정되어 이럭저럭 뿌리를 내리고 있지만 죽는 것은 시간문제라고 한다. 그래도 그렇게 오랜 세월 이곳에 있는 나무의 모습을 가까이에서 보면 압권이다.

정원을 보려면 사무소에서 이름을 써야 한다. 다음에 같이 가서 기노시타 씨에게도 구실잣밤나무를 보여 주고 싶다. 기노시타 씨라면 틀림없이 기뻐해 줄 것이다. 정원의 연못에는 오래된 능수벚나무도 있다. 언젠가 그것도 기노시타 씨에게 보여 주고 싶다. 나도 아직 그 능수벚나무가 꽃을 활짝 피운 모습은 본 적 없지만.

지금쯤 교쿠린 사까지 갔으려나?

히말라야삼나무 너머로 달이 보였다. 길이 잘 든 금속 대야처럼 반짝거린다. 이제 며칠 뒤면 보름달이 뜰 것이다.

밤이 되자 꽃들이 들뜨는지 어디서 달콤한 향기가 흘러왔다. 나는 몸속 가득 향기를 들이마셨다가 내쉬었다.

봄이 바로 가까이에 다가와 있었다.

꽃
놀
이
—

며칠 전까지만 해도 작은 봉오리 안에 갇혀 있던 매
화가 어느새 일제히 꽃을 피웠다. 부엌 바닥에 정좌하고
앉아 양치하며 멍하니 안뜰을 바라보는데, 예쁜 휘파람
새 한 마리가 날아왔다. 안뜰에 있는 것은 흰 꽃을 피운
고목이다.

태풍이 왔을 때 쓰러졌는지 줄기 아랫부분이 갈라져
옆으로 누웠다. 그런데도 매년 꽃을 깜짝 놀라게 많이
피운다. 기울어진 줄기에서 가지가 사방팔방으로 뻗은
모습이 어딘지 모르게 위엄 있는 용 같다. 휘파람새는

용의 목 언저리에 앉아 있었다.

휘파람새는 가지에서 가지로 포르르 날아다니며 지저귀는 연습을 시작했다. 하지만 아직 잘 울지 못했다.

"호, 호르, 호르르르륵."

전혀 귀엽지 않은 장난스러운 울음소리에 칫솔을 든 채 나도 모르게 미소 짓고 말았다. '구제리나키'. 어린 새의 서툰 울음소리를 뜻하는 말을 가르쳐 준 사람은 유키미치였다.

오늘 기노시타 씨를 만난다. 어젯밤 히메마쓰야로 전화가 왔다. 중요한 일 하나가 일단락됐으니 식사라도 같이 하지 않겠느냐고 했다.

좋은데요, 유시마 덴만의 매화도 아직 못 봤거든요.

나는 묘한 대답을 했다. 그런 식으로 기노시타 씨와 가까워져도 되나 주저하면서도 머리 한구석에서는 무슨 기모노를 입고 갈까 생각하고 있었다. 기노시타 씨를 만나는 것을 상상만 해도 꽃봉오리가 가슴을 가득 메운 것처럼 숨 쉬기 힘들었다. 진정하고 심호흡을 하지 않으면 산소 부족으로 숨이 막힐 것 같았다.

고민하다가 결국 오늘은 차분한 회색 오메시(잔주름이 진 비단의 일종)에 다양한 꽃무늬를 수놓은 검은 린즈(광택 나는 비단의 일종) 허리띠를 묶기로 했다. 매화가 질투하는 일이 없도록 장식용 깃에만 눈에 띄지 않게 벚꽃을 넣었다. 기모노의 세계에서는 늘 계절을 앞서는지라 가령 매화 철에 매화 무늬를 맞추는 것은 멋을 모르는 일로 여긴다. 진짜 매화의 아름다움에는 어떻게 해도 이기지 못한다.

오늘은 손님이 많아 종일 바빴다. 어느새 문 닫을 시간이 되어 나는 립글로스만 가볍게 고쳐 바르고 약속 장소인 카페로 서둘러 갔다. 머리로는 이래도 되는 걸까 생각하면서도 몸은 기노시타 씨가 있는 쪽으로 달리기 시작했다. 자석에 옷을 입힌 것처럼 내 마음은 기노시타 씨를 원하며 똑바로 나아갔다.

오늘도 유시마에서 기노시타 씨를 만나기로 했다. 전철로 한 정거장 거리라 운동을 겸해 걸어가기로 했다. 어쩐지 바닥을 차는 게다 소리가 들뜬 것처럼 들렸다.

지난번 마도카 씨가 가르쳐 준 카페에서 만났다. 이름이 어렵다더니 나도 처음 'TIES(타이즈)'라는 상호를 어떻게 읽어야 할지 알 수 없었다.

메뉴를 보는데 조금 늦게 기노시타 씨가 나타났다. 우리는 입구 바로 곁의 작은 테이블에 마주 앉았다. 기노시타 씨는 늘 입는 광택 있는 트렌치코트 속에 캐주얼한 스웨터와 청바지를 입고 있었다.

"분위기가 어째 다르시네요."

"기모노 입은 여자분하고 식사할 때 어떤 복장이 좋을지 몰라서 결국 학생 같은 차림새가 됐습니다."

기노시타 씨는 쑥스러운 표정을 지었다. 복장 말고도 뭔가 다르다 싶었더니 늘 노트북을 넣어 다니는 무거워 보이는 검은 배낭이 오늘은 없었다. 기노시타 씨는 로열밀크티를, 나는 오레글라세를 주문했다. 손님이 쉴 새 없이 들어오는, 활기가 있으면서도 차분한 분위기의 카페였다.

젊은 주인이 카운터 중앙에서 진지한 표정으로 커피를 내렸다. 포트를 든 손은 아름다운 각도로 고정됐고 눈은 필터 속에서 뜨거운 물을 품어 부풀어 오르는 커피 원두만을 꼼짝 않고 응시했다. 그 모습을 바라보며 기노시타 씨가 부러운 듯 나직이 말했다.

"전 학창 시절에 커피 집을 하고 싶었거든요."

"커피 못 드신다고 하지 않으셨어요?"

"아, 그런가. 아닌 게 아니라 지금은 그렇군요. 그렇지만 옛날엔 정말 좋아해서, 어느 커피숍에서 커피를 배우고 싶어서 상경한 것도 있었죠. 염원을 이뤄 거기서 아르바이트도 했습니다만, 날마다 커피만 마셨더니 어느 날 갑자기 속에서 받아 주지 않게 된 겁니다. 옛날부터 뭐든 열중하는 성격이라서요."

기노시타 씨는 테이블에 양 팔꿈치를 얹고 좌우 손가락을 깍지 꼈다. 바로 위에 있는 작은 조명에 왼손 약지에 낀 반지가 눈부시게 빛났다. 문득 기노시타 씨는 집에서 어떤 사람일까 상상하고 말았다. 그쪽으로 감정이 기울지 않도록 마음을 다른 데로 돌리듯 말했다.

"커피 향은 괜찮으신 거예요?"

"향은 괜찮습니다. 지금도 아주 좋아하죠."

아주 좋아한다는 말이 가슴속에서 날개를 펼친 것 같았다.

오레글라세는 칵테일 잔처럼 다리가 있는 가느다란 유리잔에 나왔다. 하얀 우유 위에 찬물에 내린 커피 막이 얇게 덮여 있었다.

로열밀크티를 한 모금 마신 기노시타 씨가 눈을 반짝였다.

"맛있는데요."

놀란 듯 눈을 둥그렇게 뜨더니 "지금까지 마신 로열

밀크티 중에 제일 맛있다고 해도 될 만큼 맛있어요."라고 말했다. 그러고는 접시째 내 쪽으로 밀어 주며 "시오리 씨도 한 모금 마셔 보세요."라고 권했다. 기노시타 씨가 처음으로 이름을 불러 주어 발바닥까지 빨개질 것 같았다.

손이 떨려 떨어뜨릴까 봐 두 손으로 잔을 들고 기노시타 씨가 입을 댄 자리에 입술을 살며시 가져갔다. 맨 처음 입안으로 흘러든 것은 생크림이었다. 길이 잘 든 비단처럼 매끄러운 감촉이다. 그 뒤 단맛이 과하지 않은 고상한 맛의 밀크티가 들어왔다. 기노시타 씨가 내 표정을 확인하듯 미소 띤 얼굴로 나를 유심히 쳐다봤다.

"정말 맛있네요."

숨이 막히려는 것을 애써 참고 말했다. 어느새 테이블 자리도 카운터도 가득 차 있었다.

"기노시타 씨는 기린 같으세요."

기노시타 씨가 도쿄에서 좋아하는 주점 세 곳 중 하나라는 가게에서 겨우 그 말을 할 수 있었다. 두 병째 주문한, 도기 술병에 남아 있던 데운 청주를 기노시타 씨 잔에 전부 따르며 나는 연애 감정을 고백할 때처럼 가슴 두근거리며 말했다. 실제로 내게 그 말은 기노시타 씨에 대한 마음을 고백하는 것이었을지도 모른다. 하지만 아무것도 모르는 기노시타 씨는 허공에 잔을 든 채 "기린요?" 하고 마치 여우에 홀린 듯한 표정으로 중얼거렸다.

"그런 말 처음 듣는데요."

"처음 봤을 때부터 내내 그렇게 생각했어요."

"제가 기린 같다고요?"

"네."

나와 기노시타 씨는 카운터 끝에 나란히 앉아 마시고 있었다. 두 사람 사이에 빈 그릇이 소꿉놀이 장난감 세트처럼 놓여 있다. 깨로 무친 봄미나리, 초된장으로 버무린 참치, 겨자로 무친 유채, 죽순미역조림. 아쉽게도 기노시타 씨가 좋아하는 감자샐러드는 메뉴에 없어서 그 대신 관자양배추샐러드를 주문했다. 하나같이 제철 음식의 맛이 나 맛있었다. 지금은 바지락을 넣은 후카가와두부전골이 작은 냄비에 조금 남아 있는 게 다였다.

"기린이라."

기노시타 씨는 딱 기린 같은 표정으로 그렇게 말하더니 "한자로 기린 쓸 수 있어요?" 하고 장난꾸러기 어린애 같은 눈빛으로 나를 쳐다봤다. 나는 살그머니 벽에 붙은 주류 메뉴를 훑어봤다. 예의 바른 붓글씨로 쓴 '맥주' 뒤로 '에비스'니 '기네스 흑' 같은 이름이 이어졌다. 그러나 '기린 클래식 라거'의 '기린'은 아쉽게도 가타카나로 쓰여 있었다.

"컨닝은 안 되죠. 꽤 약아빠진 성격이네요?"

내 시선을 알아차린 기노시타 씨가 장난기 어린 목소리로 말했다.

"항복할게요. 절대 못 써요."

나는 말했다. 그리고 술잔 바닥에 조금 남은 청주를 마셨다. 오늘은 조금밖에 안 마셨는데도 기노시타 씨와 함께여서 그런지 빨리 취했다.

그러자 기노시타 씨가 갑자기 내 오른손을 잡고 손바닥에 거침없이 글씨를 쓰기 시작했다. 놀라 스스로도 귀가 빨갛게 달아오르는 것을 알 수 있었다.

기노시타 씨의 몸에는 특별한 뭔가가 흐르는지도 모르겠다. 기노시타 씨와 손이 닿은 것만으로도 약한 전류가 흐른 것처럼 몸속이 저릿해졌다.

기노시타 씨는 내 손을 꽉 붙들고 있었다. 구름다리 위에서는 내가 기노시타 씨를 도와줬건만, 지상에서는 기노시타 씨가 꽤나 밀어붙인다. 기노시타 씨는 내가 보는지 몇 번씩 확인하며 내 손바닥에 한자로 '기린'을 썼다.

기노시타 씨의 손톱이 작은 생물의 발자국처럼 피부를 부드럽게 간질였다. 그곳에 매직으로 글씨가 쓰이는 것 같은 기분이 들어 손바닥에서 시선을 떼지 못했다.

"중국에서 기린은 성인(聖人)이 날 때 나타난다는 상상의 동물인데, 그게 아마 기(麒)가 수컷이고 린(麟)이 암컷일 겁니다. 재능이 특히 뛰어난 소년을 기린아라고 한다든지, 기린도 늙으면 노마(駑馬)만 못하다란 말도 있고요."

기노시타 씨가 말했다.

"노마요?"

"걸음이 느린 말이란 뜻인데, 재능이 모자란 사람을 빗대는 거죠. 그러니까 우수한 재능을 가진 사람도 나이를 먹으면 평범한 사람만도 못하게 된다는 의미랍니다."

기노시타 씨의 목소리를 듣는 것만으로도 꼭 최면술에 걸린 것처럼 마음이 편해져 볕드는 툇마루에서 낮잠자는 기분이 들었다.

"똑똑, 듣고 있어요?"

내 그런 기분을 꿰뚫어 본 것처럼 기노시타 씨는 내 어깨에 손을 얹고 몸을 흔들려 했다. 좌우 어깨에 또다시 약한 전류가 흐르며 따스함이 번졌다.

"기린도 늙으면 노마만 못하다."

방금 기노시타 씨에게 배운 말을 주문처럼 읊어 봤다. 기노시타 씨가 말하면 격언처럼 들리는데 내가 말하니 로봇이 기계적으로 발음하는 것 같았다.

기노시타 씨는 마지막으로 기린 클래식 라거를 작은 병으로 주문했다. 전에 갔던 오뎅 집에서도 그러더니 기노시타 씨는 데운 청주로 시작해서 맥주로 끝냈다.

나는 처음 마신 청주만으로 이미 알딸딸하게 취해 있었다. 그렇지만 나도 기노시타 씨를 따라 시원한 것으로 개운하게 입가심을 하고 싶어졌다. 잔은 몇 개 필요하냐고 묻기에 순간적으로 진저에일을 주문했다.

"아이스크림도 있어요. 팥하고 소금우유 맛. 그리고 유자셔벗도. 특별한 딸기도 있다고 쓰여 있는데요."

기노시타 씨가 초등학생 여자애를 대하는 투로 말하는 게 우스웠다.

"괜찮아요."

허리띠 위에 손을 올리고 자세를 바로하며 대답했다.

"사양할 거 없는데요. 여자들은 다들 단걸 좋아하잖아요? 난 도무지 이해가 안 되지만."

기노시타 씨도 술이 들어가 전에 만났을 때보다 긴장을 푼 듯 보였다. 나는 아쉬움을 가슴에 담은 채 빈 식기를 포갰다.

기노시타 씨는 마지막으로 시킨 야채장아찌를 안주로 순식간에 맥주 작은 병을 비웠다. 나도 허둥지둥 진저에일을 마셨다. 맛있는 음식을 많이 먹은 덕에 배가 아주 행복했다.

음식 값을 계산할 때 나도 반 내겠다고 하자, 오늘은 제가 사겠습니다, 다음에 또 히메마쓰야가 문 닫은 다음 동네에서 파는 반찬을 먹는 자리를 마련해 주세요, 라고 했다. 포렴을 걷고 골목으로 나오자 공기가 찼다.

"아휴, 추워."

무심코 중얼거리며 목도리를 여몄다.

"맛있게 잘 먹었어요."

"저야말로 고맙습니다."

기노시타 씨가 멈춰 서서 절을 했다.

우리는 천천히 뒷골목으로 들어가 가까이 있는 유시마 덴만 궁을 향해 걷기 시작했다. 도중에 수상쩍은 숙소들이 늘어선 곳을 지났다. 기노시타 씨가 신경 쓰는 기색이 없이 천천히 걷기에 나도 신경 쓰지 않고 계단으로 다가갔다. 기노시타 씨도 나도 아무 말도 하지 않았다.

기노시타 씨가 여자 비탈을 올라갔다. 유시마 덴만 궁에 가려면 남자 비탈과 여자 비탈을 올라가는데, 남자 비탈은 가파른 돌계단인 반면 여자 비탈은 완만한 오르막길이다. 비탈 곁에 매화가 피어 있었다. 달콤새큼하고 화사한 향기가 풍겼다.

트렌치코트를 입은 기노시타 씨의 뒷모습을 보며 멍하니 여자 비탈을 올라가고 있을 때였다. 갑자기 기노시타 씨가 "시오리 씨." 하고 불렀다. 놀라 얼굴을 들자 기노시타 씨가 난처한 표정으로 밤하늘을 올려다보고 있었다. 흐릿한 별이 드문드문 떠 있었다.

"아직 몇 번밖에 안 만났는데 이런 말을 하면 불편하실지도 모르지만." 기노시타 씨는 밤하늘의 별들에 매달리는 듯한 목소리로 중얼거렸다. "시오리 씨하고 있으면 이 세상에 태어나서 다행이란 생각이 듭니다. 정말 얼마만에 이런 생각이 드는 건지……."

몇몇 감정이 도미노처럼 가슴속에서 잇따라 쓰러졌다. 기노시타 씨가 방금 한 말은 내가 하고 싶었던 말과 똑같았다. 드디어 만났다고 생각했다. 나는 마지막 도미노가 달카닥 소리를 내며 엎어지는 동시에 용기를 쥐어 짜 말했다.

"시오리라고 불러 주세요."

생각을 앞질러 나온 내 목소리는 매화 향기에 싸인 비탈길에 예상 외로 크게 울렸다. 나도 필사적이었다. 지금 당장 이 사람에게 내 마음을 털어놓지 못하면 평생 후회할 것 같았다. 어떤 크고 따뜻한 힘이 내 등을 살며시 밀어 준 느낌이었다.

"곤란한데." 기노시타 씨는 정말 어쩌면 좋을지 모르겠다는 표정이었다. "그런 말을 들으면 진짜로 좋아하게 될 것 같잖아."

나는 기노시타 씨가 그런 말을 해 준 게 그저 한없이 기뻐서 그 자리에 엎드려 엉엉 울고 싶어졌다.

"하루이치로 씨."

그렇게 그를 부르는 내 목소리는 마치 미리 준비했던 것처럼 자연스럽게 나왔다. 애정이 담긴 목소리에 가슴이 죄어들 것 같았다. 우리는 다시 천천히 비탈을 올랐다. 우리 사이에 이미 새로운 뭔가가 움직이기 시작했다.

하루이치로 씨가 부지 내에 심은 매화나무를 보는 동안, 나는 허리띠에 끼워 온 동전 지갑에서 돈을 꺼내 얼른 연애점 제비를 샀다. 그 자리에서 펴 보지 않고 품에 넣은 다음 하루이치로 씨에게 다가갔다. 하루이치로 씨는 매화나무 밑 벤치에 앉아 활짝 핀 매화를 올려다보고 있었다.

"아름답네요."

내 목소리가 쌀쌀한 밤에 하얀색을 남겼다. 그 색이 사라지기를 기다리듯 하루이치로 씨가 내 오른손을 잡더니 천천히 주머니에 넣었다.

그 안의 작은 어둠 속에서 손가락과 손가락이 엮였다. 구름다리 위에서 처음 손을 잡았을 때는 오믈렛처럼 보드라웠는데, 지금 하루이치로 씨의 손가락은 로프처럼 단단했다. 나로선 몸을 지탱하는 게 고작이었다. 나는 하루이치로 씨 쪽으로 살짝 몸을 기댔다.

나란히 밤하늘을 올려다보고 있으려니 문득 하루이치로 씨가 처음 히메마쓰야에 왔을 때가 생각났다. 휴대폰에 걸려 온 전화를 받느라 기모노 차림으로 밖에 나간 하루이치로 씨. 내가 갖다주려고 한 다운재킷에서 지금처럼 하루이치로 씨의 좋은 향기가 났다. 나는 조금 춥기도 해서 하루이치로 씨에게 더욱 몸을 붙였다.

평일이라 그런지 노점은 이미 문을 닫은 뒤였다. 감

주, 오코노미야키, 술만주, 유명한 긴타로엿(자른 단면에 얼굴이 나오는 가락엿) 가게도 있다. 모든 게 잘 만든 영화의 한 장면 같았다. 우는 것도 아닌데 시야가 흐려지고 지나가는 차 소리마저 부드러운 음악처럼 들렸다.

다른 사람을 좋아하게 되면 모든 게 반전된다는 게 기억났다. 영원처럼 느껴졌던 풍경이 허무하게 스러지고, 행복인 줄 알았던 게 슬픔이 된다. 온 세상 만물이 뒤집히고 뒤바뀐 것 같다.

"붉은 것보다 흰 게 더 먼저 피는구나."

그때 하루이치로 씨가 말했다.

이대로 계속 이러고 있고 싶었다. 조각처럼 된다 해도 상관없었다. 하지만 꼼짝 않고 있으려니 점점 몸속이 차갑게 식었다.

"그만 갈까."

하루이치로 씨가 또 나지막이 말하기에 나도 따라 일어섰다. 주머니 속에서 손을 잡은 채로 장식품처럼 작은 다리를 둘이 건넜다.

"이 다리는 괜찮아?"

놀리듯 가볍게 웃으며 물었다.

"시오리한테 어째 약점을 잡혔나 본데."

하루이치로 씨는 장난스레 대답했다. 아까보다 시오리라고 부르는 목소리가 또렷했다. 그 뒤 둘이 함께 덴진 님께 기도 드렸다. 그때만은 잡고 있던 손을 뗐다가 참배가 끝난 뒤 다시 주머니 속에서 잡았다. 하루이치로 씨의 손바닥은 갓 친 떡처럼 보들보들해져 내 손을 확실하게 감쌌다.

"안 봐?"라고 묻기에 뭘? 하고 되물었다.

"제비."

하루이치로 씨가 앞을 본 채 말했다.

"알고 있었어?"

애써 존댓말을 쓰지 않고 물었다.

"갑자기 휘청휘청 가 버렸잖아."

하루이치로 씨가 말했다.

"집에 가서 혼자 볼까 해서."

내가 대답하자 하루이치로 씨는 나를 이끌듯 계단 쪽으로 향했다. 자신한테 보여 주지 않는다고 살짝 삐친 표정이었다. 바람이 살랑 불어와 순한 매화 향기가 물결처럼 흘러왔다.

하루이치로 씨는 모를 수도 있지만, 우리가 지금 내려가려 하는 길은 부부 비탈이다. 유시마 덴만 궁에는 남자 비탈과 여자 비탈, 부부 비탈, 이렇게 비탈이 세 개 있다. 남자와 여자는 조용한 뒷골목에서 이어지는 데 비해 부부 비탈은 큰길로 이어진다.

한 걸음 한 걸음 넘어지지 않게 조심하며 하루이치로 씨의 걸음걸이에 맞춰 따라 걸었다. 역에 도착하면 손을 놔야 한다. 그러니까 그때까지는 주머니 안에서 조용히 둘만의 시간을 누리고 싶었다.

하루이치로 씨와 그런 아련한 밤을 보냈기 때문인지, 자동 응답기 램프가 깜박거리는 것을 알아차리지 못했다. 이튿날 아침 발견해 들뜬 기분으로 재생 버튼을 누르자, 첫 메시지는 말이 없이 끊겼고 두 번째 메시지는 하나코가 남긴 것이었다.

서먹해진 것조차 잊어버릴 뻔했던 터라 하나코의 목소리를 듣는 순간 반가운 기분이 들었다. 하지만 그것도 몇 초뿐이었다. 하나코는 여느 때와는 전혀 달리 다급한 목소리로 심각한 문제가 생겼으니 바로 연락 달라고 메시지를 남겼다.

어머니에게 무슨 일 있나? 순간적으로 불길한 예감이 들었다. 퇴근길에 사고라도 당했을지 모른다. 그런 생각으로 휴대폰 전원을 켜자 하나코가 다섯 번이나 전화한 기록이 남아 있었다. 불길한 예감이 더욱 커졌다. 어제 휴대폰을 집에 두고 나갔다.

바로 걸려다가 아직 이른 시간이라는 생각에 그만두었다. 기모노로 갈아입고 나서 수화기를 들었다. 어제 하루이치로 씨와 데이트할 때 입고 나간 오메시가 나른하게 상인방에 걸려 있었다. 기모노를 본 것만으로도 온몸의 세포가 행복하게 한숨을 쉬는 듯했다.

"여보세요, 하나? 잤어?"

나는 조심스레 말했다. 불규칙한 생활을 하는 하나코는 이 시간에 대개 잔다.

"아, 언니." 하나코가 불안한 듯한 목소리로 중얼거렸다. "아빠가 경찰에 붙잡혔어."

잠에 취한 목소리로 하나코가 한 말에 쇠망치로 있는 힘껏 심장을 얻어맞은 듯했다. 하나코는 자세한 사정을 설명해 주었다. 어떻게 하면 좋을지 몰랐을 것이다. 이야기하는 사이에 점점 울먹이기 시작했다.

어제 오후 경찰에 잡혀갔다고 했다. 슈퍼에서 물건을 훔치다 들킨 것이다. 전에도 한 번 훔치다가 들켰는데, 그때는 슈퍼에서 눈감아 주었지만 또 봐줄 수는 없다고 경찰에 신병이 인도됐다.

'신병 인도' 같은 말을 듣고 나도 모르게 등골이 오싹했다. 경찰은 처음에는 내게 연락한 모양인데 전화를 받지 않자 하나코에게 연락을 한 것 같다.

"너무 놀라 뭘 어째야 할지 몰라서……."

하나코는 거기까지 말하고는 수화기 너머에서 훌쩍거렸다.

"아버지는? 지금도 경찰에 계셔?"

나는 중요한 부분을 물었다. 아버지는 몇 년 전 똑같이 두 번째 결혼인 여성과 재혼해 행복하게 생활하는 게 아니었나?

"아버지가 훔친 게……." 수화기 저편에서 하나코는 울먹이며 말을 이었다. "우리가 좋아했던 찹쌀떡아이스래."

하나코는 급기야 엉엉 울기 시작했다. 하나코의 울음소리를 듣는 사이에 내 눈에도 눈물이 솟았다.

"벌써 석방돼서 집에 갔어."

하나코가 온몸을 쥐어짜듯 괴로워하는 목소리로 말했다.

오랜만에 심야 버스를 탔다. 비행기는 돈이 들고 기차

는 갈아타는 게 귀찮은 데다 시간이 걸리는 탓에 우리는 심야 버스를 타고 아버지에게 가기로 했다. 하나코는 아버지 집에 처음 가는 것이었다. 전화로는 그렇게 많이 울었으면서 내게 이야기한 것만으로 어깨의 짐을 덜었는지, 밤에 약속 장소에 나타났을 때는 평소와 같이 태평한 하나코였다.

매점에서 과자와 맥주를 사서 버스를 탔다. 하나코는 옆자리에 앉자마자 맥주 캔을 땄다. 나는 따뜻한 차를 마셨다. 버스는 바로 출발했다. 여느 때와 어쩐지 느낌이 다른 것은 내가 기모노가 아니라 평상복을 입어서일지도 모른다.

"이렇게 버스 타는 거 오랜만이네."

"그러게."

하나코도 맥주 캔을 든 채 과거의 기억을 떠올리듯 눈을 가늘게 떴다.

우리 아버지는 버스 기사였다. 장거리 버스가 아니라 노선버스를 운전해, 우리에게는 아버지가 운전하는 버스를 타는 게 일요일의 낙이었다. 그날은 어머니도 화장하고 외출복을 입었고 나와 하나코는 새 블라우스를 입거나 새 양말을 신었다. 어린애 눈에도 아버지의 운전은 안전 운전이었다. 아버지는 커브를 도는 것이나 다음 정거장을 알리는 안내 방송도 잘했다.

아버지는 주로 순환 버스를 담당할 때가 많았던 터라 우리 가족은 버스비 한 번으로 같은 코스를 몇 바퀴씩 빙빙 돌 수 있었다. 다른 승객이 모두 내리면 어머니는 종종 노래를 불렀다. 유민(마쓰토야 유미, 일본의 싱어송 라이터로 유민은 별명)과 같은 날, 같은 하치오지에서 태어났다는 어머니에게 유민은 인생의 좋은 라이벌이자 마음의 벗이었다.

그 때문에 우리 자매는 언제나 유민의 노래가 자장가였다. 지금도 산책 중에 문득 유민의 멜로디를 흥얼거리게 된다.

옆을 보니 맥주를 다 마신 하나코가 두 귀에 이어폰을 꽂고 음악을 듣고 있었다. 내 시선을 알아차리고 "언니도 들을래?" 하고 큰 소리로 물었다. 최근에는 시오 언니라 부를 때가 많았던 터라 어렸을 때와 똑같은 느낌으로 언니라고 불리니 귓속이 간질간질했다.

"누구 노래?"

"유민."

똑같은 생각을 했구나 싶어 그만 웃고 말았다. 하나코

와 이어폰을 하나씩 나눠 꼈다. 오랜만에 듣는 유민의 독특한 목소리가 흘러나오고 있었다.

"아, 이거."

귀에 익은 노래 몇 곡이 흘러나온 뒤 그 곡의 도입부가 시작됐다.

"자주 불렀지."

"목욕하면서도 공원에서도 합창했잖아."

그 무렵에는 의미도 모르고 그저 명랑하게 불렀다. 하지만 지금 하나코와 함께 듣는 그 노래는 크고, 깊고, 사랑이 넘쳐 가슴에 생생하게 다가왔다. 드릴로 땅을 파듯 단어 하나하나가 마음에 날카롭게 꽂혔다.

어느새 하나코도 눈을 감고 울고 있었다. 파란 마스카라를 짙게 바른 눈썹에서 파란색 눈물이 흘렀다. 뭔가를 필사적으로 참는 것처럼 눈썹이 바들바들 떨렸다. 어쩐지 우리 앞자리에 어머니가 있고 아버지가 이 버스를 운전하는 것 같은 기분이 들었다.

"하나."

노래가 끝난 뒤 나는 조용히 하나코를 불렀다.

"응?"

"저번에 미안해."

"뭐가?"

"갑자기 쫓아내서. 기모노도 안 빌려줬고."

"신경 안 써. 게다가 그건 하나코 잘못인걸."

"하나, 넌 자. 도착하면 깨워 줄게."

바로 대답할 말을 찾지 못한 나는 조금 지나 하나코의 머리를 내 어깨에 기대 주었다.

"언니, 잘 자."

어제부터 거의 잠을 못 잤는지도 모른다. 하나코는 그렇게 중얼거린 지 몇 초도 안 돼 규칙적인 숨소리를 내며 잠이 들었다.

나는 얼마 동안 더 우리 어린 시절을 돌이켰다. 그 시절에 가족이 가장 빛났다. 어머니도 아버지를 사랑했고 아버지도 어머니를 사랑했다. 나도 하나코도 물뿌리개로 물을 맞듯 매일 사랑을 듬뿍 받았다. 어머니가 동네 젊은 미용사와 사랑에 빠져 라쿠코를 임신하기 전까지 우리 넷은 분명히 가족이었다. 적어도 내게는 그랬다.

심야 버스에서 내려 기차로 갈아타고 아버지 고향으로 향했다. 아침 해가 눈부셨다. 모든 것은 메시지라고 노래하는 유민의 목소리가 귓속에서 되살아났다. 눈을 감으면 어디선가 제철 모르는 치자꽃 향기가 풍길 것 같았다.

아버지가 차로 역에 마중 나와 있었다. 우리를 보고는 흰 세단에서 내려 한 손을 들었다.

"아빠."

하나코가 뛰어갔다. 아버지는 놀란 표정으로 하나코를 쳐다봤다.

"저 왔어요."

"그래, 왔냐."

내 말에 아버지는 갈라진 목소리로 그렇게 말하고 차에 올라탔다.

"하나, 많이 컸구나."

아버지와 아버지의 재혼 상대인 스즈노 씨가 사는 집은 역에서 차로 십오 분쯤 더 간 곳에 있었다.

"시오리는 한 오 년 만에 보는 건가?"

집에 도착해 차 트렁크에서 우리 둘의 짐을 꺼내며 아버지가 말했다.

"성인식 때 만났으니까 팔 년 아니에요?"

"그래, 벌써 그렇게 됐냐."

아버지가 문을 열어 주었다. 마치 산꼭대기 산장처럼

지붕이 돔 모양인 이 통나무집에서 나는 아버지와 함께 살았었다.

아버지 집에 처음 와 보는 하나코는 자신들이 사는 시내 임대 주택과의 차이에 노골적으로 눈을 동그랗게 뜨고 놀랐다.

"하나도 들어오렴."

아버지가 어린애 대하듯 손짓해 하나코를 집 안으로 안내했다.

하지만 집에 들어선 순간 나는 뭔가가 다르다는 것을 금세 알아차렸다. 당연히 이곳에 있어야 할 사람의 기척이 없었다.

아버지는 부모님이 남긴 땅을 물려받아 이곳에서 자급자족에 가까운 생활을 하고 있었다. 당시 고등학생이었던 나와 함께 이곳에 막 이사 왔을 때 아버지는 아직 사십 대였다. 체력도 기력도 있으니 남의 손을 거의 빌리지 않고 혼자 힘으로 집을 지었다. 버스를 운전하던 아버지에게 어떻게 그런 기술이 있는지, 나는 그저 놀라 눈을 휘둥그렇게 뜰 뿐이었다.

당시 아버지가 시행착오 끝에 손수 만든 물건들은 비록 완성도는 떨어져도 모두 아버지의 애정과 꾸준한 노력에 의해 반짝반짝 빛났다. 그러나 지금 눈앞에 있는 그것들은 광택이 나지 않았다. 베란다에 있는 나무 벤치는 부서졌고 작은 테이블은 비바람을 맞아 썩었다. 해먹은 처마 밑에 버려져 있었고 흙 아궁이는 입구에 거미줄이 늘어져 있었다. 아버지가 고심해서 만든, 톱밥을 뿌려 사용하는 퇴비 화장실은 전에는 그런 적이 없었건만 불쾌한 냄새가 났다.

집 안과 바깥을 둘러보고 나니 더는 피할 수 없었다. 나는 차를 준비하는 아버지에게 되도록 자연스럽게 물었다.

"스즈노 씨는 안 계세요?"

아버지가 물건을 훔친 것과 그 일은 보이지 않은 실로 엮여 있을 게 틀림없었다.

"떠났다."

아버지는 말린 비파 잎이 든 병을 든 채 넋 나간 사람처럼 말했다. 그러고는 보온 포트 뚜껑을 눌러 찻주전자에 뜨거운 물을 부었다. 싱크대에 방치된 냄비에는 영원한 어둠처럼 시커멓게 탄 찌꺼기가 눌어붙어 있었다.

텔레비전 밑 책꽂이를 보니 『자급자족 생활』, 『한 달에 3만 엔으로 살기』 같은 빛바랜 책 몇 권이 꽂혀 있었다. 나와 함께 살 때는 텔레비전이 없었다.

창밖에 분홍색과 회색을 섞은 듯한 칙칙한 색의 하늘
이 펼쳐져 있었다. 하나코가 선물로 가져온 비둘기 사브
레를 먹으며 비파 잎 차를 마시는 사이에 점점 잠이 몰
려왔다.

"저녁엔 다 같이 양고기 먹으러 갈까? 그때까지 둘 다
누워서 좀 쉬렴."

아버지가 칙칙한 하늘을 보며 말했다.

"스즈노는 이런 물도 못 내리는 화장실은 이제 지긋
지긋하다면서 떠났어."

셋이 양고기를 먹은 뒤 아버지는 우리 자매를 차로
가까운 노천 온천으로 데려갔다. 도중부터 하나코는 모
드를 전환했는지, 아니면 아버지와 보내는 시간의 감각
을 되찾았는지 아빠, 아빠, 하고 부르며 마치 여행 삼아
놀러온 사람 같았다. 흥분해서 피곤한지 온천에서 돌아
오자마자 바로 잠자리에 들었다. 아버지도 성장한 하나
코를 만나 기쁜 표정이었다.

아버지와 이렇게 오래 이야기하는 것은 오랜만이었
다. 왠지 모르게 심심하다 생각하는데 아버지가 사이드

보드에서 위스키를 꺼냈다. 마치 양주 광고를 연기하는 것 같아 처음에는 쑥스러웠지만 술을 마시는 사이에 아버지 이야기에 빠져들었다.

스즈노 씨의 불만이 폭발한 것은 키우던 닭이 여우의 습격을 받아 한 마리도 빠짐없이 죽은 날 아침이라고 했다. 처음에 그걸 발견한 스즈노 씨가 놀라 아버지에게 더는 이렇게 못 살겠다고 말했다.

"부끄러운 일이다만 지금까지 그런 이야기를 부부 사이에 확실하게 한 적이 없었어. 스즈노는 참을성이 많고, 별말이 없으니까 이런 생활을 꽤 마음에 들어 하는 줄 안 거야. 하지만 실제로는 작은 불만과 괴로움, 노여움이 내내 몸속에 쌓이다가 그날 아침 폭발한 거지. 한두 해 같이 산 것도 아닌데 그것도 몰라줬으니 얼마나 미안한지 몰라."

아버지는 홀짝홀짝 위스키를 마시면서 말을 이었다.

그렇게 멀지 않은 양계장에서 안전하고 맛있는 계란을 생산하는 사람이 있는데 어째서 이렇게 고생하면서까지 닭을 키워야 해? 모든 걸 자기 손으로 만들어 내려고 하니까 뭐 하나 제대로 된 게 없어. 여우한테서 닭을 지키지도 못하잖아. 스즈노 씨는 그렇게도 말했다고 한다.

"스즈노 말이 옳다 싶더라."

아버지는 얼음만 남은 잔을 들어 마지막 한 방울을
마셨다.

아버지와 제2의 인생을 살기 시작한 스즈노 씨는 염
색가다. 내게 스즈노 씨는 결코 비호감 타입의 여성이
아니다. 이런 표현이 어떨까 싶지만 친어머니보다 더 호
감 가는 사람이다. 그런 스즈노 씨가 아버지를 두고 나
갔다는 사실에 나는 적잖은 충격을 받았다.

"아버지, 스즈노 씨가 어디 있는지 알죠? 한 번 더 만
나서 이야기해 볼 순 없어요?"

"가나자와에 사는 아들 집에 있다더라. 걱정이 된다며
가끔 전화를 주거든."

안도감을 느끼며 아버지가 이부동생 라쿠코 외에 아
버지도 어머니도 다른 호적상의 남동생이 있을지도 모
르겠다는 생각을 막연히 했다.

"아무튼." 아버지는 말했다. "화장실하고 샤워실만은
이미 업자한테 부탁해 놨어. 그렇게 조금씩 문명을 도입
하는 방향으로 노력하마."

끝부분은 스스로를 설득하는 듯 들렸다.

"화장실이 완성되면 스즈노 씨도 분명히 돌아와 주실 거예요."

어느새 내 잔도 비어 있었다. 몸이 싸늘하게 식어 한 번 더 목욕하기로 했다. 아버지가 주물 목욕통에 불을 때 주었다.

기린도 늙으면 노마만 못하다.

따뜻한 물에 몸을 담그고 있으려니 문득 하루이치로 씨가 그저께 가르쳐 준 말이 되살아났다. 두서없는 생각이 머리를 맴돌아 나는 그것을 씻어내듯 두 손으로 물을 떠 얼굴에 끼얹었다. 하루이치로 씨를 사랑하는 마음을 끌어당겨 벌거벗은 팔다리로 가슴에 꼭 끌어안았다. 아버지가 빗물을 받아 쓰는 터라 목욕물에서 흙과 마른 잎 냄새가 났다.

아버지 집에 머무는 동안 아무도 사건 이야기를 꺼내지 않았다. 분명 아버지는 두 번 다시 같은 실수를 되풀이하지 않을 것이다. 나와 하나코를 역까지 데려다준 뒤 차에 올라타는 아버지의 뒷모습을 보며 그렇게 생각했다. 딸의 근거 없는 희망일지 모르지만 나는 강하게 그런 느낌을 받았다.

빡빡한 일정이었지만 하나코와 함께 아버지를 만나러 가기를 잘했다. 아침에 화면 상태가 불량한 텔레비전으로 일기예보를 확인하니, 이곳은 맑은데 도쿄는 비가 올 것이라고 했다. 임시 휴업이라고 써 붙이고 오는 것을 깜박한 터라 비가 와 줘 다행이다.

옆에서 의자를 뒤로 밀고 눈을 감고 있는 하나코는 완전히 어린 시절 얼굴이었다. 새근새근 소리가 들릴 것 같은 얼굴로 잔다. 이렇게 편안한 표정의 하나코를 몇 년 만에 보는 걸까.

"하나, 잘 자."

나는 하나코에게 그렇게 말한 뒤 눈을 감았다.

잠은 무거운 쇳덩어리처럼 찾아와 나는 버스가 종점에 설 때까지 푹 잤다.

"호, 호륵."

푸른 하늘 아래 매화나무에 휘파람새가 앉았다. 며칠 전 서툴게 울던 그 휘파람새일까. 오늘은 제법 능숙하게 울고 있었다. 그래, 그거야, 하고 칭찬하며 나는 창유리 안에서 손뼉을 쳤다. 오늘은 지난번과 같은 회색 오메시에 산뜻한 색으로 앵무새를 수놓은 허리띠를 맸다.

히메마쓰야의 포렴을 걸려는데 전화벨이 울렸다.

"시오리?"

순간 누구인지 알 수 없었다.

"둘이 의논해서 다시 시작하기로 했다."

상대방은 악기 같은 목소리로 그렇게 알렸다. 발치에 연애점 제비가 뒹굴고 있었다.

"스즈노 씨가 돌아와 주신대요?"

나도 모르게 빠른 말투로 아버지에게 물었다.

"아까 역으로 마중 나갔다 왔어. 지금은 염색 재료를 찾는다고 숲에 갔고."

밝은 목소리였다. 아버지와 스즈노 씨는 잘 어울리는 부부다. 나는 그렇게 확신했다. 아버지는 꼭 행복해졌으면 좋겠다.

그나저나 한순간 하루이치로 씨의 전화라고 착각한 스스로가 참 우스웠다.

"다음에 남자 친구라도 데리고 놀러 오렴."

아버지가 진지하게 말했다.

"그래요, 뭐, 언젠가요."

가볍게 대꾸하고 전화를 끊었다.

포렴을 걸려고 밖으로 나오니 날은 맑은데 제철 모르

는 눈이 흩날리고 있었다. 눈은 지상의 더러움을 하얗게 뒤덮으려는 듯 열심히 내렸다. 그래도 푸른 하늘 아래 순식간에 사라졌다.

반짝이는 눈송이를 보며 겨우 며칠 지났을 뿐인데도 하루이치로 씨가 보고 싶다고 생각했다. 앞으로 힘든 일이 더 많이 기다리고 있을 텐데 그렇게 약해서 어떻게 하느냐고 스스로를 미덥지 못하게 생각하면서도, 그래도 하루이치로 씨가 보고 싶었다.

새
를
기
다
리
다
—

　화장대 앞에서 머리를 빗는데 갑자기 공기가 가벼워
진 느낌이 들었다. 벚꽃이 피었는지도 모르겠다. 올겨울
은 추운 날이 많았는데 요새 들어 갑자기 봄 날씨가 됐
다. 벚꽃이 피기 시작하면 마치 공기가 화장한 것처럼
거리 전체가 조금씩 연분홍색으로 물들어 간다.

　이층 창문을 열면 근처 절의 벚나무가 얼마만큼 피었
는지 볼 수 있다. 하지만 나는 하루이치로 씨와 꽃놀이
를 할 때까지 벚꽃 보기를 아껴 두기로 했다.

　머리를 올리고 가게 문을 열 준비를 하려고 일어섰을

때 마도카 씨가 찾아왔다. 오늘은 보드라운 새 깃털 장식이 달린 옅은 물빛 원피스를 입었다. 은빛이 도는 양말이 묘하게 현대적이고 세련됐다.

"시오리, 야나카 묘지의 벚꽃이 이제 좀 있으면 피겠어."

미닫이문을 드르르 열고 여느 때보다 조금 흥분한 듯 들뜬 목소리로 말했다. 벚꽃을 의식해서인지 머리에 분홍 스카프를 감았다. 그러는 나도 허리띠에 덧대는 장식으로 홀치기염색을 한 분홍 천을 골랐다.

"갑자기 포근해졌으니까요."

그렇게 말하며 마도카 씨에게 방석을 깔아 주었다.

"오늘은 이나쇼에 갔다 왔거든."

마도카 씨가 왼손에 든 과자 상자를 슥 내밀었다.

"이나쇼요?"

"응, 이나무라 쇼조. 과자 가게."

가게의 존재는 알고 있었지만 언제나 줄이 길어서 직접 산 적은 없었다. 가게는 야나카 묘지의 벚나무 가로수길 가까이에 있다. 최근 새로 초콜릿 전문점도 낸 모양이다.

"싸길래 슈크림을 샀지."

마도카 씨는 후후후후후, 하고 슈크림 같은 미소를 지

으며 말했다.

나는 과자 상자를 들고 일어섰다. 며칠 동안 포근한 날씨가 이어져 이제 화로에 불을 피우지 않았다. 안쪽 마루방의 난로에 물을 끓이고 있으려니 이번에는 이멜다 여사가 나타났다.

구두굽 소리가 또각또각또각또각 다가와 미닫이문이 드르륵 열렸다. 이멜다 여사의 체형은 마트료시카라는 러시아 인형을 닮았는데, 몸집이 작은 마도카 씨와 나란히 있으니 마도카 씨가 이멜다 여사 속에 쏙 들어갈 것처럼 보였다. 이멜다 여사는 오늘 눈부시게 빛나는 황금색 펌프스를 신었다. 품에 안은 애견 치와와는 짓눌릴 것 같았다.

"안녕하세요."

경계하며 정중하게 인사했다.

"당신 알고 있었어?"

이멜다 여사가 인사도 하는 둥 마는 둥 시멘트 바닥에 버티고 섰다.

"무슨 말씀이세요?"

"당연히 잇세이 씨 이야기지."

"잇세이 씨가 왜요?"

뜻밖의 말에 가슴에 먹구름이 꼈다.

잇세이 씨의 본명은 사오토메 잇세이, 근처 저택에 사는 노신사다. 꽤 오래전에 부인이 세상을 떠난 뒤, 정기적으로 가사 도우미가 오기는 해도 기본적으로는 혼자 생활하고 있다. 정정해 보여도 아마 여든 살 가까이 됐을 것이다. 나도 이 동네에 처음 이사 왔을 때 잇세이 씨에게 도움을 많이 받았다. 그때부터 손주처럼 예뻐해 준다.

"자기만 알고 안 가르쳐 준 건 줄 알았더니."

"무슨 말씀이신데요?"

가슴속 먹구름이 더욱 무거운 비구름이 됐다.

"잇세이 씨가 입원했다는 소식 말이야."

이멜다 여사는 아주 언짢다는 표정으로 성내듯 말했다. 품속의 치와와가 괴롭게 몸부림쳤다.

"입원하셨다고요?"

나도 모르게 되물었다. 그러나 더 자세히 물으려 했을 때 안에서 쇠 주전자의 물이 끓는 소리가 나기에 황급히 불을 끄러 갔다.

호지차 3인분과 슈크림을 들고 돌아오니 이멜다 여사도 마도카 씨 옆에 앉아 있었다. 치와와가 이멜다 여사의 투실투실한 허벅지 위에서 부들부들 떨리는 다리로 균형을 잡으려 애쓰고 있었다.

두 사람 사이에 슈크림을 놓았다.

"좀 전에 마도카 씨가 주신 거예요. 드세요."

그렇게 말하며 이멜다 여사에게도 권했다. 마도카 씨는 여전히 그늘 한 점 없는 표정으로 생글거리고 있었다.

잇세이 씨는 3월 초에 집에서 쓰러졌다고 했다. 세면실에서 쓰러져 꼼짝 못 하는 것을 가사 도우미가 발견해 바로 구급차로 병원에 실려 갔다. 다행히 쓰러진 지얼마 안 되어 발견된 덕에 늦지 않게 수술을 받아 뇌에 후유증은 남지 않았다. 하지만 쓰러지면서 허리를 다쳐입원 생활이 길어지는 모양이다. 지금은 근처 대학 병원에 입원 중이라고 했다. 나는 이멜다 여사가 알려 준 잇세이 씨 병실 번호를 잊지 않게 써 두었다.

"그 엉큼한 영감탱이, 당신이 가면 좋아서 금세 싹 나을지도 몰라."

이멜다 여사가 어딘지 모르게 들으란 듯 말했다. 이멜다 여사는 나와 잇세이 씨의 관계를 전부터 오해하는 듯했다.

"조만간 병문안 갈게요."

이멜다 여사의 말을 흘려들으며 말했다.

그 뒤 이멜다 여사를 배웅하러 밖으로 나갔다. 역시 공기가 수줍어하듯 화사해 보이는 것은 기분 탓이 아닌지도 모른다. 거리 전체가 조신하게 미소 짓고 있었다.

"시오리는 잇세이 씨 옛날 애인을 쏙 빼닮았거든."

이멜다 여사가 간 뒤 마도카 씨는 이번에는 쿠쿠쿠쿠쿠, 하고 코에 잔주름을 잡고 웃었다. 야나카에서 나고 자란 마도카 씨는 잇세이 씨와 어렸을 때부터 알고 지낸 사이다. 여기 야나카에는 마도카 씨처럼 결혼할 남자를 불러 이곳에 눌러사는 여자가 적지 않다.

나는 이멜다 여사가 먹지 않은 슈크림에 손을 뻗었다. 조그만 슈 속에 많이 달지 않은 크림이 듬뿍 들었다. 다들 줄까지 서 가면서 사고 싶어 할 만했다.

첫 손님이 오자 마도카 씨는 경쾌한 발걸음으로 돌아갔다. 물빛 원피스가 봄바람에 살랑살랑 흔들렸다.

개점 전에 그런 일이 있었기 때문인지 그날은 잇세이 씨 생각이 자꾸 났다.

사 년 전 무작정 야나카에서 히메마쓰야를 시작했을 때 잇세이 씨에게 대량의 기모노를 받았다. '입지 않는 오래된 기모노가 장롱에 있으면 말씀해 주세요.'라고 가게 앞에 써 붙인 것을 보고 연락을 준 것이다. 돌아가신 부인이 남긴 소중한 기모노였다.

한 벌씩 옻을 바른 포장지로 잘 싸서 단정한 글씨로 알기 쉽게 안에 든 기모노의 설명을 써 두었다. 십중팔구 부인이 적었을 것이다. 글자 하나하나에 기모노에 대한 애정이 넘쳤다. 끈을 풀어 포장을 열자 장뇌유 냄새가 났다. 얇은 종이를 들추니 근사한 기모노가 단정하게 개켜져 있었다.

"이렇게 좋은 걸……."

나는 눈앞에 놓인 기모노들에 말문이 막혔다.

한눈에 고급이라는 것을 알 수 있는 기모노들이었다. 만난 적도 없건만 가까이에 부인이 있는 것처럼 느껴졌다.

"갖고 있어 봤자 의미가 없으니까 말이지. 이렇게 해 둬도 어차피 상하고."

잇세이 씨는 에도 사람다운 가벼운 말투로 말했다.

"하지만 부인께서 소중하게 간직하셨던 건데요."

아름다운 기모노에 한숨을 쉬며 중얼거렸다. 손을 대는 것만으로도 기모노들이 반짝반짝 빛났던 화려한 현역 시절이 눈앞에 보이는 듯했다.

"죄송합니다만 따님이나 이걸 물려받을 분은 안 계시는지요?"

만난 지 얼마 안 됐는데 결례라고 생각하면서도 물었다.

"딸? 아이고, 안 돼. 제 힘으로 입지도 못하고, 일본 사람이면서 개는 법도 모르거든. 댁이 가져가면 좋겠어."

잇세이 씨는 열의를 담아 내게 말했다. 잇세이 씨의 마음이 흔들리는 일은 없을 듯했다. 나는 마음을 고쳐먹고 기모노를 넘겨받기로 했다.

그때 잇세이 씨와 약속했다. 그중에서 한 벌만은 내가 평생 갖고 있겠다고. 그 외의 다른 기모노는 터무니없이 싼 가격으로 내게 넘겨주었다.

잇세이 씨는 소매에 산을 그린 고상한 기모노를 내게 골라 주었다. 염색한 실로 천을 짠 나들이옷인데 기모노로서의 격도 높았다. 내게 실제로 대보며 여러 후보 중에서 잇세이 씨가 골랐다.

"이건 말이지, 아내가 마음에 들어 해서 어디 갈 일이 있으면 꼭 입던 옷이야. 승부복이라고 하나? 댁한테 이게 제일 잘 어울리니까 이것만은 갖고 있어줘. 아는 곳에 있으면 그 친구도 안심할 테니까. 나머지는 전부 비싼 값에 팔아 버려. 그나저나 기모노는 역시 옛날 것이 더 품위가 있고 좋군."

잇세이 씨는 마치 부인의 옛날 사진을 보는 듯한 표정으로 눈을 가늘게 떴다.

그때 넘겨받은 기모노는 내가 받은 것 외에 정말 이제 한 벌도 남아 있지 않다. 잇세이 씨가 시킨 대로 값을 비싸게 매긴 덕에 되레 기모노를 진지하게 아끼는 사람들이 가져간 것 같다. 나는 되도록 빨리 잇세이 씨 병문안을 가야겠다고 생각했다.

벚꽃을 보지 말아야지, 보지 말아야지 해도 야나카를 걷다 보면 벚꽃의 실루엣이 자꾸자꾸 시야에 들어온다. 히메마쓰야의 문을 열기 전 산책 삼아 근처에 잠깐 나가기만 해도 절 경내에 핀 벚꽃이 희미하게 옅은 색을 발하는 게 느껴졌다. 서두르지 않으면 꽃이 가장 예쁠 때가 지나가건만.

하루이치로 씨는 요새 특히 바쁘다. 그렇지만 같이 벚꽃을 보는 것은 어려울지 모르겠다고 체념하려 했더니 오늘 아침 일찍 전화가 왔다. 일은 여전히 바쁜 모양이었지만 밤에 잠깐 회사에서 빠져나올 수 있다고 했다.

하루이치로 씨는 야나카긴자 상점가의 반찬이 어지간히 궁금한지 음식은 직접 사 오겠다고 했다. 그래서 나는 식후에 먹으려고 하루이치로 씨가 좋아하는 센베이를 사러 나왔다. 역시 거리 전체가 옅은 분홍색으로 물든 것 같다.

밤에 무사히 하루이치로 씨를 만날 수 있기를 기원하는 마음으로 여느 때와 같은 회색 오메시에 부드러운 물방울무늬 허리띠를 맸다. 이 기모노를 입으면 하루이치로 씨와 담담하면서도 친밀한 시간을 보낼 수 있을 것 같다.

하루이치로 씨가 먹을 간장 맛 센베이와 내가 먹을 설탕을 뿌린 센베이를 사서 돌아오는 길에 문득 생각나 청과점에 들렀다. 지금이 제철이라는 루비처럼 새빨간 딸기와 오늘 막 들어왔다는 골든오렌지를 집어 봤다. 단맛을 싫어한다는 하루이치로 씨가 과연 과일을 좋아할지 알 수 없지만 어쨌거나 준비해 두고 싶다. 골든오렌지는 유자와 귤의 자연 교배로 생겨났다는데, 냄새를 맡아 보니 고귀하고 부드러운 향기가 나 황홀한 기분이 들었다. 집에 오자마자 바로 딸기와 골든오렌지를 씻었다.

그런데 오전 중에 장을 보러 갔을 때는 날이 맑더니 오후 들어 점점 구름이 끼기 시작했다. 하늘 전체가 자몽주스를 탄 것처럼 희부옇게 흐려지고 차가운 북풍이 망가진 아코디언처럼 심란한 소리를 내며 불었다. 벚꽃이 더 떨어지겠다고 생각하니 전에 라쿠코가 내 생일에 만들어 보내 준 맑음 인형에게 기도하지 않을 수 없었다. 날씨 때문에 다들 집에 있는지 오늘은 손님도 드문드문 왔다.

날씨를 걱정하며 손님이 없는 틈에 딸기 꼭지 밑에 칼집을 넣었다. 꼭지를 잘라 내지 않고 남겨 두면 먹기에도 편하거니와 녹색과 빨간색의 대비가 아름답다. 유리그릇에 담고 랩을 씌워 냉장고에 넣을까 잠시 망설이다가 기온이 그렇게 높지 않으니 실온에 두기로 했다.

오늘은 의상 디자인 전문학교에 다니는 학생이 와서 메이센(평직으로 짠 견직물) 기모노를 대량으로 구입했다. 치마를 만들 것이라고 했다. 메이센은 색상과 무늬가 참신한 데다 가격도 대중적인 게 많아서 젊은 사람을 중심으로 애호가가 많다. 옛날 사람은 키가 작아 기모노의 기장도 짧은 게 많으니, 기모노라는 형태에 구애되지 않고 새로운 형태로 현대에 되살아나는 것도 멋진 일이라고 생각한다.

가게 문을 닫고, 하루이치로 씨는 아직 더 있어야 올 것 같기에 오랜만에 잇세이 씨가 준 기모노를 이층 반침에서 꺼내 봤다. 부인, 부디 잇세이 씨를 지켜 주세요. 마음속으로 그렇게 기도하며 천천히 포장지 끈을 풀었다. 얇은 종이를 들추자 아름다운 산 문양이 나타났다. 새싹이 움트는, 신록이 아름다운 산들이 줄을 짓고 있다. 해가 저물자 기온이 낮아져 나는 하루이치로 씨를 위해 화로에 불을 지피고 기다리기로 했다.

하루이치로 씨는 밤 여덟 시 가까이 되어 겨우 숨을 몰아쉬며 찾아왔다. 양손에 큰 봉지를 들었다. 내게 하루이치로 씨는 양지바른 곳이다. 다른 곳이 아무리 어둑어둑하고 추워도 그곳만 환한 빛이 가득하고 포근하다.

"안녕하세요."

하루이치로 씨는 태양 그 자체 같은 얼굴로 환히 웃고는 진지한 표정으로 돌아가 신을 벗었다.

지난번 주머니 안에서 손을 잡은 채 유시마 덴만 궁의 부부 고개를 내려갔으면서, 오랜만에 만나니 어쩐지 조금 서먹하다고 할지, 멀게 느껴졌다. 나는 하루이치로 씨의 트렌치코트를 받아 옷걸이에 걸었다. 코트에서 싸늘한 바깥 공기가 묻어났다. 하루이치로 씨는 코트 안에 사진으로 보는 지중해 같은 밝은 파란색 스웨터를 입고 있었다.

사 온 반찬을 늘어놓기 시작한 하루이치로 씨의 정수리 언저리에 벚꽃 잎 한 장이 붙어 있었다. 하트 모양의 연분홍 꽃잎이었다. 떼 줄까 말까 망설이다가 그냥 두기로 했다. 이것도 작은 꽃놀이처럼 느껴져서다.

"바지락조림에, 이건 오뎅. 회는 어때? 참치하고 문어를 사 봤는데. 그리고 쇠고기다타키. 비지도 맛있어 보이길래. 꼬치구이는 아직 따뜻할 거야. 그리고 마지막은 노이케의 붕장어초밥."

"꽤 많이 샀네요."

"모자란 것보다는 나을 것 같아서."

하루이치로 씨는 머리 꼭대기에 꽃잎을 얹은 채 기쁜 듯 미소 지었다. 하루이치로 씨가 이 집에 봄을 데려온 것 같다. 하루이치로 씨가 웃으면 히메마쓰야도 내 마음도 포근해진다. 내 가슴에도 드디어 벚꽃이 피기 시작한 듯했다.

"뭐 마실 거 줘요?"

"아직 근무 중이라서. 그렇지만 모처럼 꽃놀이하는데 아무것도 안 마시면 재미없겠지."

북풍이 또 망가진 아코디언 같은 소리를 내며 불었다. 비가 오는 것은 시간문제일 듯했다. 하지만 어쩌면 하루이치로 씨는 이제 날이 갤 것이라고 믿는지도 모른다. 나도 하루이치로 씨의 얼굴을 보다 보니 차츰 그렇게 믿게 됐다.

"청주도 있어요."

"그럼 데운 청주를 조금만 줘. 몸이 좀 따뜻해지면 밤 벚꽃을 보러 갈까."

"야나카 묘지 안에 아주 아름다운 벚나무 가로수길이 있으니까 거기로 가요."

그렇게 말하며 청주를 데울 준비를 했다. 물이 끓는 동안 하루이치로 씨가 사 온 반찬을 서둘러 접시에 냈다.

"오뎅은 마지막에 붕장어초밥을 먹으면서 국물 대신 마실까."

하루이치로 씨가 나와 똑같은 생각을 했다는 게 기뻤다.

주석 지로리(술 데우는 그릇)와 술잔 세트는 몇 년 전 교토에 기모노를 사러 갔을 때 골동품 시장에서 발견했다. 반침에서 꺼낸 적도 없어 존재마저 잊고 있었는데, 아까 잇세이 씨에게 받은 기모노를 꺼낼 때 찾았다. 실제로 사용하는 것은 오늘밤이 처음이다.

"건배."

소꿉놀이 장난감 세트처럼 작은 술잔을 들어 하루이치로 씨와 건배했다. 탁자 위에 컨 전등과 일본식 초의 불빛이 방에 독특한 음영을 부여했다. 목소리를 내거나 움직여 조금이라도 공기가 들썩이면 그림자가 흐트러지기에 나는 되도록 조용히 있고 싶었다. 하루이치로 씨의 옆얼굴이 마치 서양 조각품처럼 보였다.

"술 맛있는데."

한 잔 더 따라 주자 하루이치로 씨는 실감 어린 목소리로 말했다. 잔이 작아 금세 빈다. 불빛 때문일 수도 있지만 하루이치로 씨의 눈은 전에 없이 촉촉해 어스름 속에서 특별한 샘물처럼 빛났다. 하루이치로 씨는 정좌를 풀어 책상다리를 하고 앉았다.

"옛날에 아버지 술을 준비해 드리면서 훈련이 됐을지도 모르겠네요."

촛불이 흔들리지 않게 작은 목소리로 속삭였다. 그러고 보니 하루이치로 씨에게 가족에 관해 자세히 이야기한 적이 없다. 지난달 하나코와 함께 아버지 본가에 갔던 것도 아직 말하지 못했다.

사실은 좀 더 하루이치로 씨에게 몸도 마음도 가까이 다가가고 싶은데, 오랜만에 만난 탓인지 거리가 좀처럼 좁혀지지 않았다. 그런 기분을 잊고 싶어 눈앞의 음식을 묵묵히 먹었다. 평소 상점가의 반찬은 잘 사지 않는 터라 생기 넘치는 맛이 신선했다. 아주머니들이 기운 내라고 격려해 주는 느낌이었다.

하루이치로 씨가 나지막이 말했다.

"비."

"네?"

"비가 오나 봐."

하루이치로 씨는 젓가락을 든 채 천장을 올려다보며 중얼거렸다. 그때까지 음악에 묻혀 몰랐는데, 듣고 보니 아닌 게 아니라 타닥타닥 소리가 들렸다.

"우산 가져왔어요?"

"회사에 두고 왔는데."

하루이치로 씨는 허둥대는 기색 없이 그렇게 대답하고는 "시오리." 하고 나를 불렀다.

"이리 와."

하루이치로 씨가 따스한 목소리로 말했다. 내 손을 잡고 자기 쪽으로 끌어당겼다. 나는 하루이치로 씨의 책상 다리 위에, 다리와 다리 사이에 쏙 들어앉았다. 하루이치로 씨가 뒤에서 나를 끌어안았다. 하루이치로 씨의 온기가 몇 겹의 천을 통해 부드럽게 느껴졌다.

불룩한 허리띠가 방해되기에 나는 조금 몸을 틀어 하루이치로 씨의 가슴에 뺨을 갖다 댔다. 눈앞에 지중해가 펼쳐져 있었다. 감촉이 참 좋다. 하루이치로 씨가 호흡할 때마다 캐시미어 바다에 느릿하게 물결이 일었다. 한껏 숨을 들이마시니 하루이치로 씨의 좋은 향기가 났다.

이제야 퍼즐의 피스와 피스가 딱 들어맞은 것처럼 마음이 차분해졌다. 둘 다 말이 없는 채 얼마 동안 그렇게 시간을 보냈다. 아무 데도 가지 않아도 된다. 몸을 맞댈 작은 공간만 있으면 나는 행복했다.

어느새 음악이 그치고 빗소리와 하루이치로 씨의 심장 소리가 기분 좋게 울렸다. 마음도 몸도 걸쭉하고 달콤한 꿀이 될 것 같았다.

하지만 하루이치로 씨는 회사로 돌아가야 한다.

나는 몸을 일으켜 하루이치로 씨의 빈 잔에 술을 따랐다. 몸을 뗀 순간 두 사람 사이로 찬바람이 슥 지나갔다.

"그러고 보니까 전부터 궁금했는데" 접시가 대부분 비어 마지막으로 남은 비지를 먹는데 하루이치로 씨가 정색하고 물었다. "히메마쓰야는 왜 비가 오는 날 쉬는 거지?"

"그게 궁금해요?"

허리와 목덜미에 아직 하루이치로 씨의 온기가 남아 있었다.

"옛날부터 비가 오면 즐거웠거든요. 맑은 날엔 집에 있고 싶은데 비가 오면 밖에서 놀고 싶어지더라고요. 장화를 신고 우산을 쓰는 게 좋았을지도요."

"꽤나 청개구리네. 난 이제 비가 오면 우울한데."

"요새는 나도 그래요. 이 나이가 되니까 점점 비구름이 끼기만 해도 우울하네요. 하지만 오픈했을 때부터 계속 그랬고 손님들한테도 그게 각인되어 있으니까 이제 와서 바꿀 수도 없더라고요. 게다가 실제로 비 오는 날은 손님이 많지 않기도 하고요."

"그렇지만 비가 계속해서 올 때가 있는가 하면 내내 안 올 때도 있잖아?"

"그게 문제예요. 해 보고 나서 알았지만 말이죠. 게다가 아침엔 내렸는데 점심때부터 갠다든지. 판단이 어려워요. 내내 비가 안 오면 정말로 쉬는 날이 없게 되니까 정기 휴일을 만들까 하는 생각도 하는 중이에요."

"언제부터?"

"이번 달부터 할까 하는데요."

"갑작스럽네."

하루이치로 씨는 그렇게 말하며 쾌활하게 미소 지었다.

실은 오늘 종일 그 생각을 하고 있었다. 하루이치로 씨와 아무 관계가 없다고 하면 거짓말이다. 하지만 하루이치로 씨 때문만이라고 하면 그게 더 큰 거짓말이다. 매주 요일을 정해 정기적으로 쉴 수 있다면 그보다 더 좋은 일은 없겠지만, 히메마쓰야의 경영 상태를 생각하면 휴일은 월 2회 정도가 한계일 것이다. 그러니 가령 매달 15일과 30일에 반드시 쉬고 아침부터 큰비가 내려 종일 쏟아질 것 같을 때만 임시 휴업을 한다든지, 이런저런 아이디어를 생각해 보고 있었다.

"정해지면 가르쳐 주겠어?"

나는 네, 라고도 아뇨, 라고도 대답하지 않고 그저 모호하게 미소 지었다.

"슬슬 붕장어초밥을 먹을까."

하루이치로 씨가 그렇게 말하며 노이케의 포장지를

벗기려 하기에 나는 오뎅을 데우러 부엌으로 갔다. 부엌에 들어간 순간 달콤한 과일 향이 났다. 데운 오뎅을 그릇에 떠 돌아오니 밥상에 붕장어초밥을 담은 나무 도시락이 놓여 있었다.

"여기 붕장어초밥이 참 맛있거든."

하루이치로 씨가 자랑하듯 말했다.

"난 아직 한 번도 못 먹어 봤어요."

"근처에 살면서 아깝네. 하지만 근처에 살면 되레 그렇게 될지도 모르지."

하루이치로 씨는 젓가락으로 능숙하게 붕장어초밥을 집어 입에 넣었다.

"맛있어. 시오리도 어서 들어 봐."

재촉하듯 말하기에 내가 젓가락으로 집으려 하자 "그냥 손으로 먹어." 하고 입을 우물거리며 말했다. 시키는 대로 붕장어초밥을 손으로 집어 먹었다. 혀에 얹은 순간, 붕장어가 입안에 사르르 퍼졌다. 식초를 섞은 밥의 산뜻한 맛과 간장의 단맛이 더할 나위 없이 맛있었다.

"이렇게 맛있는 줄 알았으면 더 사 오는 건데."

둘이 단숨에 먹었더니 도시락이 순식간에 비었다. 그래도 오뎅이 있어서 배는 충분히 불렀다.

"잘 먹었습니다."

하루이치로 씨에게 잘 먹었다고 인사하고 식후에 마실 차를 준비하러 부엌으로 갔다. 하루이치로 씨에게 주려고 아버지에게 다녀오는 길에 가나자와에서 가가줄기 호지차를 사 왔다. 오늘까지 아껴 둔 차를 개봉하자 고상하고 향긋한 냄새가 풍겼다. 차통으로 옮긴 다음 찻잎 2인분을 찻주전자에 넣어 뜨거운 물을 부었다. 차를 우리는 동안 딸기와 골든오렌지와 센베이를 쟁반에 담아 밥상으로 내갔다.

"딸기네."

하루이치로 씨의 표정이 밝아졌다.

"과일은 먹을 수 있어요?"

나는 물었다.

"과일은 좋아해. 여름 되면 시오리한테 오카야마의 복숭아를 보내 줄게."

"복숭아 정말 좋아하는데."

신나게 과일 이야기를 하며 찻종에 차를 따랐다.

"아아, 맛있다."

후후 불어 식힌 뒤 가가줄기 호지차를 한 모금 마신 하루이치로 씨가 천천히 숨을 내쉬었다. 나도 차를 입에 머금자 기분이 더없이 편해졌다.

"괜찮으면 센베이도 먹어요."

간장 맛 센베이를 집어 하루이치로 씨에게 내밀었다.
빗발이 아까보다 한층 강해졌다. 세찬 비를 맞는 벚꽃의
모습이 눈에 선했다.

"오늘 꽃놀이는 어렵겠네요."

체념하듯 말했다. 하루이치로 씨도 미닫이문 너머로
펼쳐지는 풍경을 바라보듯 하며 고개를 끄덕였다.

딸기 한 알을 입에 넣으니 생각보다 새콤달콤했다. 하
루이치로 씨가 골든오렌지의 껍질을 깔 때마다 미세한
안개 같은 것이 번져 히메마쓰야를 촉촉하게 적셨다.

"그만 가 봐야 하려나?"

하루이치로 씨가 시계를 보며 난처한 듯 말했다. 나는
손 안에서 작은 새를 놓아주듯 살며시 두 손을 뺐다. 그
리고 일어나 하루이치로 씨의 트렌치코트를 집어 입혀
주었다. 현관 앞에서 쓰지 않는 비닐우산 한 자루를 건
넸다. 내 빨간 우산을 빌려줄 수는 없다.

미닫이문을 열자 생각했던 것보다 더 본격적으로 비
가 내리고 있었다. 길바닥에 검은 물웅덩이가 생겼다.

"힘들 것 같으니까 택시 타고 갈게."

하루이치로 씨는 빗소리에 묻히지 않도록 큰 소리로
말하고는 그럼, 하고 덧붙인 다음 쏟아지는 빗속으로 사
라졌다.

마음속에 커다란 구멍이 난 것만 같았다. 구멍 속에
차가운 비바람이 가차 없이 들었다. 먼 곳을 보니 안개
속에 활짝 핀 벚꽃의 실루엣이 부옇게 보였다.

그로부터 며칠 뒤, 히메마쓰야 첫 정기 휴일의 오후에
잇세이 씨 병문안을 갔다. 맑은 날 기모노를 입고 외출
하는 데 익숙하지 않은 탓인지, 학교를 땡땡이치고 거리
를 걷는 것처럼 조금 켕겼다.

날씨도 마침 좋기에 나는 용기를 내어 잇세이 씨가
준 기모노를 입었다. 사 년 전 받았을 때는 내가 아직
젊은 탓인지 기모노를 따라가지 못하는 느낌이었는데,
오늘 입어 보니 많이 자연스러워진 것 같았다. 그래도
아직 잇세이 씨 부인처럼 잘 소화해 내지는 못하겠다.

바람이 센 오후였다. 나는 잇세이 씨가 좋아하는 초콜
릿을 들고 병원에 갔다.

"잇세이 씨."

병실 입구에서 잇세이 씨의 이름을 확인하고 가볍게

가락을 붙여 노래하듯 이름을 불렀다. 신문을 읽느라 못 들었는지 반응이 없기에 한 번 더, 이번에는 좀 더 큰 목소리로 불러 봤다. 잇세이 씨는 상체 부분을 올린 침대에 잠옷 차림으로 누워 있었다. 잠옷 밖으로 보이는 목 언저리가 멀리서 보기에도 많이 여위었다.

잇세이 씨가 겨우 알아차리고 돌아보기에 그 자리에서 한 손을 들었다. 4인실 병실에는 사십 대로 보이는 남자가 이어폰을 꽂고 누워 텔레비전을 보고 있었다.

"오오."

잇세이 씨가 놀라 나를 보더니 황급히 "자, 잠깐만."이라며 손으로 입을 가렸다. 사이드테이블로 손을 뻗어 입속을 우물거린다. 틀니를 넣은 듯했다.

"이런, 들켰군."

여느 때의 어조로 돌아와 말했다.

"걱정했다고요. 몸은 어떠세요?"

나는 병문안 선물로 들고 온 초콜릿을 내밀며 물었다.

"별거 아닌데 의사가 퇴원을 안 시켜 주지 뭐야."

그러고는 조금 가볍게 "잘 어울리는데."라고 말했다. "그 친구가 데리러 온 줄 알았어."

"무슨 말씀이세요."

나는 그렇게 말하며 침대 옆 원형 의자에 앉았다. 병실 창밖에서 벚꽃 잎이 미친 듯이 춤추고 있었다. 이 세상 풍경 같지 않은 게 마치 노(일본의 전통 가무극) 무대라도 보는 기분이었다.

"이번 벚꽃이 마지막일지도 모르겠군."

잇세이 씨가 곱씹듯 말하기에 어쩐지 슬퍼졌다.

"잇세이 씨, 저한테 한턱낸다고 하셨잖아요."

"아, 맞다, 그랬지." 잇세이 씨가 내게 시선을 돌리며 말했다. "그럼 내가 퇴원하면 같이 데이트해 준다고 약속해 주겠어?"

"그럼 물론이죠. 약속드려요."

"그럼."이라며 잇세이 씨가 새끼손가락을 내밀었다. 나도 새끼손가락을 내밀었다.

"약속 어기면 꿀밤 백 대!"

잇세이 씨가 어린애처럼 흥분해 말했다. 잇세이 씨의 새끼손가락이 차고 생각보다 힘이 없어, 순간 아까부터 애써 억누르고 있던 감정의 둑이 무너질 것 같았다. 나는 황급히 "어디 데려가 주실 건데요?"라고 물었다.

"어디가 좋으려나?"

잇세이 씨는 먼 곳을 바라보듯 하며 말했다. 그동안도

창 너머에서는 무수한 벚꽃 잎이 쉴 새 없이 춤추었다. 조금 공포마저 들 만한 광경이었다.

전에도 잇세이 씨와 몇 번 데이트했다. 그렇지만 이멜다 여사가 생각하는 것 같은 남녀 관계는 아니다. 그저 함께 식사하고 차를 마시는 것뿐이다. 잇세이 씨는 말은 짓궂게 해도 타고난 품위가 저절로 드러나는 신사다.

벚꽃 꽃잎이 흩날리는 가운데 비탈을 천천히 내려와 집으로 향했다. 비탈 양옆에 벚나무를 심어 마치 나무가 좌우에서 두 팔을 뻗어 밑을 지나는 사람들을 배웅하는 듯했다. 바람이 조금 잦아들어 꽃잎이 살랑살랑 떨어졌다. 벚나무가 울고 있는 것 같았다.

갑자기 마음이 서글퍼졌다. 좋지 않은 생각이 들기에 애써 지워 버렸다. 비탈 밑에서 잇세이 씨의 병실 쪽을 올려다봤다가 천천히 발길을 돌려 병원 부지에서 나왔다.

야나카 묘지는 분홍 양탄자로 뒤덮여 있었다. 하루이치로 씨를 만나 묘지 안을 산책했다.

며칠 전 그렇게 바람이 불었는데도 가지에 아직 꽃이 남아 있었다. 석양 아래의 꽃은 빛을 머금은 나일론 천처럼 보였다. 마치 커다란 우산을 편 것 같았다. 농도가 각각 미묘하게 다른 분홍색 꽃들이 짧은 생애를 구가하듯 피어 있었다.

"아름답네요."

"그러게."

내 말에 하루이치로 씨도 벚나무를 올려다본 채 대답했다.

"저쪽에 울금벚나무라고 특별한 나무가 있으니까 그걸 보러 가요."

"울금벚나무?"

"네. 노랑벚나무라고도 해요. 연노란색 꽃이 피거든요."

우리 앞으로 동네 사람이 시바견을 데리고 느긋하게 걸어갔다. 시바견도 벚나무를 유심히 쳐다보는 것 같았다.

양옆으로 묘가 늘어서 있다. 점점 해가 기울어 주위가 어둑어둑해졌다. 하루이치로 씨가 내 손을 잡아 재킷 주머니에 넣었다. 봄이 되어 이제 하루이치로 씨는 부드러운 옷감의 밝은색 재킷을 입었다.

아는 사람이 보면 어쩌나 생각하면서도 나는 그의 따스한 손을 잡고 눈을 가늘게 뜨며 주머니의 어둠 속에서 손가락을 엮었다. 그것만으로도 자궁에 따스한 느낌이 가득 찼다.

그때 석등 속에서 길고양이 한 마리가 스르르 몸을 내밀어 비석 앞으로 내려왔다. 나와 하루이치로 씨도 멈춰 서서 고양이를 봤다. 갸름한 얼굴을 본 순간, 그곳에 있는 게 고양이가 아니라 여자라는 생각이 들었다.

누군가에게 몹시 큰 상처를 준 벌로 고양이 몸뚱이 속에 영원히 갇힌 여자. 그녀는 나른하면서도 날카로운 표정으로 우리를 응시했다. 나와 하루이치로 씨에 관해 다 안다는 눈초리였다. 갑자기 겁이 났다. 마음의 주름이 술렁술렁 물결치는 것을 알 수 있었다.

나는 하루이치로 씨를 재촉해 바로 그 자리를 벗어났다. 하지만 가슴에는 아까 본 고양이의, 모든 벌을 받아들인 듯한, 그러면서도 사실은 아니라고 필사적으로 호소하는 듯한 그늘진 눈동자가 지워지지 않는 얼룩처럼 언제까지고 남아 있었다.

울금벚나무 앞에 다다랐을 때 해가 거의 져 어두웠다. 밤기운이 묘지를 촉촉하게 감싸고 있었다. 빽빽하게 핀 꽃잎 사이로 달빛이 어른거렸다. 별을 찾는데 하루이치로 씨의 얼굴이 조용히 다가왔다.

밤바람이 발치를 살랑살랑 지나갔다. 하루이치로 씨의 입에서 민트 같은 맛이 났다. 하루이치로 씨는 움직이지 않았다. 나도 꼼짝하지 않고 하루이치로 씨의 입술을 받아들였다.

이윽고 하루이치로 씨의 입술은 보드랍고 따스한 것이 됐다. 나는 꽃에서 꿀을 빨 듯 하루이치로 씨 입가에 입술을 갖다 댔다. 아침까지 내내 그러고 있고 싶을 만큼 기분 좋았다.

하지만 다음 순간 매너 모드로 설정한 휴대폰에서 진동음이 났다.

하루이치로 씨, 전화 왔어요.

입맞춤을 하며 머릿속으로 메시지를 보냈다. 하지만 하루이치로 씨는 진동음이 들리지 않는지 여전히 눈을 뜨지 않았다. 그래서 나도 똑같이 진동음을 무시하기로 했다. 하루이치로 씨와 주고받는 입맞춤은 세상에 이보다 더 기분 좋은 게 있을까 싶을 정도였다.

아, 하려는 순간 잠에서 깼다. 머리맡에 둔 휴대폰이 정말로 부르르 떨고 있었다. 화면에 '하루이치로 씨'라고 뜬 것을 깨닫고 여전히 멍한 머리로 급히 전화기를 집었다.

"여보세요."

"시오리?"

"응."

"잤어?"

"응."

"미안."

하루이치로 씨가 미안한 듯 사과했다.

몽롱한 정신으로 머리맡에 둔 자명종 시계를 확인했다. 아직 일곱 시 전이었다. 커튼 틈으로 아침 햇살이 선처럼 비쳐들었다. 밖에서 참새가 쩍쩍 지저귀었다.

"분위기 좋았는데."

"분위기?"

"꿈에 처음으로 하루이치로 씨가 나왔거든."

거기까지 말하고 나서 꿈의 내용이 생각나 부끄러워졌다. 아직 자궁에 따스한 느낌이 가득했다.

"너무하잖아, 혼자서 즐겁고. 난 한잠도 못 잤는데."

"고생했어."

"깨워서 미안해. 오늘은 시간을 낼 수 있을 것 같은데 혹시 아직 늦지 않았으면 꽃놀이 갈 수 있을까 해서. 저번엔 비가 와서 못 갔잖아."

"혹시 야나카 묘지에 가려고?"

"어떻게 알았어?"

"좀 전까지 거기 있었거든."

"시오리, 잠 덜 깼어?"

하루이치로 씨가 진심으로 걱정스러운 목소리로 물었다. 나는 일 초라도 빨리 잠의 세계로 돌아가 꿈을 마저 꾸고 싶었다. 하지만 하루이치로 씨 목소리를 듣는 사이에 점점 잠이 썰물처럼 밀려나갔다. 하루이치로 씨도 잠을 못 자 기분이 고양된 듯했다.

수화기 저편에서 하루이치로 씨가 열심히 오늘 저녁 만날 장소를 이야기하고 있었다. 나는 응, 응, 하고 일일이 확인하며 그의 말을 열심히 기억했다.

창을 열자 스님들의 독경 소리가 들려왔다. 오늘도 하루이치로 씨를 기다리는 긴 하루가 시작된다.

5
월
장
마
—

아침에 히메마쓰야 앞 도로를 청소하는데 제비가 회오리바람처럼 휙 가로질러 하마터면 부딪칠 뻔했다. 지금은 아무도 살지 않는 옆집 처마 밑에 제비 둥지가 있어 매년 한 쌍이 날아온다. 내가 히메마쓰야를 시작하기 전부터 둥지가 있었다고 하니 야나카 생활에 관해서는 제비가 내 선배다.

골든 위크 첫날, 일 년 동안 신세졌던 액막이 부적을 떼어 네즈 신사로 향했다. 오늘 처음 꺼내 입은 무명 기모노의 살갗에 닿는 느낌이 좋았다. 홑옷을 입는 6월까지 내내 겹옷으로 지내려면 힘든 터라 이 시기는 무명 기모노를 유니폼으로 입는다. 땀을 흘려도 물빨래가 가능하고 빨면 빨수록 감촉이 부드러워진다. 서양식 옷으로 치면 티셔츠와 청바지처럼 간편하다고 할까.

그중에서도 청색과 흰색의 바둑판무늬 가타가이 무명 기모노를 특히 애용한다. 몇 년 전 공부 삼아 직접 바느질한 옷이다. 자세히 보면 지난번 하루이치로 씨가 입었던 캐시미어 스웨터의 색상과 비슷하다. 하루이치로 씨의 품에서 맡은 향기가 생각나면서 순간 지붕을 때리는 빗소리까지 되살아나려 했다. 영업시간 전이니 움직이기 편하도록 반 폭 허리띠를 조개 입식으로 꽉 묶었다.

네즈 신사는 이미 철쭉 축제를 보러 온 사람들로 북적였다. 인파를 헤치고 나아가 낡은 부적을 바치고 새 부적을 받은 뒤 오토메이나리 신사를 향해 걷기 시작했다. 네즈 신사 내에 모신 이나리 신사(곡식의 신을 모시는 신사)인데, 이나리 길에는 사람들이 바친 작은 주홍색 도리이(신사 입구에 세운 기둥 문)가 여럿 늘어서 있다.

좁은 터널 같은 상소를 몸을 굽히고 나아가다 보니 다른 세계로 들어선 것 같은 착각이 들었다. 무사히 이나리 신사에 다다르자 겨우 허리를 똑바로 펴고 안도의 한숨을 내쉬었다. 허리띠에 꽂아 온 동전 지갑에서 새전을 꺼내 엄숙한 기분으로 하루이치로 씨가 무사하기를 빌었다.

하루이치로 씨는 오늘 외국으로 출장을 떠난다. 어제 통화할 때 가기 싫다, 하고 어린애 같은 목소리로 중얼거렸다. 비행기 납치를 경험한 뒤로 비행기를 몹시 싫어하게 됐다고 한다. 하루이치로 씨가 탄 비행기가 이제 곧 이륙한다.

이른 철쭉은 이미 활짝 피어 있었다. 둥글게 다듬은 철쭉이 비탈 경사면을 빽빽이 메우며 커다란 풍선을 늘어놓은 것처럼 둥실둥실 이어졌다. 꽃을 늦게 피우는 철쭉의 푸른 잎이 눈부시다. 평소 고요한 네즈 신사밖에 모르는 나는 이렇게 사람이 많으니 어디 다른 세상에 발을 들여놓은 것 같아 마음이 안정되지 않았다.

그렇지만 일단 골목에 들어서면 여느 때 같은 야나카의 느긋한 풍경이 펼쳐진다. 좁은 골목 양옆으로 각 집에서 정성을 들여 키우는 화분이 인도에까지 나와 있다. 하나같이 평범한 화초이지만, 주인이 애정을 담아 소중히 지켜보는 화분들은 잎이 기운차게 무성했다. 비바람에 녹슨 자전거 바퀴에 애기메꽃이 넝쿨을 감아 귀여운

연분홍 꽃을 피웠다.

열심히 핀 꽃들을 보다 보니 그들이 무용수처럼 보였다. 발레리나의 의상 같은 색색의 가련한 꽃잎. 치마처럼 생긴 꽃잎 안에서 수술과 암술이 얼굴을 내밀고 있다. 도발하듯 벌린 꽃, 수줍은 듯 치맛단을 붙들고 고개 숙여 핀 꽃. 각각 주어진 의상을 최대한 소화해 내 벌레를 매료하려고 애쓴다.

오는 길에 비탈 중간에 멈춰 서서 하늘을 올려다봤다. 구름 한 점 없이 새파란 하늘을 작은 비행기가 망설임 없이 일직선으로 날아갔다. 신록이 우거져 발치에 새잎의 실루엣이 아름다운 무늬를 자아냈다. 잎과 잎 사이로 햇빛이 똑바로 쏟아졌다. 이제 곧 어린이날이라 야나카의 푸른 하늘에도 바람을 가득 머금은 잉어 깃발이 기분 좋게 헤엄쳐 다니고 있었다.

집에 오니 히메마쓰야 현관 앞에서 고마치가 날씬한 몸을 쭉 뻗어 수반의 물로 목을 축이고 있었다. 후쿠와 긴타로는 바닥 쪽에서 유유히 헤엄치고 있다.

처음 봤을 때는 흠칫 놀랐지만 이제는 익숙한 광경이다. 고양이라고 모두 금붕어를 노리는 것은 아니다. 오히려 고마치는 다른 고양이나 까마귀가 수반에 가까이

가려고 하면 쫓아내 준다. 평소에는 느긋한 성격인 고마치가 그때만은 날카롭게 울며 위협한다.

"고마치."

이름을 부르며 쭈그리고 앉아 고마치의 배를 쓸어 주었다. 나긋나긋한 몸통 속에 가는 뼈가 줄지어 있다. 고마치는 누가 정기적으로 목욕을 시키나 싶을 만큼 길고 양이 같지 않게 몸이 하얗다. 내 발에 이마를 갖다 대며 응석 부리듯 울기 시작했다.

나는 일어나 발치에 엉겨 붙는 고마쓰를 데리고 현관 앞에 새 액막이 부적을 달았다.

오후에 하나코가 일을 도와주러 온다. 골든 위크 기간에는 철쭉 축제와 '한 상자' 헌책 시장 등 이벤트가 겹쳐 많은 사람이 야나카를 찾는다. 히메마쓰야도 예외가 아니라 나 혼자서는 일손이 부족할 염려가 있다. 작년 그 때문에 손님에게 누를 끼친 적이 있어 올해는 미리 하나코에게 도와달라고 부탁했다. 하나코도 늘 하는 아르바이트가 취소된 듯 저녁을 사 주겠다고 했더니 흔쾌히 승낙했다. 여전히 사차원인 패션에 놀라기는 했지만 어차피 지역 전체가 축제 분위기겠다, 오늘은 봐주기로 했다.

하나코에게 가게를 맡기고 싯카이야에서 막 돌아온 기모노에 가격을 매겼다. 이제부터 여름을 앞두고 여(絽)나 사(紗) 같은 얇은 천으로 지은 기모노에 인기가 집중된다. 매입 가격에 몇 퍼센트를 더하면 된다는 단순한 계산이 아니라 한 벌 한 벌 기모노의 가치를 음미하며 적절한 가격을 생각했다. 개중에는 몹시 마음에 들어 떠나보내기가 아쉬운 기모노도 있다. 그런 때는 조금 비싸게 값을 붙인다. 그런데 또 그런 때일수록 금세 살 사람이 나타나니 이상한 일이다. 너무 싸게 값을 매긴 탓에 되레 팔리지 않는 경우도 있는 터라, 가격을 정하는 것은 히메마쓰야 업무 중에서도 머리 아픈 작업이다.

오늘은 웬일인지 절반 가까이가 외국인 손님이었다. 다행히 하나코가 유창한 영어로 상대해 주었다. 덕분에 가게 명함 전부에 정기 휴일을 써넣는 작업까지 끝낼 수 있었다.

저물녘에 손님이 뜸해진 틈을 타 하나코와 차를 마셨다. 하나코와 궁합이 맞는 마도카 씨가 오지 않나 내내 기다렸지만 오늘따라 보이지 않았다. 오전 중 네즈 신사의 정면 참배길 입구에서 사 온 가린토(설탕을 묻힌 길쭉

한 튀김 과자)를 뜯고 커피를 끓여 휴식을 취했다.

"시오 언니, 이 가린토 맛있네."

하나코가 까만 과자를 바삭바삭 소리 내어 씹으며 말
했다.

"기름에 튀기지 않고 구웠대. 그러고 보니까 유민도
이 과자 좋아한다고 간판에 쓰여 있더라."

"유민도? 그럼 엄마도 좋아하려나?"

"그러게. 두 봉지 샀으니까 하나 갖다드려. 그런데 하
나, 넌 어머니날에 어떻게 할지 정했어?"

"벌써 어머니날이구나."

"일 년이 참 금방 가지."

둘이 용돈을 합쳐 어머니에게 카네이션을 사 드린 것
은 십 년 전까지다. 어머니라는 입장의 사람이 한 명 더
늘어난 뒤로는 이 시기에 꽃집 앞에서 새빨간 카네이션
을 보기만 해도 마음이 술렁였다. 어째선지 외면하고 싶
어지고 마음이 켕긴다.

"엄마가 카네이션은 이제 됐대."

"갖고 싶은 거 뭐 없으신가?"

"그러고 보니까 자외선 차단제가 필요하다고 했어. 외
근 다닐 때 많이 쓴다고. 시오 언니는 어떻게 할 거야?

아빠 부인한테 뭔가 선물할 거야?"

"그런 사람은 아니라서."

나는 말했다. 하나코는 아직 스즈노 씨를 만난 적이
없다. 다시 손님이 들어오기 시작하기에 나와 하나코는
얼른 밥상 위를 치웠다.

저녁은 하나코의 희망대로 고깃집에 가기로 했다. 평
소 고기를 잘 먹지 않으니 좋은 곳이 금세 떠오르지 않
았다. 어디로 갈지 갈팡질팡하는 사이에 하나코가 휴대
폰으로 검색했다. 시노바즈 거리에 맛있고 저렴한 것으
로 유명한 한국 음식점이 있다고 했다. 가게 앞을 늘 지
나다니면서도 한 번도 들어가 본 적이 없었다.

"시오 언니."

나란히 밤길을 걷는데 하나코가 진지한 목소리로 불
렀다.

"왜?"

"오늘 자고 가도 돼?"

"뭐?"

놀라 나도 모르게 하나코의 얼굴을 쳐다봤다.

"엄마랑 싸웠어? 혹시 가출?"

"그런 건 아닌데……."

하나코는 밤하늘을 올려다보며 우물쭈물 겸연쩍게 말했다. 나도 하늘을 올려다보니 시원한 바람이 불었다. 냉장고에서 적당히 차가워진 화장 브러시로 얼굴을 살며시 어루만지는 것처럼 기분 좋은 바람이었다.

"상관없어."

조금 부끄러워져 짤막하게 대답했다. 손님용 이부자리는 없지만, 이제 별로 춥지 않으니 하나코는 내 침대를 쓰게 하고 나는 담요라도 깔고 자면 된다. 잘 생각해보니 히메마쓰야를 연 뒤로 누가 집에 와 자는 것은 처음일지 모르겠다.

"그럼 하나, 이따 가는 길에 목욕탕에 들렀다 가자."

나는 어쩐지 즐거운 기분이 들어 하나코에게 제안했다.

집에도 내가 이사 올 때 집주인이 설치해 준 작은 샤워실이 있지만, 좁고 불편한 데다 오래 쓰면 더운물이 안 나온다.

"와, 목욕탕이다!"

하나코가 만세를 불렀다.

마주 앉아 고기를 구워 먹으며 나는 하나코에게 넌지

시 이야기를 꺼냈다.

"라쿠 말인데."

우리 둘 사이에 연기가 뭉게뭉게 피어오르고 있었다.
가게는 가족이며 커플 손님으로 북적였다. 큰 소리로
말하지 않으면 눈앞에 있는 하나코에게조차 들리지 않
는다.

"랏코가 왜?"

하나코가 혀 소금구이를 집어 든 채 물었다. 홋피(맥
주 맛을 낸 일본의 저알코올 탄산음료)를 많이 마셔 취했
는지 얼굴 전체가 앵두처럼 반들거렸다.

"엄마가 걱정하지 않으셔?"

나도 혀 소금구이를 먹으며 말했다.

"그러게."

"학교에선 뭐래?"

"역시 다른 애들이랑 같이 수업 받는 건 힘든 것 같대."

"특별 학급이나 특수 학교 같은 데 가라고?"

"그런 제안도 한 모양인데, 엄마 성격이 원래 그렇잖
아? 낙관적이라고 할지. 그러니까 그런 건 필요 없대.
랏코는 감수성이 풍부한 것뿐이라고 우기네."

"라쿠한텐 어느 쪽이 더 행복하려나."

나는 한숨을 쉬며 말했다. 그러고는 하나코 앞 석쇠의 혀 소금구이를 뒤집었다.

"시오 언니, 혀 소금구이 한 접시 더 시켜도 돼?"

하나코가 입을 우물거리며 말했다.

"너 먹고 싶은 거 얼마든지 주문해. 오늘 네 덕분에 많이 팔았으니까."

내 말이 떨어지자마자 하나코가 큰 소리로 "여기요!" 하고 점원을 불렀다. "혀 소금구이랑 갈비, 양곱창 더 주세요. 훗피도요."

가게 안의 연기는 더욱 짙어져 눈앞에 앉은 하나코가 흐릿하게 보였다. 연기가 눈에 스며 눈이 시큰거렸다.

"시오 언니, 왜 그러고 있어? 숯 되기 전에 얼른 먹어."

하나코가 젓가락으로 눈앞의 깍두기를 집으며 말했다.

식사를 마치고 도중에 드러그스토어에 들러 토너와 로션을 조달한 뒤 하나코와 대중목욕탕에 갔다. 신던 버선을 또 신기가 좀 그래서 올 때는 맨발에 게다를 신고 왔다. 하나코는 처음부터 자고 갈 생각이었던 듯 갈아입을 속옷을 가방에 챙겨 왔다.

아직 자기에는 일렀지만 텔레비전도 없거니와 둘이

할 일도 없다. 나는 잠옷을 꺼내 와 하나코에게 주었다. 아니나 다를까, 알아서 입게 했더니 겉자락과 안자락을 거꾸로 해서 입고 끈을 묶고 있다.

"하나, 그건 죽은 사람 입는 식이잖아."

"괜찮아. 어차피 아침엔 끈만 남아 있는걸."

"그건 그러네."

오래 목욕한 탓인지 어째 몸이 나른했다.

"그만 잘까?"

나는 그렇게 말하고 침대에 베개 두 개를 나란히 놨다. 베개만은 반침에 하나 더 들어 있었다.

하나코가 꼭 그러고 싶다 해서 침대에서 둘이 같이 자기로 했다. 좁을 텐데? 하고 아무리 말해도 옛날엔 자주 이렇게 잤잖아? 하며 고집을 꺾지 않았다. 나도 점점 마음이 동해 좁아도 하룻밤쯤 어떻게 되겠지, 하고 생각을 고쳤다.

불을 끄고 조심조심 침대에 발을 얹었다. 내가 발을 움직일 때마다 침대가 삐걱거려 주저앉는 게 아닐까 걱정됐다. 그렇기에 가까스로 침대에 누웠을 때는 마음이 놓였다. 그래도 어른 둘이 편히 팔다리를 뻗기에는 역시 좁아서 나는 하나코를 등지고 옆으로 돌아누웠다.

"잘 자."

"시오 언니."

등 뒤에서 하나코가 불렀다.

"왜?"

"아무것도 아냐."

하나코는 그렇게 말하고 돌아누웠다. 나는 눈을 감았다.

베개에서 유키미치 냄새가 났다. 목이 결리면 안 되니까 하나코에게는 내가 늘 쓰는 낮은 베개를 주었다. 이 베개가 왜 여기에 있는지 아무리 생각해도 기억나지 않았다. 유키미치의 물건은 모조리 처분한 줄 알았는데.

눈물이 쏟아질 것 같아 눈을 꽉 감았다. 그래도 내 뜻에 반해 기억이 잇따라 뇌리에 되살아났다.

아기 침대 같은데.

이 침대를 처음 봤을 때 유키미치는 조금 부끄러운 듯 웃으며 말했다. 아닌 게 아니라 사이즈는 어른용이어도 주위에 울타리를 두른 게 아기 침대 확대판처럼 보였다. 원래는 이층 침대였다. 나와 하나코가 부모님을 졸라 어렵게 얻어 낸, 꿈에 그리던 침대였다.

아버지와 어머니가 이혼하면서 이층 침대는 위아래로

분리됐다. 따로도 쓸 수 있는 침대였다. 나는 추억이 담긴 이 침대를 아버지와 함께 살 호쿠리쿠의 새 집으로 가져갔다.

고등학교를 졸업하고 도쿄로 올라올 때 아버지는 선물로 새 침대를 사 주겠다고 했다. 하지만 나는 이 침대와 헤어지고 싶지 않았다. 그래서 유키미치와 연립에서 나란히 옆집에 살던 학창 시절에도 밤에는 내 집으로 돌아와 이 침대에서 잤다. 이 침대가 아니면 나는 잠을 잘 못 잔다.

"시오 언니?"

나는 잠자코 기다렸다.

"그때 일, 내내 사과하고 싶었어."

하나코는 말했다. 역시 유키미치 이야기였다.

"됐어, 이제."

"그렇지만 이건 꼭 말해야 할 것 같아서. 내가 잘못했어……."

"다 지난 일이야."

나는 되도록 부드러운 목소리로 말했다. 이미 유키미치가 여러 번 설명했다. 몇 번씩 사과도 했다. 그래도 질투하는 나 자신을 나는 용서할 수 없었던 것뿐이다.

"그만 자자."

나는 말했다.

"거북이 해도 돼?"

하나코가 묻고는 내 대답을 기다리지 않고 나를 향해
돌아누워 내 등에 몸을 딱 붙였다. 풍만한 가슴이 등에
닿았다. 등에 새끼를 태운 어미 거북이 같다는 이유로
우리 자매는 언제부터인가 이렇게 몸을 붙이고 자는 것
을 거북이라고 부르기 시작했다.

이 자세로 밤늦게까지 못 자고 아버지와 어머니가 말
다툼하는 것을 귀 기울여 들었다. 어머니가 라쿠코를 임
신해 아버지와 어머니의 관계가 틀어지기 시작했을 무
렵, 부모님은 밤에 목소리를 낮추고 이야기했다. 그게
결코 건설적인 대화가 아니라는 것을 당시 십 대였던
나는 잘 알 수 있었다. 평소 온화한 성품이라 웬만하면
언성을 높이지 않는 아버지가 울거나 고함치는 것을 여
러 번 들었다. 나와 하나코는 머잖은 미래에 가족이 뿔
뿔이 흩어질 것을 말없이 각오했다.

그 시절, 하나코만이 운명 공동체였다. 침대 안에서
몸을 딱 붙이고 거북이 포즈를 취하지 않으면 우리는
아침조차 맞이할 수 없었다.

그리고 나는 나날이 불러 가는 어머니의 배를 보며 저주했다. 아기 같은 거 태어나지 않으면 좋겠다. 속으로 그렇게 생각했다. 가족은 아버지와 어머니와 하나코와 나, 이렇게 넷이면 충분하지 않느냐고.

"아냐."

그때 하나코가 또렷한 목소리로 말했다. 놀라 천천히 돌아보니 하나코는 꿈을 꾸며 잠꼬대하고 있었다. 하나코가 아주 분명하게 발음하며 잠꼬대를 한다는 게 생각나 나는 겨우 눈꺼풀을 감았다.

하루이치로 씨가 귀국하는 날이다. 히메마쓰야 현관 앞에 물을 뿌리고 마른 걸레로 창유리를 닦았다. 꽃병에 공조팝나무 꽃을 꽂고, 그래도 시간이 아직 많이 남았기에 니시닛포리에 있는 빵집에 자전거를 타고 빵을 사러 갔다. 요새는 기모노 차림으로 자전거를 탄다. 도중에 전망 좋은 비탈 위에서 건물과 건물 사이로 후지산이 조그맣게 보였다.

예정 시간대로라면 하루이치로 씨를 태운 비행기는 이미 나리타에 도착했을 것이다. 출발 전, 귀국해서 가능할 것 같으면 히메마쓰야에 들렀다가 회사로 가겠다고 했다. 일에 집중하느라 출장 간 곳에서 전화도 못 할 것이라고도 했다. 벌써 며칠째 하루이치로 씨 목소리를 듣지 못했다. 어쩌면 바로 회사로 갈 수도 있지만 혹시 들렀을 때 배가 고플 경우를 대비해 맛있는 빵을 준비해 두고 싶었다.

하지만 정오가 지나도 저물녘이 돼도 하루이치로 씨는 나타나지 않았다. 결국 히메마쓰야의 문을 닫도록 소식이 없었다. 바로 회사로 간 것이라면 문제없다. 하지만 연락조차 없으니 불안이 가슴을 스쳤다.

연락하지 못하는 사정이 생겼다는 뜻일까. 혹시 비행기가……. 타고 싶지 않다고 약한 소리를 하던 게 생각나 나는 불길한 예감을 지우고 싶어 라디오를 켰다.

마른침을 삼키며 뉴스를 들었다. 비행기 사고 소식이 없다는 것에 가슴을 쓸어내리면서도 새로운 불안이 꼬리에 꼬리를 물고 뇌리를 스쳤다. 현지에서 교통사고를 당했는지도 모른다. 배탈이 나 입원했는지도 모른다. 불길한 상상은 점점 커져 나를 절망으로 내몰았다.

비닐 속에서 싸늘하게 식은 빵을 맛도 느끼지 못한 채 차와 함께 억지로 먹었다. 그러는 동안에도 시계 바늘만 담담하게 움직였다.

아침 일찍 차가운 바람에 잠이 깼다. 불이 켜져 있었다. 창문도 반쯤 열려 있다. 불을 끄고 창을 닫으려다가 다시 생각하고 활짝 열었다. 히말라야삼나무 가지에 앉은 까마귀가 뭔가를 한탄하듯 우짖고 있었다. 꼭 버림받은 것 같았다. 하루이치로 씨에게 버림받았다는 게 아니다. 이 세상 만물 모든 것이 나만 히메마쓰야에 두고 가버린 듯한 이런 고요한 아침에는 기분이 서글퍼진다.

샤워를 하고 외출했다. 발은 자연히 네즈 신사 쪽으로 향했다. 경내에 차분한 공기가 흘렀다.

참배하러 온 가족이 함께 사진을 찍고 있었다. 새잎에 햇빛이 비쳐 빛을 발하는 것처럼 보였다. 눈부시고 너무 아름다워서 눈물이 날 것 같았다. 하루이치로 씨만 살아 있다면 나는 행복하다. 그 사실을 비로소 깨닫고 멍하니 아침 하늘을 바라봤다.

네즈 신사에서 돌아오는 길에 막연히 묘지를 걸었다. 골든 위크가 지나 야나카는 여느 때처럼 느린 시간의 흐름을 되찾았다. 뒷골목에 내가 야나카에서 제일 좋아하는 꽃집이 있다. 처음에는 가게인 줄도 몰랐을 만큼 조용히 영업하는 곳이었다. 화단 앞에 멈춰 서서 화분을 물색하고 있을 때였다.

"시오리!"

순간 아버지가 도쿄에 온 줄 알았다.

돌아보니 누가 멀리서 손을 흔들고 있었다. 혹시 하는 사이에 그 사람이 캐리어를 끌고 달려왔다.

"하루이치로 씨."

나는 무의식중에 이름을 불렀다.

"역시 시오리였군."

눈앞의 하루이치로 씨는 변함없는 모습이었다. 가까이 다가가니 어렴풋이 외국의 화사한 냄새가 났다.

"저, 어제 오는 게……."

나는 말했다.

"미안. 역시 그렇게 생각했군. 비행기가 현지를 출발하는 게 어제였어. 날짜가 바뀌는 걸 말했어야 하는데."

"그게 뭐야."

스스로가 한심하게 느껴지는 것과 하루이치로 씨가 무사해 다행이라는 마음이 뒤섞여 눈물이 쏟아졌다.

"울 것까진……."

하루이치로 씨가 난처해하며 황급히 주머니에서 손수건을 꺼냈다.

"미안해요. 내가 멋대로 오해한 것뿐인데."

울음을 그치려고 하면 할수록 감정이 자꾸만 치솟았다. 어쨌거나 우리는 나란히 걷기 시작했다. 중간부터 내가 생각해도 괜히 지레짐작했던 게 우습기도 하고 어이없어서 이번에는 옅은 웃음이 치밀었다.

"일본 음식이 먹고 싶은데." 내가 진정되기를 기다린 듯한 타이밍에 하루이치로 씨가 말했다. "거기선 계속 빵만 먹어서."

그 말을 듣고 나는 또 어제 하루이치로 씨에게 준다고 빵을 사러 갔던 나 자신의 미성숙함이 부끄러워졌다.

"근처에 아침 일곱 시부터 하는 국숫집이 있어요. 우동이라면 네즈 신사 정면 참배길 입구 근처에 사누키우동 가게가 있는데, 이 시간엔 아직 문을 안 열었을지도 모르겠네요."

코맹맹이 소리에 놀라면서도 나는 끝까지 말했다.

"메밀국수가 좋겠어. 내내 일본 국수가 먹고 싶었거든."

"그럼 그쪽으로 가요."

나는 말했다. 그리고 좁은 골목 안쪽으로 들어가 국숫집으로 향했다.

"여기예요."

나는 조금 자랑스레 말하며 하루이치로 씨를 안내했다.

"가게가 멋진데."

하루이치로 씨가 그렇게 말하며 하얀 포렴을 걷고 안으로 들어갔다. 가게 앞에 작은 문패와 메뉴가 붙어 있지만 밖에서 안은 보이지 않는다. 궁금해서 지금까지 몇 번이나 들어가 볼까 했지만 실제로 들어온 것은 오늘이 처음이다. 1미터가 채 안 되는 좁은 입구 양옆으로 대울타리가 있어 저절로 자세를 바로 하게 됐다.

하루이치로 씨를 따라 안으로 들어가니 밝은 공간이 펼쳐져 있었다. 기분 좋아 보이는 마루방으로 안내됐다. 이제 겨우 아침 여덟 시 대인데도 자리가 거의 찼고, 벌써부터 청주를 마시는 사람들도 있었다. 우리는 근사한 나무 테이블에 마주 앉았다. 오랜만에 보는 하루이치로 씨는 턱에 수염이 거뭇했다.

"어서 오세요."

"걱정 끼쳐서 미안해."

하루이치로 씨가 머리를 숙였다. 그러더니 어디 넣었더라? 하고 혼잣말을 하며 주머니에 든 물건을 테이블 위에 꺼내 놓기 시작했다.

"아, 여기 있다. 자, 선물."

사탕이 나왔다.

"사탕?"

"일단 열어 봐."

하루이치로 씨가 아주 자상한 목소리로 말했다. 천천히 포장을 풀자 아름다운 돌이 나타났다.

"딱 한 번 자유 시간이 한나절 있어서 버스를 타고 바다에 가 봤거든. 바닷가가 엄청나게 넓은데 추워서 아무도 없더라고. 바다가 얼마나 아름다운지. 시오리한테 보여 주고 싶다고 생각하면서 선물이 될 만한 돌멩이를 열심히 찾았어."

투명한 파란색 돌멩이는 파도에 깎여 모난 데 없이 둥글둥글했다.

"고마워요."

하루이치로 씨에게 감사를 표하며 돌멩이를 도로 사탕 봉지에 넣었다. 잃어버리지 않도록 허리띠에 잘 끼웠다.

"시오리는 외국에 가 본 적 있어?"

메밀차를 맛있게 마시며 하루이치로 씨가 자연스레 물었다.

"아직 없어요."

"그래?"

예상치 못한 대답이었는지 하루이치로 씨가 눈을 둥그렇게 떴다.

"하루이치로 씨는요? 몇 번 외국에 갔어요?"

"몇 번이려나. 세 본 적이 없는데."

하루이치로 씨는 기억을 더듬는 듯한 눈빛으로 대답했다. 그러더니 "그렇지만 앞으론 외국에만 관심을 갖기보다는 시오리처럼 일본을 아는 쪽이 분명 중요해질 거야."라고 덧붙였다.

얼마 동안 말없이 있으려니 오리고기국수가 나왔다. 눈앞에 놓인 것만으로도 그윽한 향기가 났다. 하루이치로 씨가 당장 한 젓가락 떴다. 나도 국수를 먹었다.

"맛있는데."

"맛있네요."

둘이 거의 동시에 환성을 질렀다.

국수를 찍어 먹는 장국에 든 완자는 유자와 산초 향이 났다. 보드라운 완자를 입에 넣으니 오리고기 국물이 배어났다. 오리고기도 쫄깃해 씹으면 씹을수록 속에서 풍부한 맛이 고개를 내밀었다.

도중에 하루이치로 씨가 더 먹겠느냐고 물었다. 사양하느라 잠자코 있자 국수 한 판을 추가로 주문했다. 그걸 둘이서 반씩 나눠 먹었다.

"여권이 어떻게 생겼는지 한번 보고 싶어요."

나는 남은 국물에 메밀차를 넣어 마시며 조심스레 말했다.

"유효 기간이 얼마 안 남아서 새로 발급받아야 하지만 내 거라도 보겠어?"

하루이치로 씨가 그렇게 말하며 주머니에서 여권을 꺼내 보여 주었다. 별이 없는 한겨울 밤하늘 같은 색의 여권은 하루이치로 씨의 체온으로 살짝 따스했다.

설레는 가슴으로 천천히 표지를 넘겼다. 맨 처음 하루이치로 씨의 사진이 있었다. 그리고 이루 셀 수 없을 만큼 많은 출입국 기록. 자리가 모자라 도장이 겹쳐진 곳도 있다. 내가 모르는 세계를 하루이치로 씨는 이토록 많이 아는 것이다. 마치 세상에 단 하나뿐인 외국 그림책 같았다.

나는 여권 페이지에 살며시 손바닥을 갖다 댔다. 여권에 아직 그곳의 공기가 남아 있어 풍경이 보일 것 같았다.

"그렇게 재미있어?"

하도 진지하게 여권을 쳐다봐서 그러는지, 어느새 하루

이치로 씨가 가까이에서 내 얼굴을 들여다보고 있었다.

"유효 기간 지나면 이거 갖고 있을 수 없어요?"

용기 내서 물어봤다.

"글쎄, 어떨까. 이제 곧 신청하러 가야 하니까 그때 물어볼게."

하루이치로 씨가 다정하게 웃으며 나를 봤다.

"가져도 되면 나 주세요."

나는 말했다.

"그래."

하루이치로 씨가 온화한 기린 같은 눈빛으로 대답했다.

"시오리는 국내에서 가장 멀리 가 본 데가 어디야?"

하루이치로 씨가 물었다.

"글쎄요, 어디려나."

그렇게 말하며 나는 과거를 돌이켰다.

어린 시절 네 식구가 캠핑도 가고 외가에도 갔다. 하지만 내 뇌리에 떠오른 것은 일요일에 어머니와 하나코, 나, 이렇게 셋이 아버지가 운전하는 노선버스를 탔을 때였다. 내게는 그게 여행이었다. 물리적으로는 가까운 곳을 돌고 있어도 기분은 해외로 가족 여행을 가는 것만큼 즐겁고 가슴 설레는 시간이었다.

"너무 많아서 생각이 안 나나 봐요."

턱을 괴고 숙연히 대답했다. 이곳에는 기우소가 없다. 전부 거짓말은 아니었지만, 절반은 기우소가 쪼아 먹어 주면 마음이 편해질 텐데, 하고 생각했다.

"그만 갈까요."

오늘은 내가 먼저 말했다.

"난 지금부터 회사로 바로 갈 거야."

하루이치로 씨가 단호히 말하며 무거워 보이는 캐리어를 훌쩍 들어올렸다. 우리는 가게 입구에서 좌우로 헤어졌다.

하루이치로 씨가 네즈역으로 간다고 해서 나는 반대 방향으로 걷기 시작했다. 순간 지금 헤어지면 평생 못 만날 것 같은 느낌이 들어 발길이 내키지 않았다.

도중에 마음을 달래려고 이모진의 팥아이스모나카를 사 먹으면서 길을 멀리 돌아 집으로 돌아왔다. 푸른 하늘이 눈을 가늘게 뜨고 지켜봐 주는 듯했다.

그가 살아 있어주기만 하면 된다고 생각하면서도 나는 하루이치로 씨가 부르면 어디든 졸랑졸랑 따라갔다.

며칠 뒤 하루이치로 씨를 만나러 급히 우구이스다니

로 갔다. 우구이스다니에 하루이치로 씨가 좋아하는 주점이 있었다.

남자와 함께가 아니면 들어갈 수 없는 곳이라, 하루이치로 씨와 고토토이 거리 횡단보도를 건넌 곳에서 만나기로 했다. 간에이 사 고개를 내려가 빨리 걸으니 히메마쓰야에서 우구이스다니까지 십오 분 걸렸다. 우구이스다니에 땅거미가 깔리기 시작했다.

하루이치로 씨는 웬일로 양복에 넥타이를 맨 차림이었다. 늘 메고 다니는, 노트북이 든 무거워 보이는 배낭 외에 튼튼할 것 같은 은색 가방을 손에 들었다. 넥타이 때문인지 한층 늠름해 보였다.

하루이치로 씨가 데려간 가게는 북적거리는 큰길에서 하나 들어간 길가의 오래된 일본 가옥 일층에 있었다. 하얀 포렴에 '가기야'라고 쓰여 있고 알전구가 나무 간판을 흐릿하게 비추었다.

미닫이문을 드르르 열자 마치 일본의 좋았던 옛 시절로 타임 슬립한 기분이 들었다. 카운터 좌석은 이미 단골로 보이는 손님들로 가득 차 우리는 달랑 하나 남은 다다미방 테이블 자리로 안내됐다.

가게 전체가 황갈색으로 보였다. 오래전 청주 간판과

옛 도구, 커다란 독, 낡은 고케시 인형. 카운터에서는 꼬치구이를 굽는 불길이 오르면서 맛있는 냄새가 났다. 오래된 구리 그릇에 손님이 주문한 청주 술병이 끊임없이 들어갔다. 그 공간에 있는 것만으로 태고로부터 부는 바람이 부드럽게 안아 주는 듯한 향수가 느껴졌다.

하루이치로 씨가 데운 청주를 주문했다. 하얗고 기름한 두 홉들이 술병과 잔 두 개, 기본 안주인 조린 콩이 나왔다. 하루이치로 씨와 몇 번째인지 모를 건배를 했다.

"마음에 들어?"

하루이치로 씨가 데운 청주를 단숨에 마시고 물었다.

"저번에 갔던 유시마에 있는 가게도 좋았지만 여기도 멋지네요."

"다행이야."

그렇게 말하고 하루이치로 씨는 내가 새로 따라 준 데운 청주를, 이번에는 천천히 마셨다. 말이 테이블이지 크기는 독서대만 해서, 테이블 밑에서 몇 번씩 무릎과 무릎이 부딪칠 뻔했다.

두부조림, 뱅어포, 장어꼬치구이.

하루이치로 씨가 추천하는 메뉴가 잇따라 나와 테이블이 점점 떠들썩해졌다.

"주점이라는 게, 예전엔 남자의 애프터 파이브라고 할지. 요새도 괜찮은 주점은 대개 저녁 다섯 시부터 시작하는데, 남자의 사교장 같은 느낌이었거든. 남자들끼리 모이면 음담도 나오고 그러잖아. 그래서 여자는 출입금지였나 봐."

"여자를 배제하는 게 아니라 반대로 여자를 배려한다는 뜻이에요?"

"그렇다고도 볼 수 있고, 남자들끼리 이야기하고 싶기도 하고."

"하루이치로 씨도요?"

"난 굳이 따지자면 이런 곳에 혼자 와서 생각할 거 생각하고 싶은 타입이려나. 특히 일이 바쁠 땐 단시간에 긴장을 풀 수 있으니까. 긴자에도 자주 가는 괜찮은 바가 하나 있는데, 거기도 바쁠 때 혼자 훌쩍 가서 술 마시면서 기분 전환도 하고."

실은 하루이치로 씨가 몹시 피곤해 보이는 게 아까부터 마음에 걸렸다.

"그러고 보니까 다도 강습은 어때요?"

그 순간 하루이치로 씨의 표정이 아주 조금 밝아졌다.

"어떻게든 한 달에 한 번은 다니고 있어. 지난달에 처

음으로 가게쓰(花月)란 거에 도전했거든. 평소엔 거들먹
거리면서 부하한테 지시하고 그러면서 다도 교실에선
얼마나 헤매는지. 가끔 초등학생도 오는데 그 애한테 이
것저것 배우기도 하고. 그리고 저번에 농차란 걸 처음
마셔 봤어."

"걸쭉하고 진한 차 말이죠? 교실에서 마실 땐 되도록
묽게 하지만, 다회 같은 데선 정말로 진해서 찻사발 바
닥에 들러붙어 나오지 않을 때도 있죠. 너무 급하게 마
시면 위가 놀라지 않아요?"

"정말 그렇지. 그렇지만 그 덕분에 이제야 차 마시기
전에 과자를 왜 먹는지 이해했다니까. 농차를 급하게 마
시면 확실하게 위가 자극을 받지만, 그전에 과자를 먹어
두면 그게 보호막 같은 역할을 하지. 게다가 과자를 먹
고 나서 쓴맛 나는 말차를 마시면 말차가 아주 맛있게
느껴지던데."

"과자도 먹을 수 있게 됐어요?"

"노력하는 중이야. 1월은 꽃잎떡(우엉과 된장 팥소를 넣
은 꽃잎 모양의 떡). 2월은 동백떡(동백 잎 사이에 끼운 떡).
3월은, 그게……."

"삼짇날이 있으니까 히나 밥풀과자?"

"그래, 그거. 그리고 4월은 벚꽃이었으니까 꽃놀이 만 주. 바로 얼마 전에 5월 교실에 갔었는데 그때 먹은 게 하쓰가쓰오('첫 가다랑어')."

"하쓰가쓰오?"

어째서 갑자기 생선 이름이 나오나 싶어 놀랐다.

"혹시 시오리도 처음 들었어?"

하루이치로 씨가 기쁜 듯 들뜬 목소리로 말했다.

"눈에는 푸른 잎, 산 두견새, 첫 가다랑어('눈에는 싱그 러운 푸른 잎, 귀에는 두견새 울음소리, 맛있는 맏물 가다랑어' 라는 뜻으로 여름을 나타내는 계어)."

"그건 나도 들은 적 있어요. 지금 계절을 나타내는 하 이쿠죠?"

"그래. 그래서 하쓰가쓰오라고, 진짜 가다랑어처럼 생 긴 과자가 있거든. 조릿대 잎으로 싼 우이로(쌀가루에 설 탕을 섞어 쪄 낸 과자) 같은 과자."

"그건 몰랐어요. 맛은 어때요?"

하루이치로 씨는 대답 대신 미묘하게 웃었다.

테이블 위는 깨끗이 치워져 있었다. 이렇게 해서 하루 이치로 씨가 조금이라도 쉴 수 있었다면 서둘러 온 보 람이 있다고 생각했다.

"맥주는 안 마셔요?"

"지금부터 또 회사에 들어가야 해서."

"술 마셨는데 괜찮아요?"

"둘이서 한 홉이면 마신 축에도 안 들어."

골든 위크에 번 수입이 있는 터라 오늘은 내가 샀다.

"감사합니다."

계산을 마치자 내내 바삐 일하고 있던 여주인이 야무지고 또렷한 말투로 인사했다. 음식뿐 아니라 가게 전체에서 좋은 냄새가 날 것 같은, 분위기 있는 주점이었다.

밖으로 나오니 우구이스다니는 어둠에 잠겨 있었다. 어디선가 축축하고 부드러운 바람이 불어왔다. 나는 택시로 데려다주겠다고 하는 것을 거절하고 걸어서 집에 가기로 했다. 하루이치로 씨를 만난 여운을 아직 더 누리고 싶었다.

료운 다리를 건너 국립 박물관 모퉁이에서 오른쪽으로 꺾어 예대 방향으로. 이 길은 옛 유럽 같은 분위기가 있어 밤에 산책하면 기분이 개운해진다. 나무가 술렁술렁 흔들렸다.

"눈에는 푸른 잎, 산 두견새, 첫 가다랑어."

하루이치로 씨에는 못 미쳐도 나도 소리 내어 읊어

봤다. 앞으로 어떻게 될지 지금은 아무것도 알 수 없었다. 이대로 괜찮을 리 없지만 이미 빼도 박도 못할 상황이었다.

하루이치로 씨를 만나지 못하면 갑자기 눈물이 날 것 같았다. 나를 지탱하는 중요한 부분이 내게서 빠져나와 하루이치로 씨를 따라가 버린 것처럼 불안해진다. 마음에 웃풍이 불어들어 선득했다.

그래도 술기운 때문인지 금세 히메마쓰야까지 다 왔다. 희미한 울음소리에 웃음이 떠올랐다. 새끼 제비가 알을 깨고 나온 모양이다.

나는 잠깐 망설이다가 히메마쓰야 앞을 그냥 지나쳐 네즈 신사를 향해 걸어갔다. 지난번에는 메밀국수를 먹었으니 이번에는 네노쓰에서 우동을 먹자. 우동을 먹고 나면 헌책 카페 부쟁고에 들러 가볍게 카푸치노라도 한 잔 마신 다음 천천히, 천천히 돌아오자.

바
람
을

기
다
리
다
—

왜 그런지 매년 장마철이 되면 기모노를 팔겠다는 사람이 많아진다.

아침부터 비가 억수같이 쏟아지는 날이었다. 나는 도쿄 근교에 있는 한 미망인의 집을 찾아갔다. 그녀는 몇 년 전 남편을 앞세운 데다 약 반년 전에 외아들까지 사고로 잃었다. 자신이 입을 기모노 몇 벌만 남기고 나머지는 모조리 처분하겠다고 했다. 십노 팔고 여름에 여동생이 사는 아파트 근처로 이사할 예정이라 그전에 기모노를 매입해 달라고 의뢰해 온 것이다.

그녀는 유복한 포목 도매상의 딸이었다. 그 때문에 갖고 있는 기모노도 여간 많은 게 아니었다. 물론 센스도 훌륭했다. 하지만 뭣보다 나는 그녀의 결단 앞에 몸이 움츠러들었다. 오랜 세월 가족과 함께 살아온 집에는 품위 있는 다실이 있었고 정원은 아름다운 초목이 가득했다.

그것을 전부 버리고 죽은 가족 두 사람의 불단과 유품 몇 가지, 자신의 기모노 몇 벌만 곁에 둔 채 여생을 보내겠다는 것이다. 같은 처지였다면 나는 그런 결단을 내릴 수 있을까. 그렇게 생각하니 나는 아직 떠나보내고 싶지 않은 기모노와 허리띠, 하오리 등이 많고 집착하는 것도 많은 것 같았다.

그 자리에서 대강 견적만 내고 자세한 매입 가격은 기모노가 히메마쓰야에 도착하면 연락하겠다 약속하고 이제 곧 주인이 바뀔 아름다운 집에서 나왔다.

그 뒤 조금 먼 길을 돌아 도쿄 대학으로 갔다.

산시로 연못도 비에 촉촉하게 젖어 있었다. 연못으로 몸체를 내민 바위 위에 서니, 먹이를 준다고 착각했는지 비단잉어와 거북이, 오리까지 모여들었다. 넘어지지 않도록 조심하며 쭈그리고 앉아서 수면을 봤다. 빨간 우산을 쓴 내가 또렷이 비쳤다. 연못 전체가 거울이 되어 마치 물속에도 아름다운 숲이 펼쳐진 듯 보였다. 전에는 겨울이면 이 연못에서 스케이트를 즐길 수 있었다고 한다.

바람이 강하게 분 순간, 하얀 천을 펼친 것처럼 수면에 잔물결이 일었다. 날씨가 맑은 날은 연못을 한 바퀴 돌고 집에 가지만 오늘은 그냥 왔다.

히메마쓰야로 돌아와 어제 반찬으로 느지막한 점심을 먹는데 전화가 왔다. 목소리를 듣자마자 잇세이 씨라는 것을 알 수 있었다.

"퇴원하셨군요."

"그래. 돌팔이 의사 녀석이 겨우 퇴원 허가를 내 줘서."

"다행이에요. 축하드립니다."

"약속 기억하지?"

"그럼요."

"언제 갈까?"

오랜만에 잇세이 씨의 건강한 목소리를 들었더니 마음이 공처럼 통통 튀었다. 나는 히메마쓰야 벽에 붙은 달력을 보며 다음 정기 휴일을 알려 드렸다. 확실하게 약속을 잡을 수 있는 가장 빠른 날이 그날이었다.

"좋아, 그럼 그날은 종일 나한테 쓰는 거야. 미카에리야나기 아나?"

"찾아보면 알 거예요."

"거기서 열두 시 좀 전에 만나자고."

"네."

나는 말했다.

"그럼."

잇세이 씨는 그렇게 말하고는 일방적으로 전화를 끊었다. 나는 빨간 펜으로 달력에 동그라미를 치고 잇세이 씨를 만날 약속을 메모했다.

그날은 잠시 장맛비가 그쳐 아침부터 쾌청했다. 버스를 갈아타고 미카에리야나기로 향했다. 오늘은 흰빛을 띤 기모노에 강에서 물놀이하는 모습을 그린 오래된 허리띠를 맸다. 옅은 푸른색이 든 유리구슬로 허리띠를 고정하니 조금 외출복 느낌이 났다.

일찍 도착하는 바람에 근처를 탐험했다. 안쪽으로 들어가니 죄 유흥업소다. 빠른 걸음으로 지나쳐 미카에리야나기로 돌아오자 잇세이 씨가 기다리고 있었다. 오늘도 옅은 색조의 멋진 기모노를 세련되게 입었다. 보터를 약간 삐딱하게 쓰고 오른손에 아름다운 지팡이를 들고 있었다.

"오래 기다리셨어요?"

나는 다가갔다.

"여어." 잇세이 씨는 무뚝뚝하게 그렇게만 말하며 한 손을 들었다. "기모노 입는 게 많이 늘었군. 나하고 커플 룩으로 맞춰 준 건가?"

"같은 기분이었나 봐요. 잇세이 씨야말로 잘 어울리시는데요."

"이러다 남들이 부부인 줄 알면 어쩌나. 온갖 여자들이 질투할 테니 조심하라고."

잇세이 씨는 농담하며 걷기 시작했다. 역시 다리 힘이 예전 같지 않은지 지팡이에 몸을 의지하며 천천히 한 발짝씩 나아갔다.

나는 평소보다 보폭을 좁혀 잇세이 씨의 조금 뒤를 따라갔다. 볕이 따가워 양산을 폈다.

"튀김덮밥부터 먹자."

잇세이 씨가 간 곳은 미카에리야나기에서 멀지 않은 곳에 있는 튀김집이었다. 시대가 느껴지는 중후한 가게 는 완벽하리만큼 고색창연했다. 바깥까지 맛있는 참기름 냄새가 풍겼다. 점심시간이라 손님이 많았다. 기름 탓인 지 가게 전체가 거뭇하게 번들거리는 것처럼 보였다.

"여기 튀김덮밥은 맛있다고. 메이지 22년(1899년)에 창업한 가게의 맛이거든. 뭘로 할래? 정식도 있는데."

"튀김덮밥 먹을게요."

"그럼 튀김덮밥 둘. 그리고 그릇하고 야채장아찌도."

잇세이 씨가 능숙하게 주문했다. 곧바로 입구 근처 주방에서 기름 소리가 들리기 시작했다. 갑자기 비가 쏟아지는 것 같은 무척 기분 좋은 소리였다.

"가게 밖에 커다란 간판이 있잖아? 그거 말곤 전부 쇼와 2년(1927년)에 세웠을 때 모습 그대로라는군. 나보다 늙은 거야. 간판만은 전쟁 때 대포알 만든다고 가져갔다나. 그건 그렇고 여기가 어딘 줄 알겠어?"

"요시와라죠?"

"잘 아는군. 그렇지만 옛날엔 요시와라에 간다고 말하는 건 멋을 모르는 거였어."

"그럼 뭐라고 말했는데요?"

"'안'에 간다고 했지."

나는 관심 있게 가게 안을 둘러봤다. 새우 무늬를 넣은 불투명 유리도, 커다란 골동품 시계도, 다다미방에 있는 근사한 닫집도 가까이 가서 얼굴을 비비고 싶을 만큼 아름다웠다. 모든 게 아직 살아 있는 느낌이 들었다.

주문한 지 몇 분 만에 근사한 튀김덮밥이 나왔다.

"양이 굉장히 많네요."

"젊으니까 많이 먹어."

튀김이 하도 커서 그릇에서 넘칠 것 같았다. 어디서부터 먹어야 할지 알 수 없었다. 새우와 붕장어, 오징어와 야채믹스, 고추. 나는 새우부터 베어 물었다. 바삭바삭한 튀김옷에 든 거대한 새우는 싱싱함이 느껴졌다. 달짝지근하면서도 짭짤한 소스와 아주 잘 어울렸다. 젓가락으로 튀김을 잘라 먹고 밥도 먹었다.

"행복하네요."

이렇게 맛있는 튀김덮밥은 처음 먹었다. 붕장어도 신선해 연한 살에서 바다 내음이 났다. 튀김옷 자체가 맛있는 요리였다. 정신없이 먹고 있으려니 잇세이 씨가 "난 위가 작아져서."라며 자신의 새우튀김 하나를 내 그릇으로 옮겼다.

"저도 못 먹어요. 지금도 이미 배가 부른데요."

"새우 한 마리 가지고 뭘."

잇세이 씨는 그렇게 말하며 야채장아찌를 맛있게 먹었다.

절대로 못 먹는다고 생각했건만 잇세이 씨가 준 새우

튀김을 포함해 밥풀 하나 남기지 않고 싹 다 먹었다. 지금 당장 허리띠를 느슨하게 풀고 눕고 싶었다. 몸을 똑바로 펴고 꾹 참으니 되레 배부른 느낌이 더 커져 한층 큰 한숨이 흘러나왔다.

가게에서 나와 소화할 겸 잠깐 걸었다. 땡볕이 더욱 따가워져 잇세이 씨 발치에 시커먼 그림자가 드리워졌다. 골목을 빠져나와 오래된 가게와 새 가게가 뒤섞인 상점가를 얼마 동안 나란히 걸었다. 평일 낮이라 쥐 죽은 듯 고요했다. 같은 시타마치 지역이라도 야나카와 분위기가 꽤 다르다. 곳곳에 보이는 축제 관련 상점에서 축제를 좋아하는 동네라는 것을 알 수 있었다. 어린이용 작은 저고리며 버선이 귀엽다.

"잇세이 씨도 축제에 자주 가세요?"

"그야 이 부근은 맨날 축제인 데다가 아버지 일 때문에 아사쿠사로 온 거니까. 한동안 여기서 산 적도 있어. 나무 시장이 설 때면 게다 소리가 하도 시끄러워서 밤늦게까지 잠을 못 잤다니까. 그렇지만 올해 삼사(三社) 축제는……."

잇세이 씨는 말을 중단하고 몹시 서운한 표정을 지었다. 입원 중이라 가마를 지지 못한 게 아쉬운 것이다.

"내년도 있잖아요."

잇세이 씨는 그 말에는 대답하지 않고 "디저트라도 먹고 갈까."라며 왼쪽 길로 들어섰다.

고색창연한 분위기의 작은 일본 후식 가게였다. 우리가 들어가니 다다미방에서 직장인이 텔레비전 화면을 올려다보며 빙수를 먹고 있었다.

나와 잇세이 씨는 카운터 자리에 나란히 앉았다. 몸을 움직일 때마다 잇세이 씨의 표정이 조금 허물어졌다. 역시 아직 완전히 건강을 되찾은 게 아닌 것이다.

"마메칸(붉은 완두와 한천을 섞어 흑설탕 시럽을 끼얹은 것) 둘."

안미쓰(붉은 완두와 한천, 과일 등에 팥소를 곁들인 것) 등 다른 메뉴도 있건만 잇세이 씨는 대뜸 마메칸을 주문했다. 그게 이 집 대표 메뉴인가 보다 하고 잠자코 따르기로 했다.

"오늘은 댁한테 꼭 보여 줄 게 있어서."

잇세이 씨가 느닷없이 정색하고 그런 말을 하기에 긴장하고 말았다. 무슨 일인가 하며 기다리고 있으려니 잇세이 씨는 소맷부리에 손을 넣어 아주 옛날 것으로 보이는 사진 한 장을 꺼냈다. 기모노가 잘 어울리는 아름다운 여자 사진이었다.

"누굴 것 같나?"

"배우인가요?"

나는 말했다.

"무슨 소리! 내 이거."

잇세이 씨가 새끼손가락을 들었다.

"아름다운 분이셔서 배우인 줄 알았어요."

"아닌 게 아니라 미인이긴 했지. 콧날이 오똑하고 키
도 크잖아. 일부러 돌아와서 얼굴을 보고 가는 인간들이
있을 정도였다고."

"사귀셨어요?"

물어본 순간 잇세이 씨가 가볍게 머리를 가로저었다.

"그땐 좋아도 좋아한다고 말할 수 없는 시대였어. 이
사진도 형한테 부탁해서 어렵게 찍은 건데. 집에 당시
흔치 않았던 카메라가 있었거든."

"짝사랑이셨어요?"

"글쎄, 모르지. 눈빛으로 대화하는 것뿐이니까. 상대방
이 연상이었기도 하고. 하지만 딱 한 번, 뭐냐, 그게."

잇세이 씨는 입을 우물거리며 얼굴을 새빨갛게 붉혔
다. 그러더니 느닷없이 말했다.

"닮은 것 같지 않나?"

"말도 안 돼요. 전 이런 미인이 아닌걸요."

나는 즉각 부정했다. 하지만 확실히 전체적인 분위기나 눈매가 조금 닮은 것도 같았다. 전에 마도카 씨가 잇세이 씨의 옛날 애인을 닮았다고 말한 게 이것이었나하고 납득했다.

"당시엔 길에서 우연히 만나는 것만으로도 기뻐서 몸이 폭발할 것 같았지. 가까이 가면 뭐라 말할 수 없는 좋은 향기가 나는 거야. 웃으면 보조개가 피는 게, 생각만 해도 잠을 설쳤다니까."

"성함이 어떻게 되세요?"

"야요이였어. 진짜 인기가 많았지."

그렇게 말하고 잇세이 씨는 다시 아무렇게나 사진을 집어 소매 속에 넣었다. 마침 마메칸이 나왔다. 텔레비전 뉴스쇼에서는 최근 길 가는 사람을 무차별하게 칼로 찌른 용의자에 관해 보도하고 있었다.

작은 스푼으로 마메칸을 떠먹었다. 반들반들 검게 빛나는 완두콩이 촉촉하고 부드러웠다. 흑설탕 시럽을 입힌 쫄깃한 한천은 매끄럽게 목을 넘어갔다.

"포장해서 가는 것보다 여기서 먹는 게 좋거든."

도중에 잇세이 씨가 그렇게 말했다. 배에 꽉 들어찬 튀김덮밥의 틈으로 마메칸이 술술 들어갔다.

"역시 식후에 단 음식을 먹으면 속이 편해지네요."

허리띠 위로 배를 누르며 말했다. 잇세이 씨는 마지막에 그릇을 들어 남은 시럽까지 다 마셨다. 나도 스푼으로 꼼꼼하게 시럽을 떠서 남기지 않고 끝까지 먹었다.

가게에서 나와 스미다가와 방향으로 고토토이 거리를 느긋하게 산책하는데, 잇세이 씨가 맑은 하늘에 오도카니 뜬 새하얀 구름을 쳐다보며 갑자기 입을 열었다.

"3월의, 바람이 엄청나게 강한 날이었어. 밤중에 갑자기 B29가 휙휙 날아오더군. 그런 광경은 처음 봤어. 대낮처럼 하늘이 환해져서 말이지. 아버지는 의사라 병원에 가고 없고 어머니하고 작은형, 나, 이렇게 셋이서 도망쳤는데 어느 순간 형하고 헤어졌어. 도중에 내가 불이 무서워져서 꼼짝 못 하겠는 거야. 오줌을 지렸지. 그랬더니 어머니가 날 업었어. 중학생씩이나 된 아들을 말이야. 위기가 닥쳤을 때 초인적인 힘을 발휘한다는 그거겠지. 내가 너무 한심해서 어머니 등을 붙들고 엉엉 울었어. 지금도 어머니를 생각하면 그때가 떠오른다니까. 하나야시키란 유원지가 있잖아? 거기로 도망쳤거든."

갑작스러운 이야기에 놀라고 있으려니 잇세이 씨가 나를 돌아보고 오른손으로 보터를 살짝 들며 "뜬금없이 미안해."라고 말했다.

"아니에요."

그렇게 대답하는 게 고작이었다.

"야요이 사진을 봤더니 이런저런 일이 생각나는군."

우리는 멈춰 서서 신호등이 파란불로 바뀌기를 조용히 기다렸다. 오토바이 한 대가 고막이 찢어질 듯한 폭음을 울리며 눈앞을 빠르게 지나갔다. 신호등이 바뀌어 우리는 다시 걷기 시작했다. 나는 조금 망설이며 물었다.

"형님은 어떻게 되셨어요? 무사히 재회하셨는지요?"

"글쎄, 어디로 도망쳤는지."

잇세이 씨는 또다시 맑은 하늘에 뜬 구름을 쳐다보며 조그맣게 중얼거렸다.

고토토이 거리에는 큰 건물과 아파트가 늘어서 있다. 육십몇 년 전, 이곳에서 그런 일이 있었다는 게 상상도 되지 않았다.

횡단보도를 건너자 눈앞에 커다란 고토토이 다리가 보였다. 잇세이 씨는 또다시 지팡이를 짚으며 천천히 걸음을 뗐다. 그리고 고토토이 다리 어귀에 멈춰 섰다.

"비가 오잖아? 그럼 기름기를 튕겨 내는 거겠지. 사람 형태가 흐릿하게 떠오르거든. 그게 겁나서 오랫동안 비 오는 게 싫었어."

다리 중간까지 걸어가 그곳에서 또 멈춰 섰다. 자매로 보이는 유치원복 차림의 두 아이가 물빛 난간 너머로 강을 내려다보고 있었다. 노부부가 사이좋게 손을 잡고 다리를 건너고, 조깅하는 사람이 두 사람을 앞질러 갔다.

"여름엔 친구들이랑 여기서 헤엄쳤는데."

"스미다가와에서요?"

"그래. 그렇지만 그 뒤로 강을 보는 것도 싫어졌어."

그렇게 말하더니 잇세이 씨는 아름답게 빛나는 수면을 꼼짝 않고 응시했다.

"야요이 씨는요?"

나도 난간에서 수면을 내려다보며 조용히 물었다. 잇세이 씨는 잠자코 입술을 깨물며 고개를 몇 번 가로저었다.

"이 다리로 도망친 모양이야. 봤다는 사람이 몇 명 있었어. 그런데 강으로 도망치면 살 수 있다고 생각한 사람들이 양쪽에서 우르르 밀려들었을 테지. 다리 위에서 오도 가도 못하게 됐는데 사람들을 타고 불길이 번져서 강으로 잇따라 뛰어들었나 보더군. 야요이는 헤엄을 못 쳤어. 얼마나 고통스러웠을까 생각하면 지금도 눈물이 나."

잇세이 씨는 품에서 손수건을 꺼내 눈물을 훔쳤다.

다리에서 내려다보니 수면까지 꽤 거리가 있었다. 3월이면 강물은 아직 찼을 것이다.

"다음 날 수면에 시체들이 둥둥 떴어. 다들 얼굴이 인간의 형상이 아니었지. 몇 날 며칠을 찾았는데 결국 아무것도 발견하지 못했어. 그러니까 가끔은 아직 살아 있을 거란 생각이 드는군. 매년 3월 10일이면 이렇게 여기에 오는데, 올해는 그 왜, 입원했으니까 못 왔잖아."

잇세이 씨는 숙연히 말했다. 그러고는 "첫사랑은 잊히지가 않아."라고 나지막이 덧붙였다.

고토토이 다리를 건너 택시를 잡았다. 잇세이 씨는 발로 직접 걷는 게 공양이라고 우겼지만 내가 억지로 택시를 세워 올라탔다. 병석에 있었던 사람이 무리했다가는 또 병이 날 것이다.

잇세이 씨가 무릎 언저리를 문지르기에 나도 잇세이 씨가 아파하는 부분에 손바닥을 갖다 댔다. 아버지도 나나 하나코가 아플 때면 커다란 손을 아픈 부분에 대 주곤 하던 게 막연히 생각났다.

잇세이 씨는 가미나리 문 앞에서 택시를 세웠다. 냉방을 튼 차 안에서 갑자기 밖으로 나왔더니 땀이 솟았다.

"어쩔까? 인력거라도 타 볼래? 아니면 수상 버스로 하마 이궁(離宮)에 가 보는 건 어때?"

가미나리 문을 보니 기운이 났는지 잇세이 씨가 여느 때의 위세를 되찾아 말했다.

"잇세이 씨가 정해 주세요."

오늘은 잇세이 씨가 하자는 대로 따르기로 택시 안에서 결심했다.

"그럼 잠깐 쉴까. 안젤루스 가자고, 안젤루스."

잇세이 씨는 내 왼손을 잡고 어린애처럼 붕붕 흔들며 즐겁게 걸었다.

"그럴까요."

나도 기운을 되찾은 잇세이 씨와 함께 걷는 게 기뻐서 노래하듯 말했다. 어쩐지 잇세이 씨도 아까보다 안색이 밝아 보였다.

"내가 생각하는 이상적인 데이트로군."

잇세이 씨는 그렇게 말하며 산장풍 건물 안으로 들어갔다. 과거 젊은 층에게 동경의 대상이던 안젤루스에 이른바 모던보이와 모던걸이 데이트하러 일부러 멀리서부터 찾아왔다고 한다.

"먹고 싶은 거 얼마든지 시키라고." 자리에 앉자 잇세이 씨가 메뉴판을 주었다. 그러고는 "난 카페오레하고 안젤루스 두 개 다 시켜 줘. 금방 돌아올 테니까 댁은 여기서 좀 기다리고."라며 밖으로 나갔다.

과일파르페와 크림소다, 멜론주스, 커피플로트. 하나같이 향수를 자극한다. 매실더치커피와 매실아이스티라는 것도 있다. 찻집이면서 맥주는 물론 위스키, 하이볼도 있는 게 아사쿠사답다 싶어 나도 모르게 미소가 지어졌다. 입구 근처 유리 케이스에는 요새 찾아보기 힘든 큼지막한 케이크가 가득 진열되어 있었다.

나는 잇세이 씨의 카페오레와 안젤루스 두 종류, 그리고 내가 마실 바나나주스를 주문했다. 짙은 갈색 목재를 아낌없이 사용한 인테리어는 차분한 분위기를 자아내고, 고색창연한 그림이 가게에 자연스레 어우러졌다.

"기다렸나."

잇세이 씨가 돌아왔다. 갑자기 "잠깐 눈 좀 감아 봐."라고 했다. 시키는 대로 눈을 감았다. 그러자 귓가에서 작게 짤그락짤그락 소리가 나며 잇세이 씨의 손가락이 내 머리에 닿았다.

"선물이야." 잇세이 씨가 말했다. 그러고는 "역시 잘 어울리는군."이라며 만족스레 고개를 끄덕였다.

잇세이 씨가 내게도 안젤루스를 먹어 보라고 권했다. 이 가게의 대표 상품인 안젤루스는 작고 날씬한 롤케이크를 초콜릿으로 코팅한 양과자다. 하얀 쪽은 화이트초콜릿이다.

"자, 앙."

잇세이 씨가 포크에 얹은 안젤루스를 먹여 주려 하기에 갑자기 부끄러워졌다. 하지만 그대로 받아먹었다.

"야요이도 데려오고 싶었는데."

잇세이 씨가 아쉬운 듯 말했다. 그러고는 자신도 안젤루스를 먹었다. 퍼석퍼석한 식감에 옛날 생각이 나는 달콤한 디저트였다.

바나나주스를 끝까지 다 마시려 했을 때였다.

"반한 남자가 있나?" 잇세이 씨가 느닷없이 물었다. "야요이도 그런 눈빛이었거든. 그러니까 알 수 있어."

내 얼굴을 빤히 보며 진지하게 말했다.

"진심인가?"

잇세이 씨는 내 대답을 기다리지 않고 잇따라 질문했

다. 바나나주스 빨대를 든 채 고개를 앞으로 까닥 움직였다.

"결혼할 수 없는 상대야?"

또 고개를 까닥했다. 지금 눈앞에 있는 잇세이 씨에게 거짓말할 수 없었다.

"사람과 사람의 관계란 게 교과서대로 되지 않으니 말이야. 안 그래, 시오리 씨?"

갑자기 내 이름을 부르더니 허리띠에 꽂았던 부채를 펼쳐 부쳤다. 살짝 향냄새가 나는 바람이 내게까지 불어왔다.

손님이 많아지기에 밖으로 나왔다. 찻값도 잇세이 씨가 냈다. 신발 가게 진열창으로 잇세이 씨가 준 선물을 확인했다. 투명한 유리구슬 비녀였다. 허리띠 장식과 세트처럼 보였다. 다시금 잇세이 씨에게 감사 인사를 했다. 도기 상점 앞에 장식된 무수한 풍경이 바람이 불 때마다 딸랑딸랑 맑게 울렸다.

잇세이 씨는 서쪽으로 천천히 걸었다. 잇세이 씨가 넘어지지 않도록 가볍게 팔짱을 꼈다. 함께 걸으며 잇세이 씨가 과거의 아사쿠사 이야기를 해 주었다.

"아까 지난 가미나리 문 근처에 인공 연못이 있었거

든. 해 떨어질 때까지 그 부근에서 친구하고 놀러 다녔지. 겨울엔 신세카이(新世界)란 건물에서 죽치고 있었고. 거기 지하에 욕탕이 있어서, 친구랑 목욕하고 나서 같이 국수를 먹고 무성영화도 보고 말이야."

잇세이 씨는 마치 그 무렵으로 타임 슬립한 듯 보였다.

"연세가 어느 정도 되셨을 때 이야기세요?"

나는 잇세이 씨의 회상에 방해가 되지 않도록 살그머니 물었다.

"초등학생 때야."

"초등학생끼리 욕탕에 가고 국수를 드신 거예요?"

"옛날엔 그게 보통이었거든. 그렇게 해서 연장자한테 욕탕에 가는 법이라든지 국수 먹는 법을 배웠어. 지금은 그런 일이 별로 없지."

"좋은 시절이었네요."

잇세이 씨의 이야기는 그 뒤로도 끝날 줄 몰랐다. 옛날 아사쿠사에 영화관이 아주 많았으며 매표소 누나와 친해져 공짜로 들어갔다는 이야기, 전후 어른이 된 잇세이 씨가 밤이면 밤마다 좋아하는 무용수를 만나러 오코노미야키 집에 다녔다는 이야기 등을 장난기를 가득 섞어 해 주었다. 어디까지가 사실인지 알 수 없었지만 너무 웃어 눈물이 날 지경이었다.

결국 그날은 둘이서 야나가와전골을 먹고 나서 비어홀에 또 들러 맛있는 생맥주를 마셨다. 하루에 대체 몇 집이나 간 건지 알 수 없을 만큼 농밀한 데이트였다.

잇세이 씨는 고토토이 거리에서 택시를 잡고 내게 말했다.

"같이 탔다간 데려가고 싶어질 것 같으니까."

그러고는 택시 기사에게 요금을 주고 나만 먼저 보냈다.

고토토이 다리가 점점 뒤로 멀어져 갔다. 나는 마음속으로 합장하며 잇세이 씨 형과 야요이 씨 그리고 많은 사람들의 명복을 빌었다.

며칠 뒤 하루이치로 씨에게서 닭고기전골을 먹으러 가자고 연락이 왔다. 일 관계의 접대를 위해 예약해 놨는데 상대방이 사정이 여의치 않아 올 수 없게 됐다고 했다. 석 달 전에 예약한 곳인데 취소하기는 아깝다고 해서 내가 대신 가게 됐다. 하루이치로 씨는 에어컨도 없는 집이니 땀을 흘려도 되는 복장으로 오라고 미리 다짐을 두었다.

이날은 마침 정기 휴일이라 오후에 신인 작가의 허리 띠 전시회를 보고 왔다. 아버지 뒤를 이어 마흔 살 넘어서부터 에도 날염을 시작한 그녀는 이번이 첫 개인전이었다. 그녀가 만드는 반 폭 허리띠는 메이지며 다이쇼 시대의 전통 문양을 쓰는데도 어딘지 모르게 현대적이고 북유럽풍의 귀여움이 느껴졌다. 리투아니아 리넨에 문양을 염색한 허리띠는 비단이나 무명에 염색한 것과 인상이 또 달랐다. 매끈한 마의 독특한 느낌이 잘 살아 있었다. 그 밖에 평상복으로 활용할 수 있을 듯한 허리 띠와 기모노가 많이 있어 매우 흥미로웠다. 전시회 장소가 아는 이의 갤러리이기도 해서 저녁까지 남아서 일을 거들었다.

아침부터 내리던 비는 저녁이 다 되어 그쳤다. 지금은 수채화를 완성한 직후 물통의 물처럼 탁한 색의 구름이 펼쳐져 있었다. 하루이치로 씨가 알려 준 닭고기전골 집은 유시마에 있었다.

약속 시간까지 시간이 좀 남았기에 타이즈에서 커피라도 마실까 생각하며 우에노까지 갔다.

사실 유시마와 우에노는 매우 가깝다. 그런데 시노바즈 거리를 끼고 있을 뿐인데도 분위기는 전혀 딴판이다.

우에노 일대가 번잡하고 유흥업소와 호텔이 늘어선 데 비해, 유시마는 조용하고 차분하다. 덴진시타 교차로에서 기리도시 고개를 조금 올라가면 유시마 덴만 궁이고, 더 가면 광대한 도쿄 대학 캠퍼스가 펼쳐져 있다. 하루이치로 씨와 가까워지면서 갑자기 유시마가 익숙한 곳이 됐다.

허리띠, 끈목, 조리, 기모노. 우에노에 있는 고풍스러운 점포의 쇼윈도를 구경하며 천천히 골목을 산책했다. 여전히 비구름이 낮게 드리워 있었다. 습기가 있어 후텁지근했다. 도중에 시노바즈 연못에 우거진 연잎이 보였다. 조금 더 있으면 근사하게 꽃이 필 것이다.

땀을 많이 흘려도 괜찮도록 오늘은 마 기모노를 올해 처음으로 꺼내 입었다. 허리띠는 배가 조이지 않게 헤코허리띠(보드랍고 폭이 넓은 허리띠)를 느슨하게 맸다. 바람이 불 때마다 기모노의 실과 실 사이로 공기가 통하는 게 기분 좋았다. 마 기모노도 무명 기모노처럼 집에서 물빨래가 가능하다.

그래도 아직 시간이 남았기에 유시마 덴만 궁에 들렀다. 어느 비탈로 올라갈까 망설이다가 골목으로 들어가 여자 비탈로 천천히 걸어갔다. 마침 나고시노하라에(6월

30일에 반년간 쌓인 부정을 정화하고 남은 반년을 무사히 보낼 수 있도록 기원하는 불제)로 커다란 띠 고리가 장식되어 있었다. 액막이를 위해 하루이치로 씨 몫까지 합쳐 팔자 모양으로 띠 고리를 지났다.

그날 밤 마치 무릉도원처럼 향기로운 매화가 가득했던 경내는 잎이 힘차게 우거져 분위기가 사뭇 달랐다.

약속 시간에 맞춰 가니 이미 하루이치로 씨가 와 있었다. 음식점은 구(舊) 이와사키 저택 바로 아래쪽에 있었다. 오래된 일본 가옥 한 채가 동그마니 있어 바로 알 수 있었다.

"갑자기 나오라고 해서 미안해."

다다미에 정좌한 하루이치로 씨가 나를 보자 가볍게 머리를 숙였다. 거의 한 달 만에 만난 것이었다.

"저야말로 불러 주셔서 고맙습니다."

나는 정중하게 말하며 하루이치로 씨 앞에 앉았다. 옛날 방이라 그런지 다다미 넉 장 반이 넓게 느껴졌다. 곤로와 재료 등을 놓는 밥상이 한 세트로, 우리 옆에 2인용 자리가 하나 더 준비되어 있었다. 샛장지 저편에서 몇몇 사람이 연회 중인 듯 이따금 매미가 울듯 웃음소리가 터졌다.

하루이치로 씨의 어깨 너머로 밤이 펼쳐지고 반쯤 열어 놓은 창문으로 가끔 미지근한 바람이 불어들었다. 그때마다 발이 가볍게 흔들렸다. 하루이치로 씨가 데운 청주를 주문했다.

"전엔 이보다 더 낡아서 바닥도 기울어져 있었는데 최근 들어 고친 모양이야."

아닌 게 아니라 하루이치로 씨에게 들은 것과는 인상이 달랐다. 아까 현관 앞에서 게다를 벗을 때 편백 향이 희미하게 났거니와 복도의 바닥이나 기둥도 반들반들 윤이 났다. 방에 깐 다다미도 새것이다.

"여기 자주 와요?"

"맛도 있는 데다 마주 앉아서 전골을 먹으면 어쩐지 평소 할 수 없는 이야기도 할 수 있고 그렇거든. 그렇지만 한여름에 온 적이 딱 한 번 있는데 그땐 정말 난리도 아니었어."

그때가 생각나는지 하루이치로 씨가 즐겁게 웃었다. 더 웃어줘요, 라고 생각했다. 하루이치로 씨가 웃으면 내 가슴에도 꽃이 핀다.

곧 점원이 숯을 가져왔다. 빨갛게 타오르는 숯을 곤로의 재 위에 잘 쌓았다. 얼굴 언저리가 벌겋게 달아올랐다. 둥글부채를 부치자 하루이치로 씨도 늘 메고 다니는 배낭에서 접부채를 꺼내 기분 좋게 부쳤다. 가슴 한복판으로 땀이 흘러내렸다.

삼발이 위에 바닥이 평평한 작은 주물 냄비를 얹고 닭육수를 조금 부었다.

"국물이 끓으면 넣기 시작하세요."

점원이 붙임성 있게 말하고 물러났다. 밥상에 작은 분홍빛 닭고기를 늘어놓은 접시랑 파와 구운 두부를 담은 접시가 놓여 있고 무즙 같은 고명도 갖춰져 있었다.

"건배부터 할까."

하루이치로 씨가 그렇게 말하며 술을 따라 주었다. 나도 손을 뻗어 하루이치로 씨 잔에 술을 따랐다.

"건배."

나는 술잔을 두 손으로 들어 가볍게 기울였다.

냄비 바닥에서 작은 거품이 보글보글 올라왔다.

"슬슬 시작해 볼까."

하루이치로 씨가 자세를 바로 하고 닭고기를 집는 젓가락으로 고기를 넣었다.

"뒤집어 봐서 색이 하얗게 됐으면 먹어도 돼."

전골 끓이는 역할을 도맡을 셈인가 보다. 어느새 와이

셔츠 소매까지 걷었다. 검고 다부진 팔이 접시와 냄비 사이를 오갔다. 하루이치로 씨는 점원이 가르쳐 준 대로 무즙에 간장을 넣고 산초가루를 조금 뿌렸다. 여기 닭고기전골은 옛날부터 그렇게 먹는다고 했다.

"이제 된 것 같은데."

뜨지 않고 가만있었더니 답답했는지 하루이치로 씨가 자기 젓가락으로 닭고기를 집어 주었다. 하루이치로 씨를 따라 무즙을 듬뿍 얹은 닭고기를 먹었다.

"맛있다."

목소리가 저절로 몸 밖으로 나왔다. 그 순간 하루이치로 씨가 기쁜 듯 빙긋 웃었다. 자기도 맛있게 먹으며 고개를 연신 끄덕였다.

"심플할수록 맛있다는 게 이런 거지."

"정말 그러네요."

"다음에 히메마쓰야에서도 닭고기전골을 해 먹어 볼까."

"그럴까요. 이런 근사한 곤로가 있으면 좋겠는데."

나도 하루이치로 씨도 전골을 먹는 동안 웃음이 날 정도로 진지했다. 별 다를 것 없는 평범한 닭고기전골이 건만 깊이가 있었다. 내장도 신선해 간은 야들야들하고 염통은 쫄깃해서 오독오독 씹는 맛이 있었다.

이렇게 하루이치로 씨와 같은 음식을 먹는 것으로 하루이치로 씨의 몸과 내 몸을 구성하는 성분이 차츰 같아진다는 게 기뻤다. 같은 세포, 같은 냄새. 하루이치로 씨와 함께한 식사가 나이테처럼 내 몸에 새겨져 간다. 하루이치로 씨 몸에도.

창밖에 선명한 네온이 떠올랐다. 아까 우에노에서 길을 잃을 뻔했을 때, 좁은 골목에 면한 호텔 앞에서 내 또래로 보이는 여자 몇 명이 휴대폰을 손에 들고 손님을 기다리고 있었다. 그 사람들은 지금 뭘 하고 있을까 문득 상상했다. 나와 하루이치로 씨가 작은 곤로를 사이에 두고 마주 앉아 있는 이 순간에.

멀리서 들려오는 거리의 소음 속에 아까 지나가며 본 여자들의 한숨 소리, 신음 소리도 있을지 모른다는 생각이 문득 들었다.

멍하니 생각에 잠겨 있으려니 복도에서 떠들썩한 소리가 들려왔다.

"아, 시작했군."

하루이치로 씨가 득의양양한 표정으로 말했다.

따닥따닥, 딱딱, 따닥따닥, 딱딱, 따닥따닥, 딱딱.

일정한 리듬으로 경쾌한 소리가 울려 퍼졌다. 마치 축제 같다. 나는 귀 기울여 들었다.

"탭 댄스를 연습한다는군, 점원들이 다 같이."

"네?"

나는 놀라 정말로 눈을 동그랗게 떴다. 순간 믿을 뻔했지만 그럴 리 없다는 것을 금세 알아차렸다.

"완자야. 닭고기를 치는 소리." 하루이치로 씨가 말했다. "고기가 산화되니까 손님이 오고 나서 친다나. 나중에 먹어 보면 놀랄 텐데 이게 또 얼마나 맛있는지 모른다니까."

도마에서 낮에 햇빛을 듬뿍 받은 것 같은 메마른 소리가 났다.

따닥따닥, 딱딱, 따닥따닥, 딱딱, 따닥따닥, 딱딱.

리듬을 듣고만 있어도 멋대로 몸이 움직일 것 같았다. 완자를 기다리는 동안 하루이치로 씨가 도기 포트에 든 국물을 냄비에 추가했다.

"소금을 좀 넣어서 마셔 봐."

그렇게 말하며 준비되어 있던 작은 그릇을 건네주었다. 하루이치로 씨 것까지 소금을 두 개 넣었다. 하루이치로 씨가 피곤해 보이기에 내 것보다 소금을 조금 더 넣었다. 얼마 지나자 냄비 바닥에서 거품이 보글보글 올라오며 국물이 끓었다. 웃음이 나려는 것을 참는 배의 움직임 같다고 생각하니 나까지 웃음이 났다. 그릇에 뜨거운 국물을 부어 하루이치로 씨에게 주었다.

처음에는 맛이 깨끗했던 닭육수는 고기를 넣으면서 맛에 깊이가 더해졌다. 닭의 감칠맛이 심심하게 나고 튀지 않아서 마시면 마실수록 은은한 맛이 퍼졌다.

"맛있는데요."

온몸에서 불필요한 힘이 빠졌다. 하루이치로 씨도 후후 김을 불어 가며 국물을 맛있게 마셨다. 쓸데없는 게 하나도 들지 않은 청초하고 조신하고 부드러운 맛이었다.

옅은 김 너머에 내가 좋아하는 하루이치로 씨가 있다. 거리는 1미터 정도. 지금은 그 거리를 억지로 좁힐 생각이 없었다. 이 정도가 딱 좋게 느껴졌다.

"그러고 보니까 오늘 히메마쓰야의 4주년이에요."

문득 생각나 하루이치로 씨에게 말했다.

"그런 건 더 일찍 말해 줬어야지."

"별일 아닌 것 같아서요."

변명하는 어린애처럼 점점 목소리가 작아졌다.

"기념 세일 같은 건 안 해?"

"특별히 생각하지 않았는데 하는 게 좋으려나요?"

"인터넷 판매 같은 것도 할 거면 도와줄게."

"고마워요. 최근에 동업자도 인터넷 덕에 매상이 크게 늘었단 말을 많이 듣거든요. 솔직히 부러운 마음도 있긴 한데, 난 어쩐지 기모노나 허리띠는 새 주인한테 직접 건네주고 싶어서요. 시대 착오일진 모르지만 어쩐지 내 손으로 직접 주면 그 사람이 더 소중히 다뤄 줄 것 같아요. 옛날 사람이 정성을 담아서 손으로 지어낸 걸 함부로 취급하고 싶지 않은 것도 있고요. 물론 인터넷에도 마음을 담아서 하는 사람이 많이 있겠지만요. 단순히 귀찮은 게 싫은 건지도 모르죠."

조금 말이 너무 많았나 싶어 불현듯 입을 다물었다.

"시오리는 정말 장사꾼이 못 된다니까."

하루이치로 씨가 그렇게 말했다. 오늘 처음으로 이름으로 부른 것이었다.

"완자 나왔습니다."

점원이 절묘한 타이밍으로 완자 접시를 들고 나타났다.

"계란하고 잘 섞어서 똑똑 떨어뜨려 드세요."

접시에 다진 고기를 얇게 깔고 가운데에 예쁜 달걀노

른자 하나가 놓여 있었다. 점원 말대로 나무 숟가락으로 잘 섞었다.

접시 위에서 고기와 달걀노른자가 차츰 섞여 정다운 사이가 되어 갔다. 나와 하루이치로 씨는 아직 이런 사이가 아니다. 달걀노른자가 다진 고기 속에 균일하게 섞여 들어 접시 위에 질척한 반죽이 생겼다.

소매가 젖지 않게 주의하며 숟가락으로 반죽을 떠 냄비에 똑똑 떨어뜨렸다. 평소에는 숟가락을 두 개 써서 모양을 잡아가며 넣는데, 이곳 완자는 연해서 숟가락으로 떠서 떨어뜨리기만 해도 자연히 동그랗게 모양이 잡힌다. 하루이치로 씨 것은 조금 반죽을 크게 떴다.

"히메마쓰야 4주년을 축하해."

그렇게 말하며 하루이치로 씨가 내 잔에 찰랑찰랑하게 술을 따라 주었다.

"고맙습니다."

나는 그렇게 말하고 단숨에 잔을 비웠다.

"그런 점이 좋다니까."

하루이치로 씨가 곱씹듯 말했다. 술 마시는 것을 칭찬하는 건가 했더니, 아까 하던 이야기로 돌아가 장사꾼 기질이 못 되는 것을 말하는 듯했다.

"돈은 생활하는 데 필요하긴 해도 많아 봤자 저세상에 갖고 갈 수 있는 것도 아니잖아요."

잇세이 씨가 좋아하는 무용수를 만나려고 밤이면 밤마다 다녔다는 오코노미야키 집 명물 안주인의 말을 흉내 내서 말했다.

"그러게."

하루이치로 씨가, 내가 아니라 내 뒤로 펼쳐진 알래스카의 황량한 바다 풍경을 응시하는 듯한 눈빛으로 말했다.

완자가 익어 색이 희끄무레하게 변했다. 하루이치로 씨가 먼저 완자를 먹었다. 나도 바로 입에 넣었다.

먹는 순간, 입안에서 부드럽게 풀어졌다. 거슬리는 맛이 아무것도 없었다. 담백한데도 바탕에 닭고기 맛이 뚜렷하게 자리했다. 무즙과 궁합이 잘 맞았다. 순식간에 냄비가 비어, 나는 국물을 조금 추가하고 나서 반죽을 더 떠 넣었다. 다시 익기를 기다렸다. 또 바람이 불었다. 아까보다 다소 시원해졌다.

하루이치로 씨와 이렇게 마주 앉아 식사를 하다 보면 가끔 소꿉놀이하는 기분이 든다. 왜 그런지 둘 사이에 자리한 테이블이나 상은 늘 작다. 술잔도 그릇도 아담한 게 많다. 우리의 불확실한 관계를 상징하는 것 같다. 하루이치로 씨가 가까운데 멀었다. 멀 텐데 가까웠다.

남은 완자를 다 먹고 밥으로 마무리했다. 야채장아찌도 함께 나왔다. 공기에 밥을 떠 소금을 살짝 뿌리고 국물을 넣어 먹었다.

"처음엔 양이 작아 보였는데요."

나는 말했다.

"나도 매번 이걸로 배불리 먹을 수 있나 싶은데 먹고 나면 충분히 만족스럽단 말이지."

"간이 세지 않아서 그렇겠죠."

밥이 몸속으로 거침없이 들어갔다. 육즙이 배어나면서 국물 맛이 더욱 진해졌다.

미즈나스(물기가 많은 일본 가지)장아찌를 입에 넣자 갑자기 지난번 잇세이 씨와 한 데이트가 생각났다.

"왜 그래?"

하루이치로 씨가 걱정스러운 표정으로 쳐다봤다.

"미안해요. 이러고 있는 게 어쩐지 아주 사치스러운 일처럼 느껴져서요."

하루이치로 씨가 손을 뻗어 내 뺨을 부드럽게 어루만졌다. 분명 잇세이 씨도 이런 식으로 야요이 씨와 마주 앉아 식사하고 싶었을 것이다.

식사를 마치고 나란히 밖으로 나왔다.

"이 앞에 좋은 바가 있으니까 거기서 한잔하고 갈까?"

신호등이 파란불로 바뀌기를 기다리는데 하루이치로 씨가 하늘을 올려다보며 조용히 말했다. 앞머리가 바람에 살랑살랑 기분 좋게 흔들렸다.

후
미
즈
키
—

이제 곧 칠석이 온다. 매년 색지로 깃발이며 제등, 종이 오리기 장식 등을 만들어 가게 앞에 장식한다. 처음에는 슈퍼에서 가정용 작은 대나무를 사 왔는데, 어느 절에서 정원사로 일하는 분이 그걸 보고 이듬해부터 근사한 조릿대를 가져다주기 시작했다. 가게 앞에 종이와 매직펜을 놓아두면 동네 아이들이 소원을 써서 매달고 간다.

작년까지는 나도 아이들 틈에 섞여 같이 소원을 썼다. 그러나 올해는 매직펜을 든 채 주저했다. 무슨 말을 써도 부족할 것 같고 내게는 사치라는 느낌이 들었다. 그래서 올해는 책을 사다가 종이 오리기에 소원을 담기로 했다.

정사각형 종이를 세모꼴로 접고 삼각형을 다시 반으로 접는다. 그걸 또 한 번 반으로 접은 다음 대충 보고 흉내 내서 오린다.

달리아가 됐다가, 해바라기가 됐다가. 오리거나 부풀리는 법을 조금만 달리해도 무수한 모양이 탄생한다. 익숙해진 다음에는 꽃뿐 아니라 잎사귀나 덩굴에도 도전했다. 내내 받침에 들어 있던 과자 포장지와 잡지 화보, 외국 여행 선물을 쌌던 영자 신문 등도 꺼내 열심히 오렸다.

초, 술잔, 술병, 복숭아, 나비, 금붕어, 눈의 결정. 어떤 모양이 나올지 나도 모르는지라 찢어지지 않게 조심조심 종이를 펼 때 가슴이 두근거린다. 하루이치로 씨의 H와 시오리의 S가 사이좋게 나란히 붙은 것도 만들었다. 나 말고는 아무도 모르지만.

"시오리, 좋은 아침."

꽤 이른 시간에 마도카 씨가 찾아왔다. 나는 이미 아

침을 먹고 개점을 앞둔 히메마쓰야에서 바느질을 하고 있었다. 내 입으로 말하기는 우습지만 요새 나는 부지런히 일한다. 지난달 비가 많이 와 여러 날 가게를 쉰 탓도 있지만, 하루이치로 씨를 가까이에서 보면서 나도 일을 통해 다른 사람을 즐겁게 하고 도움이 되고 싶다는 생각이 들기 시작했다. 지금은 무명 기모노 자투리를 써서 히메마쓰야의 오리지널 휴대용 티슈 케이스를 만드는 중이었다.

"안녕하세요."

바느질하던 손을 멈추고 마도카 씨를 올려다봤다.

"올해는 꽤나 화려하네."

다른 행인들처럼 마도카 씨도 히메마쓰야 입구에 멈춰 서서 조릿대를 올려다봤다.

"서점에 종이접기 책을 찾으러 갔더니 종이 오리기 책이 눈에 띄어서요."

변명조로 웃으며 말했다.

"문장(紋章) 오리기라니 오랜만이네. 우리 땐 학교에서도 배웠어. 어머니도 좋아하셨는데."

"문장 모양으로 오리는 것 말씀이세요?"

"응. 모양이 문장이랑 비슷하잖아? 말 자체는 이제 부정적인 의미로만 쓰이지만(일본어로 '틀에 박힌', '진부한'의 의미)."

히메마쓰야 입구에 오도카니 서서 이야기하는 마도카 씨는 레몬색 원피스와 검은 리본이 붙은 밀짚모자 차림이었다. 이렇게 색상이 선명한 서양식 옷을 기품 있게 소화해 내는 노인이 일본에 마도카 씨 외에 또 있을까 싶다.

들어오세요, 라며 나는 마도카 씨를 안으로 들어오게 했다.

"오늘은 연꽃들을 만나러 갔다 왔어."

"시노바즈 연못에요?"

"그렇지."

"피기 시작했어요?"

"보러 갈 거면 좀 더 있다 가는 게 낫지 않을까? 자, 선물."

마도카 씨가 유시마 교차로에 있는 쓰루세라는 일본 과자점의 쇼핑백을 주었다. 포장지를 보고 반사적으로 종이 오리기에 쓸 수 없을까 궁리했다.

"거기는 왜, 아침 여덟 시 반부터 문 열잖아? 연꽃을 보면서 못 주위를 산책하고 나서 쉬기에 딱 좋거든."

"고맙습니다."

쇼핑백을 들고 안으로 들어가 냉장고에서 찬물에 우린 녹차를 꺼내 컵에 따랐다. 날이 더우니 커피를 끓일 마음이 나지 않았다.

쇼핑백에 든 것은 안미쓰와 찹쌀 경단을 넣은 팥죽이었다. 뚜껑을 열어 찬 녹차와 함께 쟁반에 내갔다.

나는 팥죽을, 마도카 씨는 안미쓰를 먹고 나서 차를 마시며 잡담에 꽃을 피웠다. 나는 바느질을 하며 마도카 씨 이야기를 들었다. 어디서 그런 상세한 정보를 입수하는지 새로 생긴 가게의 평판 등을 가르쳐 주었다.

아직 오전 중인데도 기온이 부쩍부쩍 오르는 듯했다. 가슴과 등에 땀이 찼다. 며칠 전부터 어찌나 더운지 한여름에만은 기모노를 입지 않는 게 낫지 않을까 하는 생각이 진지하게 들었다.

그러는 사이에 티슈 케이스가 하나둘 완성됐다. 그때 이멜다 여사가 나타났다. 이렇게 더운데 오늘도 털북숭이 치와와를 소중히 품에 안았다. 오늘 신은 신발은 새빨간 메시 하이힐이다.

"날씨가 덥네요."

경계하며 말을 걸었다.

"잇세이 씨, 퇴원했대."

왜 그런지 늘 화난 투로 말하는 게 이멜다 여사의 특징이다.

"다행이네요."

나는 가게에 놓아둔 둥글부채를 파닥파닥 부치며 말했다.

최근 하루이치로 씨와 히메마쓰야에서 만난 적이 없었던 터라 오랜만에 기우소의 도움을 받았다. 이멜다 여사는 치와와를 품에 안은 채 마도카 씨 옆 공간에 수박처럼 거대한 엉덩이를 밀어 넣고 앉았다.

"조릿대는 장식할 땐 좋지만 그러고 나서 어떻게 해야 할지 늘 모르겠더라."

이멜다 여사가 백에서 해외여행 팸플릿을 꺼내 그것으로 부채질했다.

"옛날엔 칠석이 지나면 강물에 떠내려 보냈는데."

"지금은 그 왜, 강물에 떠내려 보내면 쓰레기 폐기라고 문제가 되잖아?"

"쉽지 않네요."

그 문제는 나도 고민이었다.

나는 이멜다 여사 모르게 빈 안미쓰와 팥죽 그릇을

안으로 내가고 찬 녹차를 컵에 따라 들고 나왔다.

달력을 보고 납득했다. 오늘은 7월 6일, 야나카에 있던 오층탑이 불탄 날이다. 매년 이날이 되면 어째선지 이멜다 여사가 이야기하러 찾아온다. 같은 이야기를 반복해서 듣다 보니 나도 그 사건에 관해 빠삭해졌다.

나는 야나카에 오층탑이 있었다는 것을 히메마쓰야를 오픈하고 나서 알았다. 전체를 느티나무로 만든 탑은 당시 간토에서 가장 높은 오층탑이었다고 한다. 그런데 1957년 이날 오층탑 내부에서 남녀 한 쌍이 분신자살을 기도했다.

이튿날 아침, 남녀의 구별도 할 수 없을 만큼 새까맣게 탄 시신 두 구가 발견됐다. 양재사만 쓰는 금골무로 신원이 판명됐다. 두 사람은 도내 양재점에서 일하는 오십 대 남자와 이십 대 여자로, 불륜 관계에 있는 감독과 바느질꾼이었다.

"동반 자살이래, 동반 자살."

날카로운 눈빛으로 나를 똑바로 쳐다보며 이멜다 여사가 이야기를 맺었다. 남자인지 여자인지 둘 중 하나가 이멜다 여사의 먼 친척이었나 아는 이였다고 기억한다. 오십 년도 더 전에 있었던 일이니 이멜다 여사는 당시 어렸을 텐데, 십중팔구 주위 어른들이 꽤나 수군거렸을 것이다. 단순히 주워들은 것뿐이면서 마치 직접 사건을 목격하기라도 한 것처럼 자랑스럽게 매년 이렇게 이야기하러 온다.

"그때 우리 꼬맹이한테 젖을 주고 있었어." 마도카 씨가 갑자기 끼어들었다. "그게 새벽 세 시 반쯤이었던가? 소방펌프 소리가 하도 시끄러워서 우리 꼬맹이가 왕왕 울었거든. 밖에 나가서 보니까 전쟁이 또 났나 싶은 거야. 얼마나 무시무시한 광경인지."

마도카 씨는 전쟁 전부터 내내 야나카에 살았으니 당시 있었던 일도 실시간으로 체험했다. 나도 이멜다 여사도 우선 그 사실에 놀랐다. 마도카 씨는 느긋한 어조로 말을 이었다.

"오층탑이 불타고 있으니 말이야. 불길에 휩싸여 뼈대만 남아 있으니까 뒤가 비쳐 보이는 거야. 그러다가 하도 뜨거워서 더 보고 있을 수 없게 됐어. 그렇지만 시오리, 이런 말 하긴 뭐하지만, 어째 그 광경이 현실 같지 않아서 나도 참, 우리 꼬맹이한테 참 아름답네, 이랬지 뭐야."

마도카 씨는 코에 잔주름을 잡으며 쿡쿡 웃었다. 당시

마도카 씨는 아직 십 대였을 것이다.

"관계를 청산하기 위한 분신자살이라고 한들 말이지. 오충탑이 없어지고 나니까 얼마나 서운하던지."

마도카 씨는 작은 숄더백에서 거즈 손수건을 꺼내 이마의 땀을 훔쳤다.

나는 들고 있던 바늘을 왼손 검지에 살며시 갖다 댔다. 조금 힘을 주어 바늘로 손가락을 찔렀다. 이렇게만 해도 견딜 수 없을 만큼 아픈데 두 사람은 타오르는 불길 속에서 어땠을까.

손가락에 피가 솟아 작은 점이 생겨났다. 피는 언제나 보기 전에 상상했던 것보다 1.5배 정도 색이 선명하다.

나는 휴지로 피를 닦고 나서 마도카 씨와 이멜다 여사에게 녹차를 더 따라 주기 위해 부엌으로 갔다. 등에 불이 붙은 것처럼 땀에 젖었다. '불륜', '동반 자살'이라는 두 단어가 가슴속에서 뒤얽혀 한 발짝 걸을 때마다 몸속 세포에까지 스며드는 듯했다.

오후에 올해 처음으로 여름 문안 선물이 왔다. 7월은 후미즈키(文月), 매일 우편물 배달이 기다려지는 계절이기도 하다. 올해 첫 선물은 아버지의 재혼 상대 스즈노 씨에게서 왔다.

스즈노 씨 글씨를 처음 보는 것 같다. 또렷하고 의지
가 느껴지며 글자 내에 있는 어떤 소중한 것을 두 팔 벌
려 포옹하는 듯한 글씨였다. 계절 인사 뒤에 '지난번에
걱정 끼쳐서 정말 미안해. 다음 달 도쿄에 갈 일이 있으
니 같이 식사라도 할까?'라고 쓰여 있었다.

나는 수제 일본 종이처럼 감촉이 보드라운 엽서를 두
손으로 들어 얼굴 가까이 가져왔다. 숨을 한껏 들이마시
니 고등학교 시절 아버지와 함께 살았던 호쿠리쿠 집의
축축한 눈 같은 냄새가 느껴졌다. 눈 밑에 숨은 검은 흙
과 식물 냄새도 났다. 아버지도 같이 올라오는 건지 아
닌지 알 수 없었지만 스즈노 씨만 온다 해도 만나기로
결심했다.

스즈노 씨에게 답장을 쓰고, 머리가 여름 문안 모드가
된 김에 이어서 손님에게 보낼 엽서도 썼다. 개점 이래
쓰고 있는 일지에 어떤 손님이 그날 무엇을 샀는지 간
단히 메모해 두었다. 다른 노트에 아이우에오 순으로 고
객 명단도 작성해 두었다. 가게는 작아도 사 년 반이 됐
으니 수가 꽤 많다. 그래도 나는 매년 연하장과 여름 인
사장을 직접 써서 보낸다.

받았을 때 그 편이 훨씬 기쁘다는 것을 유키미치가 가르쳐 주었다. 아닌 게 아니라 기계로 인쇄된 라벨이 더 깔끔하고 아름다울지도 모른다. 하지만 어쩐지 멋이 없다. 아는 사람이 보낸 편지나 엽서면 더 서운하다.

히메마쓰야의 고객 명단에 실린 사람들은 잠깐이라도 나와 실제로 만난 적이 있는 이들이다. 매번 주소와 이름을 쓰다 보면 그 사람에 대한 친근감이 늘기도 하고, 개중에는 정중한 답장을 보내 주는 사람도 있다. 딱 한 번 만난 손님인데도 가까운 사이처럼 결혼했다든지 아이가 태어났다든지 그런 근황까지 주고받게 된 사람도 있다. 게다가 엽서를 보내면 그걸 보고 히메마쓰야가 생각나는지 다시 찾아 주는 손님도 늘어난다.

얼굴과 분위기를 떠올리며 근처에 맛있는 이탈리아 음식점이 생겼다는 것, 네즈 신사의 요새 모습 등 관심을 가질 만한 야나카 정보를 조금씩 곁들였다. 이름은 특히 정중하게, 마음을 담아 썼다.

고객 명단의 '다' 행까지 쓰고 나서 우표를 붙이니 밖이 이미 어둑어둑해져 있었다. 그동안 접객도 해야 했던 터라 나도 모르게 후 하고 큰 한숨이 나왔다. 일어나서 손을 깍지 껴 머리 위로 들고 몸을 위아래로 가볍게 뻗으며 스트레칭을 했다. 내내 같은 자세로 작업한 탓에 마디마디가 뻣뻣했다.

그만 에어컨을 꺼도 되겠다 싶어 현관으로 나가 미닫이문을 열었다. 바람이 살랑 불어 바닐라 에센스처럼 달콤한 향기가 히메마쓰야 안으로 날아들었다. 근처 절 담장 밑에 치자꽃이 활짝 핀 것이다. 이 시기면 자나 깨나 나는 치자 향기에 아련한 사랑을 하는 기분이 든다.

바람이 기분 좋아 히메마쓰야 앞에 얼마 동안 멍하니 서 있었다. 저녁매미 울음소리가 귓속으로 조용히 흘러들었다.

아침에 우아하게 피어 있던 물옥잠도 저녁에는 시든다. 수반 속에서 몸을 곧게 펴고 가련한 연보랏빛 꽃을 피우는 모습은 아버지가 좋아했던 배우를 닮았다. 의연하면서 섬세하다. 수반을 들여다보니 밑바닥 쪽에서 후쿠와 긴타로가 꼼짝하지 않고 있었다.

이 주 뒤, 간토 지방에서도 드디어 장마가 끝나 본격적인 여름이 시작됐다. 모기장과 모기향, 선풍기. 이제부터 지내는 데 이 3종의 신기(神器)가 꼭 필요하다.

히메마쓰야에는 에어컨을 설치했지만 이층 침실에는

선풍기밖에 없다. 그 때문에 매년 여름이면 밤에는 창문을 활짝 열고 모기장을 치고 잔다. 더워서 밤잠을 설칠 때도 있지만, 아침 일찍 동이 트는 것과 함께 잠에서 깨면 무척 상쾌하거니와 어쩐지 득 본 기분이다.

일찍 깨서 시노바즈 연못으로 산책을 나갔다. 밖은 아직 어둑어둑하고 공기도 조금 선득했다. 마도카 씨를 의식해 원피스를 입어 봤다. 샌들을 신으니 마치 스케이트장 얼음판을 미끄러지듯 몸이 거침없이 앞으로 나아갔다. 이 감각에 익숙해지면 기모노 생활로 돌아가지 못하게 될 것 같다고 염려하면서도, 마치 바람이 된 듯한 경쾌한 감각을 몸속 깊은 곳에서부터 즐겼다.

시노바즈 연못은 전체가 연잎으로 무성하게 뒤덮여 있었다. 아침 햇빛 아래 연잎의 잎줄기가 비쳐 보였다. 하도 아름다워 넋을 놓고 멍하니 바라보게 됐다. 물을 튕겨 내는 성질인지 커다란 잎사귀 중앙에 아침 이슬이 동그랗게 맺혀 문스톤처럼 은색으로 빛났다.

잎 사이사이로 줄기를 뻗어 피는 연꽃. 매력적이면서 고상한 연꽃을 꽃 중에서도 제일 좋아할지 모르겠다.

귀를 기울이니 꽃이 피는 순간의 소리가 들려왔다. 마치 웃고 싶은 것을 애써 참아 보지만 결국 참지 못하고 웃음을 터뜨리는 것 같은 소리다. 동 틀 녘에 꽃을 피우고 점심때에 꽃잎을 오므리기를 사흘 반복하다가 나흘째에 시든다는 신기한 꽃이다.

자세히 보니 짙은 분홍색 꽃잎에 세로로 가느다란 선이 여럿 나 있다. 꽃잎의 보호를 받는, 물뿌리개 주둥이처럼 생기고 구멍이 송송 난 부분이 마치 빛나는 것 같다. 그곳에 꿀벌이 놀러온다.

나흘째 아침을 맞이했는지 내 눈앞에서 어느 꽃의 꽃잎이 살랑 떨어졌다. 수면에 떨어진 꽃잎은 엄지 도령이노 젓는 조각배 같았다. 하루이치로 씨에게 선물하고 싶어서 손을 뻗어 봤지만 아슬아슬하게 손이 닿지 않았다.

아쉬운 마음을 달래며 시노바즈 연못을 뒤로했다. 히메마쓰야로 돌아오니 어서 오라고 소곤거리듯 치자 향기가 다정하게 나를 맞아 주었다.

스미다가와 불꽃 축제는 매년 7월 마지막 주 토요일에 열린다. 올해는 아침부터 쾌청해 연기나 중지되는 일 없이 예정대로 개최되는 모양이다.

저녁에 하나코와 라쿠코가 함께 히메마쓰야로 왔다. 유카타를 입혀 달라고 온 것이었다. 하나코가 유카타를 치마처럼 무릎길이로 입자, 라루코도 흉내 내 유카타를 짧게 올려 입고 싶어 했다. 요새 유카타는 색상이 선명해 꼭 요염한 드레스 같다.

어머니는 이날 좋아하는 록밴드를 따라 지방에 간 모양이다. 하나코와 라쿠코는 내게도 불꽃 축제에 같이 가자고 했지만 어쩐지 내키지 않아 거절했다. 헤어질 때 혹시 미아가 됐을 때를 대비해 라쿠코에게 히메마쓰야의 명함을 주었다. 하나코에게는 둘이 맛있는 것이라도 사 먹으라고 용돈을 주었다.

하나코와 라쿠코를 배웅하고 나니 갑자기 유키미치와 스미다가와 불꽃 축제에 갔을 때가 생각났다. 차량 통행을 막은 큰길은 우리 같은 젊은 커플이며 가족, 아이들로 가득해 사람 많은 곳이 불편한 나는 현기증이 날 것 같았다. 그래도 다리 중앙까지 나아가 그곳에서 수면에 비친 커다란 불꽃을 봤을 때는 피로가 씻은 듯이 사라졌다.

유키미치의 새까만 눈동자 표면에도 작은 불꽃이 비쳐 있었다. 다리 위에 있을 수 있었던 시간은 얼마 되지 않았지만, 우리는 그동안 내내 손을 잡고 환성을 지르며 기뻐했다. 오는 길에 내년에도 같이 오자고 약속했건만

223

결국 약속은 지켜지지 못했다. 유키미치가 그날 입은 티셔츠의 후줄근한 감촉이며 디자인, 색깔까지 기억한다.

야나카에서 살게 된 뒤로는 잇세이 씨의 저택에서 열리는 연회에 초대받거나 아는 사람의 아파트에 놀러가 조금 떨어진 곳에서 불꽃놀이를 즐기게 됐다. 야나카에서도 건물 옥상이나 고층 아파트에 가면 불꽃을 구경할 수 있다.

일곱 시가 지났기에 슬슬 문 닫을 준비를 시작했다. 에어컨을 끄고 밖으로 나오니 근사한 꼭두서니 색 하늘이 펼쳐져 있었다. 포렴을 걷어 안으로 들였다. 불꽃 축제를 보러 가는지 유카타 차림의 젊은 커플이 딸가닥딸가닥 게다 소리를 울리며 손을 잡고 사이좋게 골목을 걸어갔다. 길을 잘못 들지만 않았다면 하나코와 라쿠코는 이미 축제 장소에 도착했을 것이다.

올해는 불꽃놀이를 볼 계획이 없었던 터라, 히메마쓰야의 문단속을 하고 바로 기모노를 벗고 목욕하러 갈 준비를 했다. 낮 동안 냉방을 트는 히메마쓰야에 있다 보면 어느새 팔나리가 무지근해진다. 뜨거운 물에 몸을 담그면 피로가 해소되어 잠도 잘 오는 것 같아서 일주일에 한 번쯤은 목욕탕에 간다. 갔다 와서 가볍게 식사할 수 있도록 미리 만들어 둔 반찬이 냉장고에 들어 있다.

땀에 젖은 기모노를 옷걸이에 걸고 버선을 벗고 나가 주반도 벗으려 했을 때였다. 똑똑, 똑똑, 하고 누가 히메마쓰야의 미닫이문을 노크했다. 마도카 씨의 작은 노크와도, 이멜다 여사의 거친 노크와도 달랐다.

영업시간은 이미 끝났으니 대답하지 않고 동정을 살피고 있으려니, 미닫이문 밖에서 나야, 하고 속삭이는 목소리가 들려왔다.

"하루이치로 씨."

놀라 맨발로 시멘트 바닥으로 내려가 커튼 틈으로 밖을 내다봤다. 정말 하루이치로 씨가 서 있었다.

"금방 열게요. 잠깐만 기다려 주세요."

빠른 말투로 말하고는 황급히 나가주반을 벗고 수건으로 등의 땀을 훔친 뒤 유니폼을 넣어 두는 장롱에서 유카타를 꺼내 입었다. 반 폭 허리띠를 재빨리 조개 입식으로 묶은 다음 서둘러 잠금장치를 열었다. 기모노를 착용하는 것에 익숙하기는 해도 이렇게 빨리 입은 것은 기모노를 입고 생활하게 된 뒤로 처음이었다. 아마 일분도 걸리지 않았을 것이다.

"기다리게 해서 죄송해요."

그렇게 말하며 히메마쓰야의 미닫이문을 드르륵 열었
다. 문을 연 순간 좋은 향기가 났다.

"갑자기 와서 미안해." 하루이치로 씨가 미안한 표정
으로 말하고는 "오바나의 장어구이를 갖다주고 싶어서."
라며 손에 든 종이봉투를 들어 보였다.

"들어오세요."

하루이치로 씨를 안으로 들인 뒤, 히메마쓰야의 커튼
만 닫고 미닫이문과 창문은 활짝 열어놓았다. 그때 펑,
하고 큰 소리가 울리며 첫 폭죽이 터졌다. 배 속을 투명
한 주먹으로 얻어맞은 것 같은 충격이 느껴졌다.

"시작했나 봐요."

나는 오랜만에 하루이치로 씨를 만난 수줍음을 애써
감추며 말했다.

"택시 타고 오면서 연락하려고 했는데 마침 업무 관
련해서 전화가 오는 바람에. 통화하는 사이에 도착했지
뭐야. 혹시 오늘 저녁 볼일이 있었으면 미안한데 싶었
지만."

하루이치로 씨가 말했다.

"괜찮아요. 저녁 먹으려고 하던 참이에요."

나는 웃으면서 대답했다.

"다행이네."

하루이치로 씨는 정말 기쁜 듯이 미소를 지으며 그제야 신을 벗었다. 나는 밥상을 펴고 여름용 골풀 방석을 냈다. 그 사이에도 폭죽 터지는 소리가 쉴 새 없이 들렸다.

"소리 좋네."

하루이치로 씨가 그렇게 말하며 방석을 깔고 앉았다.

"술부터 들래요?"

"찬 거 있어?"

"병맥주는 찬 게 있어요."

하루이치로 씨가 언제 와도 괜찮도록 꽤 오래전에 사둔 게 남아 있었다. 하루이치로 씨가 주점에서 곧잘 주문하는 맥주와 같은 상표다.

"그럼 조금만 마실까?"

하루이치로 씨가 컵을 들고 마시는 시늉을 하며 대답했다. 나는 냉장고 안쪽에서 특별히 더 찰 것 같은 병을 골라 꺼냈다. 병따개로 마개를 따고 컵과 함께 쟁반에 얹어 내갔다. 하루이치로 씨는 책상다리를 하고 편히 앉아 있었다. 하루이치로 씨의 다리 사이에 앉았던 게 생각났다. 어쩐지 그게 먼 옛날 일처럼 느껴졌다. 그날 밤

밖에서는 비가 억수처럼 쏟아졌다.

맞은편에 앉아 하루이치로 씨 컵에 맥주를 따랐다. 하루이치로 씨도 내게 따라 주었다.

"스미다가와의 불꽃놀이에."

하루이치로 씨의 말로 둘이 건배했다. 한 모금 마시고 나서 나는 안주를 준비하러 부엌으로 갔다. 하루이치로 씨와 이야기할 수 있도록 부엌으로 이어지는 문을 닫지 않은 채 준비했다.

내가 부엌에 있는 동안 하루이치로 씨가 장어를 가져오게 된 경위를 설명했다. 가게 앞을 지나다가 장어 냄새에 끌려 멈춰 섰다고 한다. 그러자 갑자기 내가 생각나면서 같이 장어를 먹고 싶어져 한 시간이나 줄을 서서 선물용 장어구이 2인분을 산 것이다.

"다른 약속을 만들지 않길 잘했네요."

냉장고 문을 열며 하루이치로 씨에게 들리도록 큰 소리로 말했다.

냉장고에 단골손님이 준 치어가 남아 있었다. 나는 급히 무를 갈아 하루이치로 씨에게 가져갔다. 그 뒤 오늘 저녁 먹으려고 했던 찬 오뎅도 그릇에 폈다. 껍질을 벗긴 토마토와 오이, 양하를 맛국물에 담근 간단한 음식이

지만, 더위 탓에 식욕이 없을 때도 이것만은 먹을 수 있
다. 밑반찬으로 만들어 둔 닭고기볶음된장도 작은 그릇
에 담아 내갔다.

"시오리도 같이 들지."

하루이치로 씨가 조금 서운한 듯 말하기에 나도 일단
부엌일을 중단하고 함께 반주를 들기로 했다. 열린 창문
으로 바람이 불어들어 기분이 편해졌다.

오랜만에 얼굴을 보는 것이라 무슨 말부터 해야 할지
알 수 없었다. 하루이치로 씨도 같은지 입을 별로 열지
않고 차분히 맥주를 음미했다. 나도 오랜만에 맥주를 마
셨다. 대화의 공백을 메우듯 폭죽 소리만 열심히 울렸다.

하루이치로 씨는 파란색 폴로셔츠에 얇은 흰색 바지
차림이었다. 지금은 벗었지만 늘 메는 검정 배낭과 함께
편해 보이는 마 재킷을 들고 왔다. 토요일이라 그런지
평소의 단정한 느낌과는 조금 다르게 캐주얼하다.

내가 보는 앞에서 하루이치로 씨가 찬 오뎅의 토마토
를 먹었다.

"맛있는데."

정말 행복한 표정으로 그렇게 말했다.

"다행이에요." 나는 말했다. "더울 땐 이런 것만 자꾸

229

사게 되네요."

기우소가 능력을 발휘할 순서다.

"시오리, 살이 좀 빠진 거 아냐?"

하루이치로 씨가 걱정스레 쳐다봤다. 유심히 뜯어보는 바람에 부끄러워졌다.

"더위 먹었나?"

그런 기분을 들키지 않으려고 모른 척 말했다. 하루이치로 씨가 이번에는 찬 오뎅의 오이를 베어 물었다. 뽀도독 소리에 나도 모르게 미소가 지어졌다. 하루이치로 씨가 먹는 모습을 보는 것만으로도 배가 불렀다.

맥주를 한 병 더 가져와 하루이치로 씨에게 따라 주는데 갑자기 하루이치로 씨가 말했다.

"시오리는 스미다가와 불꽃 축제 보러 간 적 있어?"

"한 번요. 그렇지만 사람이 하도 많아서 그것 때문에 멀미가 났었어요. 하루이치로 씨는요?"

"나도 한 번. 초대 받아서 배 타고 본 적 있어."

"좋겠다. 그거 엄청 비싸다고 들었는데요."

"그런가 보지. 그렇지만 나도 멀미해서 말이야. 좋은 자리를 잡으려고 비교적 이른 시간에 출발하거든. 그래서 해 지기를 기다리는데, 그동안 술을 많이 마셨더니 속이 울렁거려서. 얼마나 힘들었는지."

하루이치로 씨가 웃으며 말했다. 그러고는 "오늘 같은
게 제일 좋은데."라고, 내가 좋아하는 기린 같은 표정을
지으며 덧붙였다. 나는 매우 기뻤다. 나도 아까부터 같
은 심정이었으니까. 이렇게 소리만 듣고 있어도 같이 불
꽃놀이를 구경하는 기분이 든다.

"즐겁네요."

"나도 지금 아주 즐거워."

하루이치로 씨는 눈을 가늘게 뜨며 그렇게 말하고는
맥주잔을 단숨에 비웠다.

제1부가 끝나는지 불꽃을 연달아 몇 발 쏘아 올렸다.
그러더니 갑자기 고요해졌다. 마침 그릇도 비었기에 식
기를 부엌으로 내갔다. 행주로 밥상을 닦은 다음 하루이
치로 씨가 가져온 장어구이를 풀었다.

"아직 따뜻하네요."

뚜껑을 열자 맛있는 장어 냄새가 풍겼다.

"맛있겠다."

"그렇지?"

하루이치로 씨가 얼굴을 내밀어 나와 함께 장어구이
를 담은 찬합을 들여다봤다.

"어서 먹자고."

하루이치로 씨가 나무젓가락을 꺼내며 말했다. 나는 작은 봉지를 뜯어 너무 많이 넣지 않게 주의하며 산초 가루를 뿌렸다. 상쾌한 향기가 퍼지면서 지금까지 아무 것도 받아 주지 않던 위가 갑자기 음식을 원하는 게 느 껴졌다.

"잘 먹겠습니다."

기운차게 말했다.

"잘 먹겠습니다."

하루이치로 씨도 말하고 가볍게 손을 모은 뒤 젓가락 을 가져갔다.

장어는 보들보들 연하고 달짝지근한 소스가 밥에도 잘 배어 있었다.

"역시 숯불에 잘 구운 장어는 다르군."

하루이치로 씨도 고개를 끄덕이며 먹고 있었다.

이내 또 불꽃을 쏘아 올리는 소리가 들리기 시작했다. 눈을 감자 눈꺼풀 뒤로 불꽃의 모양이 보이는 듯했다. 레이스로 뜬 컵 받침처럼 섬세한 것, 색색의 스타마인 (다수의 불꽃을 연속으로 또는 동시에 쏘아 올리는 것), 국화, 모란, UFO.

"하루이치로 씨는 무슨 불꽃이 좋아요?"

나는 천천히 눈을 뜨고 하루이치로 씨에게 물었다.

"옛날부터 있었던 정통파 타입이 좋은데."

"나도 그래요."

하루이치로 씨의 목울대를 보며 조용히 대답했다.

"그러고 보니까 미즈나스가 있는데."

장어구이를 다 먹어 갈 즈음 그제야 생각났다.

"맛있겠는데."

하루이치로 씨가 그렇게 말하기에 서둘러 일어나 냉장고에 넣어 둔 미즈나스를 가지러 갔다.

"소금 찍어서 통째로 먹으면 어떨까 하는데요."

조심스레 제안했다. 하루이치로 씨는 어쩌면 미즈나스를 더 맛있게 먹는 법을 알지도 모른다고 조금 불안해진 것이다.

"나도 그게 제일 맛있던데."

하루이치로 씨가 그렇게 말해 주어 안심하고 미즈나스를 내밀었다.

하나밖에 없던 미즈나스를 하루이치로 씨가 손으로 반 꺾어 주었다. 소금을 홀홀 쳐 대담하게 베어 물었다. 소금이 단맛을 이끌어 내 마치 과일을 먹는 기분이었다.

"오랜만에 제대로 된 식사를 배불리 먹었네요."

정말로 최근 소면이나 중국식 냉면만 먹고 살아온 터라 장어구이 1인분을 먹고 나니 몸에서 기운이 났다. 술 영향도 있을지 모른다. 긴장이 늦춰지면서 몸의 힘이 풀렸다. 나는 헝겊처럼 축 늘어져 다다미에 온몸을 맡기고 싶어졌다.

불꽃 축제는 클라이맥스에 다다라 연속해서 소리가 울렸다. 내 눈꺼풀 뒤는 색색의 불꽃으로 가득했다. 하늘 높이 올랐다가 사라지고 하늘 높이 올랐다가 사라졌다. 하나코와 라쿠코는 길을 잃지 않고 불꽃놀이를 즐길 수 있었을까. 눈을 감은 채 폭죽 소리에 귀를 기울였다. 점점 화약 냄새까지 날 것 같았다.

불꽃 축제가 끝났다. 아무리 기다려도 다음 불꽃이 터지지 않았다. 그러자 하루히코 씨가 나지막이 말했다.

"우리 불꽃놀이 할까?"

시계 바늘이 마침 아홉 시를 지난 참이었다.

생각지도 못한 제안에 바로 대답하지 못한 것은, 불꽃놀이를 하기에 적당한 장소가 순간적으로 생각나지 않았기 때문이다. 하지만 몇 초 뒤 나도 동의했다. 구태여 보는 눈을 신경 쓰며 공원에서 할 것 없이 히메마쓰야 안뜰에서 하면 그만이다.

"그래요."

기분이 밝아져 기운차게 대답했다.

"잠깐 편의점 가서 폭죽 사 올게."

하루이치로 씨가 재킷에서 지갑만 꺼내 신발을 신으려 했다.

"편의점 어디 있는지 알아요?"

"괜찮아. 이 부근 지리는 꽤 잘 아니까."

자신만만하게 웃으며 말했다.

"조심해서 다녀와요."

나는 말했다.

하루이치로 씨가 편의점에 간 사이, 그릇을 설거지하고 정리했다. 그래도 하루이치로 씨가 돌아오지 않기에 잠깐만이라고 다짐하며 바닥에 누웠다. 다다미가 시원해 기분 좋았다. 눈을 감자 수마가 찰랑찰랑 물결처럼 밀려왔다. 자면 안 된다, 자면 안 된다고 생각하면서도 그만 꼬박 잠이 들었다. 짤막한 꿈을 몇 번 꿨다.

"나 왔어."

하루이치로 씨의 목소리에 흠칫 놀라 일어나 앉았다.

"잤지?"

"안 잤어요."

하루이치로의 지적에 반사적으로 거짓말했다.

"여기 다다미 자국이 남아 있는데."

하루이치로 씨가 내 볼에 손가락을 갖다 댔다. 그 순간 마음에 날개가 돋쳐 두둥실 공중으로 떠오를 것 같았다. 나는 어차피 들킨 거, 하고 도로 누웠다. 하루이치로 씨의 손이 닿으면 어째서 이렇게 몸이 기분 좋게 저릿저릿한 걸까.

"잤어요."

이번에는 정직하게 말했다. 눈을 감으니 또 발치에서 기분 좋은 잠이 찾아들었다. 그러는 동안에도 하루이치로 씨는 사 온 것을 밥상 위에 꺼내 놓았다. 불꽃놀이 세트는 물론 얼음과 탄산수, 과자, 안주, 아이스크림, 레몬, 수박, 사이다…….

"꼭 캠핑 가는 것 같네."

나는 누운 채로 말했다.

"어째 센 술이 생각나서."

하루이치로 씨가 마지막으로 큰 술병을 꺼내며 말했다.

"소주예요?"

반짝반짝 빛나는 예쁜 술병을 올려다보며 천천히 중

얼거렸다. 그 각도에서 하루이치로 씨의 얼굴을 보는 게 신선했다.

"아마미 대도(大島)의 흑당소주."

"잔 가져올게요."

나른한 몸을 일으켜 일어섰다. 술기운이 돌았는지 휘청거리다가 넘어질 뻔했다. 그 덕분에 비로소 정신이 들었다.

유리잔을 가져오자 하루이치로 씨가 능숙하게 술을 섞어 주었다. 잔에 얼음과 흑당소주, 탄산수를 따르고 마지막으로 레몬을 짰다. 내 것은 술을 아주 약간만 넣어 약하게 타 주었다.

"건배."

오늘 저녁 두 번째 건배를 했다. 맛이 산뜻하다. 한 모금 마시고 나서 하루이치로 씨가 사 온 아이스크림과 수박을 냉장고에 넣으러 갔다. 그러고는 밀랍 양초에 불을 켜 안뜰에 두었다. 양동이가 없어서 사용하지 않는 냄비에 물을 가득 떠 안뜰로 내갔다.

"준비 다 됐으니까 와요."

하루이치로 씨를 부르러 가자 하루이치로 씨도 조금 전 나처럼 다다미에 누워 있었다. 순간 장난으로 그 위에 엎드리고 싶어졌다. 하지만 두 손을 잡아당겨 하루이치로 씨를 일으켰다. 하루이치로 씨의 손바닥은 역시 갓 친 떡처럼 보들보들했다.

손을 잡은 채 하루이치로 씨를 부엌으로 안내했다. 하루이치로 씨가 여기 문지방을 넘는 것은 처음이었다. 점포로 쓰는 여덟 첩 다다미방 안쪽으로 부엌으로 쓰는 좁은 마루방과 화장실, 샤워실이 있다. 평소에는 문을 완전히 닫아 두는지라 보이지 않는다. 냉장고와 식기장 등이 어수선하게 놓여 있는 데다 결코 남에게 보여 줄 만한 공간이 아니다.

하루이치로 씨의 반응이 어떨지 신경 쓰였는데 아무 말도 하지 않았다. 부엌 너머가 안뜰이라 바닥까지 이어지는 유리문을 열면 거기가 툇마루로 변신한다. 나는 하루이치로 씨의 손을 놓고 방석 두 개를 가져왔다. 하루이치로 씨가 책상다리를 하고 앉았다. 어느새 양말을 벗어 맨발이었다.

나도 하루이치로 씨 옆에 안뜰 쪽으로 발을 뻗고 앉았다. 발바닥 아치 언저리에 풀이 닿아 간지러웠다. 가족과 보냈던 어린 시절의 여름 방학이 생각나 그때가 그리워졌다. 작은 안뜰이지만 그에 알맞은 크기의 나무

들이 열심히 가지를 펼치고 있다.

첫 폭죽에 불을 붙인 순간, 슉 하고 큰 소리가 나면서 화약 냄새가 퍼지고 연기가 뭉게뭉게 피었다. 폭죽 끝에서 눈부신 빛의 다발이 일제히 뿜어 나왔다.

"이웃 사람이 불난 줄 아는 거 아냐?"

세차게 빛을 뿜어내는 폭죽을 들고 하루이치로 씨가 걱정스레 말했다. 뚜렷이 비춰진 옆얼굴이 빨강이며 파랑, 초록, 노랑으로 변화했다.

"시오리도 얼른. 불이 꺼지기 전에 다음 폭죽으로 옮겨야지."

하루이치로 씨의 재촉에 봉지에서 폭죽 하나를 꺼내 하루이치로 씨가 든 폭죽으로 불을 붙였다. 내 폭죽에서도 불꽃이 크게 퍼진 뒤 별똥별 같은 빛이 수없이 태어났다 사라졌다.

하루이치로 씨가 '완코국수(손님이 거절할 때까지 작은 사발에 담은 메밀국수를 잇따라 그릇에 담아 주는 것)'에서 따와 '완코 불꽃놀이'라고 한 것처럼, 우리는 폭죽에 잇따라 불을 붙여 안뜰을 선명한 빛으로 가득 메웠다. 그래도 수가 줄어들 줄 몰라, 중간부터 하루이치로 씨는 양손에 폭죽을 들고 한꺼번에 두 개씩 불을 붙였다.

마침 오늘밤은 반달이 떴다. 아까는 보이지 않았던 달님이 매화나무 실루엣 너머에 모습을 드러냈다. 불꽃과 연기로 지나치리만큼 떠들썩했던 안뜰이 어느새 적막에 싸여 있었다.

이번에는 내가 먼저 막대 불꽃에 불을 붙였다. 화약 부분에 불이 옮겨 붙자 끄트머리가 둥글게 불꽃에 싸이더니 이윽고 기운찬 솔잎 모양의 불꽃이 흩어졌다. 그게 끝나자 이번에는 입으로 분 유리가 부풀듯 끄트머리의 불덩어리가 커다랗게 타면서 거기서 버드나무 같은 가느다란 빛이 탄생했다. 이때 손끝에 느껴지는 희미한 떨림이 좋다. 불덩어리를 떨어뜨리지 않도록 조심하며 들고 있으려니 버드나무 같은 빛은 점점 오그라들어 작은 선이 되었다.

"끝까지 떨어뜨리지 않으면 되게 기쁘지 않아요?"

"그러게, 도중에 떨어뜨리면 분하고."

이렇게 같이 불꽃놀이를 하고 있으려니 하루이치로 씨를 만난 지 아직 얼마 되지 않았다는 게 거짓말 같았다. 벌써 몇 년은 알고 지낸 기분이었다.

"하루이치로 씨는 어렸을 때 어땠어요?"

얼마 지나 나는 물었다.

"난 말이지, 글쎄" 그렇게 중얼거리더니 잠시 입을 다물었다. "어려운 질문인걸."

새 막대 불꽃에 불을 옮겨 붙이며 겸연쩍게 웃었다.

"시오리는? 어떤 어린애였어?"

되레 질문이 돌아왔다. 나도 바로 대답할 말이 생각나지 않았다. 막대 불꽃 세 개를 태운 다음 비로소 할 말을 찾았다.

"난 안 좋은 애였어요."

아무리 생각해도 그 표현이 가장 진실에 가까운 것 같았다.

"안 좋은 애?"

하루이치로 씨가 어리둥절한 표정으로 물었다.

"십 년쯤 전에 어머니가 바람을 피웠거든요. 다른 남자의 애가 생겨서 그것 때문에 부모님이 이혼하셨는데, 그때부터 가족이란 게 영 싫어져서……."

"그렇군."

그렇게 말한 하루이치로 씨는 그 뒤 뭐라 말하려다가 결국 그만두었다. 반달은 이미 먼 하늘을 헤엄치고 있었다. 산들바람에 실려 치자꽃 향기가 우리 쪽으로 놀러 왔다.

"향기 좋은데."

나보다 먼저 하루이치로 씨가 눈을 가늘게 뜨며 심호흡했다. 눈을 뜬 것과 동시에 말했다.

"자, 이게 마지막이야. 두 개 있으니까 하나씩 가질까."

안뜰에 불꽃 두 송이가 나란히 피었다. 사람은 불을 쳐다보면 솔직해질 수 있는지도 모르겠다. 하루이치로 씨의 막대 불꽃이 먼저 솔잎 모양을 만들기 시작했다. 몇 초 뒤, 내 막대 불꽃도 솔잎이 됐다. 솔잎은 점점 작아져 둘 다 동시에 불덩어리로 변화했다.

하루이치로 씨의 불덩어리가 내 불덩어리 쪽으로 천천히 다가왔다. 나도 하루이치로 씨와 거리를 좁혔다. 두 사람의 몸 중간에서 불덩어리 두 개가 이어졌다. 손끝의 떨림이 아까보다 더 강하게 느껴졌다.

칠석이 지나 가게 앞에서 옮겨 온 조릿대가 안뜰 구석에 있었다. 종이 오리기는 밤하늘에 올라가 영원히 움직임을 멈춘 불꽃 같다. 말로 표현하지 않는 나만의 소원이 아이들의 티 없는 소원과 함께 밤바람에 살랑살랑 흔들렸다.

2인분의 불덩어리는 태양의 분신처럼 커다랗게 커다랗게 부풀었다. 그 순간 문득 오층탑에서 동반 자살을 한 두 사람의 영혼을 상상했다. 몸과 몸, 마음과 마음, 영혼과 영혼. 인간의 가장 깊은 부분까지 녹아들어 하나가 될 수 있다면 그건 그것대로 행복일지 모르겠다.

언젠가 나와 하루이치로 씨도 그렇게 될 수 있다면, 하고 멍하니 생각했다. 이렇게 불의 힘을 빌려 영혼과 영혼을 이어 붙일 수 있다면 우리는 내내 함께 있을 수 있을 텐데.

눈앞의 불덩어리는 우리의 미래를 점치듯 바들바들 떨리고 있었다.

가
을
바
람
—

  처마 밑에 단 에도 풍경(風聲)이 형식적으로 달랑달랑 약하게 소리를 내는 늦은 오후, 히메마쓰야에 우편물이 배달됐다. 8월 들어 여름 인사에 대한 답장이 조금씩 오기 시작했다.

  잠시 기다렸다가 바느질거리를 내려놓고 나갔다. 집 안에서도 충분히 더웠건만 밖은 더 더워 뜨거운 바람에 숨이 막혔다. 우편함에서 편지 다발을 꺼내 서둘러 안으로 들어왔다. 겨우 몇 초 밖에 있었을 뿐인데 그새 등에 땀이 흘렀다.

한 통씩 집어 천천히 편지를 보낸 이를 확인하다가 외국 봉투를 발견했다. 이름만 봐서는 누군지 알 수 없었지만 안에 든 사진을 보고 바로 알았다.

작년 크리스마스에 브라질에서 관광하러 왔던 가족이었다. 내가 보낸 여름 인사장에 일부러 답장을 보내 준 것이다.

가족에 둘러싸여 중앙에 앉은, 안경을 쓴 장로 할머니가 하오리를 입고 온화하게 미소 짓고 있었다. 가족이 히메마쓰야에서 산 하오리가 맞았다. 바다를 건너간 메이센 하오리는 화려한 디자인의 티셔츠를 입은 체격 큰 할머니의 분위기에 잘 어울렸다.

끝까지 확인해도 유키미치의 엽서는 그중에 없었다.

그나저나 입추를 맞이해 달력상으로는 가을이건만 더위는 수그러들 줄 몰랐다. 매미가 울음을 그치는 것은 동트기 전 잠깐뿐, 아침부터 밤까지 쉴 새 없이 울어댄다. 올해는 더위가 너무 심한지 나팔꽃도 기운 없이 축 늘어져 있다.

피서를 겸해 유령 그림을 보러 간 날 밤, 하루이치로 씨에게서 전화가 왔다. 며칠 전부터 매일 전화가 온다.

나는 저녁을 준비하다 말고 수화기를 들었다. 하루이치로 씨 전화는 벨소리만 들어도 알 수 있을 것 같다. 벨소리까지 조심스럽고 상냥하다.

"여보세요."

침착하게 전화를 받자 역시 하루이치로 씨 전화였다.

"지금 통화 괜찮아?"

걷는 중인지 하루이치로 씨의 발걸음에 맞춰 진동이 내 귓가에까지 느껴졌다.

"괜찮아요. 오늘은 너무 더워서 유령 그림을 보고 왔어요."

명랑한 목소리로 오늘 있었던 일을 보고했다.

"혹시 엔초가 수집했다는 그거?"

"네, 그거. 야나카에 젠쇼 암이란 절이 있는데 거기서 이달 말까지 엔초가 수집한 유령 그림을 일반인한테도 공개하거든요."

"만담 공연 같은 것도 하지 않았던가?"

"매년 엔초의 기일인 8월 11일 즈음해서 라쿠고가들이 모여서 공연도 하고 음식도 팔고 그러나 봐요."

전파의 영향인지 하루이치로 씨 목소리가 이따금 멀어졌다. 그것을 붙들려고 수화기를 귀에 딱 붙이고 이야기했다.

"그래서 시원해졌어?"

하루이치로 씨가 놀리는 투로 말했다.

"조금은요."

웃으며 대답했다. 이야기하는 사이에 유령들이 다시 눈꺼풀 뒤에 되살아났다.

"무서웠어?"

하루이치로 씨가 이번에는 진지한 목소리로 물었다.

"좀 장난친다고 할지, 익살스러운 느낌의 그림도 있고, 그저 아름답게만 느껴지는 그림도 꽤 많아요. 무서운 건 많이 무섭지만요."

특히 남자의 잘린 머리를 든 여자와 가슴에서 피를 흘리며 갓난아기를 안은 여자의 유령 그림은 정말로 무서웠다. 지금도 생각하면 그림 속에 진짜 유령이 있었던 것처럼 느껴져 핏기가 가시고 소름이 돋았다.

"그런데 왜 유령은 다 여자인 거죠?"

남자 유령 그림도 있기는 했지만 태반은 여자였다.

"그러게."

하루이치로 씨가 태평하게 대답했다.

"나도 죽으면 유령이 되려나?"

"시오리의 유령은 하나도 안 무서울 것 같은데."

나도 하루이치로 씨의 유령은 분명 무섭지 않을 것이다, 그렇게 생각했지만 말은 하지 않았다. 잠깐 침묵이 흘렀다. 그러더니 하루이치로 씨가 말했다.

"시오리."

"왜요?"

이게 벌써 몇 번째일까. 며칠 전부터 똑같은 대화를 여러 번 반복하고 있는데도 그다음으로 넘어가지 못한다. 하지만 최근 감이 좋아진 나는 하루이치로 씨가 무슨 말을 하려는 건지 알 수 있었다.

"조심해서 다녀와요."

달력을 보며 되도록 상냥하게 말했다.

내일부터 백중 연휴가 시작된다. 평소 직장일이 바쁜 하루이치로 씨는 백중과 설 연휴는 확실하게 쉰다. 분명 가족과 함께 보낼 것이다.

"고마워."

하루이치로 씨는 말했다. 안뜰에서 하늘을 올려다보니 달이 보였다.

"지금 하늘 보여요?"

나는 물었다.

"아, 잠깐."

그렇게 말하며 하루이치로 씨가 빠르게 걷는 것을 알 수 있었다.

"아, 이제 보인다."

"어쩐지 달님이 웃는 것 같지 않아요?"

"아, 무슨 말인지 알겠어. 입 모양 같다는 거지?"

"바로 그거예요!"

슬픈 게 아닐 텐데 어째선지 눈물 한 방울이 뚝 떨어졌다.

"시오리는 어떻게 지낼 거야?"

하루이치로 씨가 물었다.

"친구랑 해수욕이라도 갈까?"

아무렇게나 나오는 대로 말했다.

"남자가 말 붙인다고 따라가면 안 돼." 하루이치로 씨가 말했다. 그러더니 곧바로 "방금 어째 아저씨 같았군. 미안, 못 들은 걸로 해 줘."라고 자기가 말해 놓고 취소했다.

"괜찮아요."

나는 말했다.

"돌아오면 연락할게."

하루이치로 씨 목소리가 울렸다.

전화를 끊는 순간만이 언제나 서글프다. 조금 더 이어
져 있고 싶어서 필요 없는 말을 주절주절 늘어놓고 싶
어진다. 하지만 그런 때는 꼭 할 말이 생각나지 않는다.

"잘 자요."

달을 올려다보며 말했다.

"잘 자."

하루이치로 씨의 말을 끝으로 전화가 정말로 끊겼다.
생명줄처럼 꼭 쥐고 있던 수화기를 비로소 제자리에 놓
았다. 마음속이 순간 빙원처럼 고요해졌다.

그리운 사람과 멀리 떨어져 있는 것을 위로해 주려는
것은 아니겠지만, 어쩌다 보니 백중 연휴 중 찾아오는
사람도 있고 약속도 생겨 결국 바쁜 나날을 보냈다.

처음 온 손님은 스즈노 씨였다. 친구가 도쿄에서 개인
전을 한다고 해서 그걸 보러 거의 당일치기 일정으로
올라온 것이다. 아버지는 같이 오지 않았다. 히메마쓰야
도 보고 싶다고 해서 기치조지에 있는 갤러리에 다녀오
는 길에 들르기로 했다.

"잘 지냈어?"

오후 늦게 얼굴을 내민 스즈노 씨는 전에 만났을 때보다 더 건강해 보였다. 입구에서 손을 흔드는 스즈노 씨의 얼굴은 새카맣게 탔다. 아직 손가락으로 헤아릴 수 있을 정도로만 만났지만 전에 봤을 때와 인상이 꽤 달랐다.

"선물!"

스즈노 씨가 건넨 쇼핑백은 두 개 다 묵직했다. 스즈노 씨를 안으로 들인 다음 다다미에 내려놓은 쇼핑백을 들여다보니 싱싱해 보이는 야채가 가득 들어 있었다.

"어머나!"

나도 모르게 탄성을 질렀다.

"너희 아버지랑 어제 저녁 밭에 나가 캐 온 거야. 시오리한테 먹이고 싶다고 아버지가 열심히 키우셨거든."

스즈노 씨가 야채 못지않게 건강한 웃음을 지으며 말했다.

나는 커다란 소쿠리를 가져와 야채를 담았다. 옥수수, 고추, 가지, 토마토, 피망, 오크라. 하나같이 실하고 산뜻한 흙내가 났다. 쇼핑백 맨 밑에는 두 번 접은 아버지의 편지가 들어 있었다.

내가 차를 준비하는 동안 스즈노 씨는 일어나 히메마

쓰야를 구경하고 다녔다.

"올해는 말이지, 이렇게 큰 수박이 열렸지 뭐야. 너희 아버지가 시오리한테 갖다주겠다고 하시는데, 수박을 짊어지고 도쿄에 올 순 없잖아? 그래서 이번엔 야채만 가져온 거야."

돌아다니면서 명랑하게 그런 말을 했다. 내게는 스즈노 씨 자체가 대지에서 캔 신선한 야채처럼 보였다. 스즈노 씨가 옛날부터 이렇게 활발한 사람이었던가 생각하며 아는 이가 백중 선물로 준 사이다를 따 스즈노 씨에게 가져갔다.

"드세요."

내가 말하자 스즈노 씨는 그제야 밥상으로 돌아와 앉았다.

"가게 좋네."

사이다를 한 모금 마신 스즈노 씨가 주위를 둘러보고 눈을 가늘게 뜨며 말했다.

"아직 많이 모자란걸요."

"무슨, 시오리는 아직 젊잖아. 그 나이에 인생이 완성되면 재미없잖아?"

"그건 그렇지만요."

"난 쉰 살 넘도록 하고 싶은 일투성이인걸."

"그래도 염색 일은 계속 하시잖아요."

그러자 스즈노 씨가 갑자기 큰 소리로 말했다.

"앗, 맞다. 자, 이것도 선물."

작은 흰색 덩어리를 내밀었다.

"목화꽃이에요?"

"응. 오늘 갔던 갤러리에서 우연히 알게 된 젊은 친구가 규슈의 면포 작가거든. 직접 목화를 길러서 실을 잣고 염색해서 천을 짠대."

"대단한데요."

"그래서 나도 염색을 한다고 했더니 하나 주더라고."

손바닥에 얹은 솜을 살며시 쥐었다. 보드랍고 포근하다. 마치 하루이치로 씨의 온기 같았다. 지구 그 자체와 손을 잡은 것 같은 무척 온화한 기분이 들었다.

"기모노는 결국 실이 중요하니까요."

손에 쥔 솜의 감촉을 느끼며 말했다.

"그렇지만 말이지, 아까 여기 있는 기모노를 보니까 무명 기모노도 좋지만 비단 기모노도 멋지네 싶던데. 비단 기모노는 그야말로 누에의 선물이잖아? 요새는 질 좋은 국산 비단을 거의 찾아볼 수 없게 됐지만. 옛날엔 농가마다 누에를 쳤는데."

"전 반대로 지금 같은 환경엔 무명 쪽이 받아들이기 쉽지 않나 싶던데요. 옛날 비단 기모노는 아닌 게 아니라 근사한 게 많지만 막상 입으려고 하면 튀기도 하고요. 언젠가 평상복 느낌으로 편하게 입을 수 있는 히메마쓰야 오리지널 무명천을 만들 수 없을까 생각 중이거든요."

"찬성!"

"그땐 스즈노 씨도 꼭 도와주셔야 해요."

나는 그렇게 말하며 머리를 숙였다. 기모노 이야기를 주고받을 수 있는 사람을 가까이에서 발견해 가슴이 설렜다. 스즈노 씨가 히메마쓰야를 칭찬해 주니 조금 과장일지 모르지만 내가 잘못 사는 게 아니라고 인정받은 것 같아 자랑스러웠다.

문을 닫으려면 한 시간쯤 더 있어야 해서 스즈노 씨는 짐을 두고 동네를 산책하러 나갔다. 나는 중단했던 바느질을 끝내고 나서 더위를 식히기 위해 물을 뿌리러 밖으로 나갔다.

밖으로 나온 순간 끈적한 더위가 살갗에 달라붙었다. 그래도 물을 뿌린 다음에는 잠깐이나마 시원해졌다.

조금 전까지 시끄럽게 울어 대던 기름매미를 대신해 저녁매미가 독특한 가락으로 울고 있었다. 아직 많이 덥지만 날이 확실히 일찍 저물기 시작했다.

산책하고 돌아온 스즈노 씨에게 물었다.

"스즈노 씨, 저녁으로 뭐가 좋으세요? 가까운 곳이면 옛날풍 맛있는 경양식 집도 있고 두부 가게에서 하는 일본 음식점도 있고, 그리고 전 아직 가 본 적 없는데 훈제 요리랑 야채가 나오는 이탈리아 음식점도 있어요."

"글쎄." 스즈노 씨는 잠시 침묵하더니 방긋 웃었다. "그쪽엔 맛있는 경양식 집이 많지 않으니까 양식으로 할까?"

"그럼 가미야에 가기로 해요."

우구이스다니에 있는 그곳은 잇세이 씨가 가르쳐 주었다. 값은 조금 비싸지만 시타마치의 서민적인 맛을 즐길 수 있다. 그중에서도 민스커틀릿이 일품이다.

나는 서둘러 히메마쓰야의 포렴을 걷어 들이고 불도 끄고 문단속을 했다. 스즈노 씨가 무거운 짐을 들고 밖에서 기다리고 있었다.

"스즈노 씨, 이런 곳이라도 괜찮으시면 하룻밤 주무시고 가도 되는데요."

문을 잠그며 넌지시 말했다. 사실은 내내 그게 마음에 걸렸다. 어째서 좀 더 일찍 말하지 못했나 생각하며 스즈노 씨 대답을 기다렸다. 스즈노 씨는 웃는 얼굴로 대답했다.

"괜찮아. 그런 말을 해 준 것만으로도 무척 기뻐. 게다가 너희 아버지가 기다리거든."

"별일 없어요?"

그런 것을 물을 생각은 없었건만 무심코 말이 나왔다.

"이젠 괜찮아." 스즈노 씨는 손을 내 등에 얹었다. "그땐 나도 충동적으로 집을 뛰쳐나갔지만, 역시 너희 아버지가 없으니까 쓸쓸하더라. 아버지도 무리 없는 범위 내에서 자급자족 생활을 해 보겠다고 했고, 게다가 호텔처럼 쾌적한 화장실도 완성됐거든. 너희한테 걱정을 끼쳤지만 그 일이 있고 나서 전보다 더 사이가 좋아졌단다."

"다행이에요."

스즈노 씨 손에서 상냥한 온기가 느껴졌다.

고토토이 거리로 나와 택시에 올라탔다. 차 안에서 스즈노 씨는 내내 몸을 펴고 똑바로 앉아 앞을 보고 있었다. 마치 아버지와의 미래를 응시하듯이.

스즈노 씨는 경양식 도시락을, 나는 포타주와 비프샌

드위치 세트를 먹었다. 도중에 스즈노 씨에게도 민스커틀릿을 맛보게 하고 싶어서 하나만 추가로 주문했다. 갓 튀긴 민스커틀릿을 포크와 나이프로 반 나누려고 하는데 갑자기 스즈노 씨가 말했다.

"시오리는 억지로 날 엄마로 생각하지 않아도 돼."

놀라 얼굴을 들었을 때 스즈노 씨는 이미 다음으로 뭘 먹을지 도시락 안을 물색하는 중이었다. 나도 구태여 대답하지 않고 민스커틀릿 절반을 스즈노 씨 접시에 덜었다. 다만 마음속에는 스즈노 씨가 한 말이 내내 잔향처럼 남아 있었다.

식사를 마치고 밖으로 나오니 마침 심야 버스를 타러 갈 시간이었다. 열 시 넘어 도쿄를 출발하면 이튿날 오전 중에 집에 갈 수 있다. 헤어질 때 어쩐지 아쉬운 기분이 들었다.

"또 만나! 시오리도 가끔은 집에 오고!"

스즈노 씨가 기운차게 손을 흔들며 말했다. 어머니, 하고 불러 보고 싶어졌다.

스즈노 씨와 헤어져 집에 온 뒤 아버지의 편지를 살며시 펴 봤다. 은행에서 준 메모지에 무뚝뚝하게 볼펜으로 쓴 편지는 간단한 야채 설명이었다. 아버지 손에 묻어 있었는지 곳곳에 흙 자국이 남아 있었다.

마지막에 쓰여 있는 '아비'라는 글자를 봤을 때 갑자기 가슴이 메었다. 눈썹을 내리고 빙긋 웃는 아버지가 그곳에 있는 것 같았다.

"고마워요."

아무도 없는 방 한구석에서 나지막이 중얼거렸다.

나흘 연속으로 기모노를 빌리러 온 하나코가 닷새째에 라쿠코도 데리고 왔다. 베이징 올림픽을 보러 갔던 외국인이 일본에도 들르는 듯, 아르바이트가 지금 대목이라고 했다. 어머니는 아직 밴드를 따라다니느라 바쁜지, 백중날 밤은 하나코가 아르바이트를 간 동안 라쿠코를 봐 달라고 했다.

라쿠코가 동물원에 가고 싶다고 하기에 가게 문을 조금 일찍 닫고 우에노 동물원에 갔다. 이 시기면 '한여름 밤의 동물원'이라고 해서 서원(西園)은 저녁 여덟 시까지 열려 있다.

라쿠코와 손잡고 동물원을 구경했다. 솔직히 나는 동물원을 별로 좋아하지 않는다. 고향에서 먼 곳으로 끌려온 동물들이 가엾어서다. 하지만 저녁이라 자세히 보이지 않는 만큼 마음이 조금 덜 불편했다.

라쿠코는 야행성 동물의 눈이 어둠 속에서 빛나는 것을 무서워했다. 그때마다 내 손을 있는 힘껏 붙드는 바람에 나중에는 손이 저렸다. 그래도 라쿠코가 오시리 언니라고 부를 때마다 가슴속에 달짝지근한 꿀 같은 감정이 배어나는 게 느껴졌다.

흥분한 탓에 지쳤는지 라쿠코는 히메마쓰야로 돌아오자마자 잠이 들었다. 무방비하게 자는 모습이 새끼 동물같아 귀여웠다. 조금 볕에 탄 볼이 갓 구운 빵 같아 나도 모르게 손가락을 대 보고 싶어졌다.

밤 열 시 지나 하나코가 아르바이트를 마치고 돌아왔다. 옷을 갈아입자마자 깊이 잠든 하나코를 업고 돌아갔다.

하나코의 장딴지에 근육이 단단히 붙어 있었다. 그것을 보니 동생들에게 미안한 마음이 들었다. 이러니저러니 해도 하나코가 어머니, 라쿠코와 함께 살아 주는 덕에 나도 이렇게 좋아하는 일을 할 수 있는 것이다. 지금 하는 아르바이트도 하나코는 사실 하고 싶지 않을지도 모른다. 그런 생각을 하니 개운치 않은 기분이 가슴을 메워 당장이라도 마음속에 비가 내릴 것 같았다.

그다음 주도 전문학교 시절 친구를 오랜만에 만나 한 잔하러 가고 긴자에 혼자 심야 영화를 보러 가면서 이럭저럭 보냈다. 하루이치로 씨를 만나지 못하는 시간은 아무리 잡아당겨도 끊어지지 않는 고무줄처럼 유난히 길게 느껴졌다. 무더위가 한 달 이상 이어지는 탓에 몸에도 피로가 쌓여 마치 내가 뻥 뚫린 공허한 구멍 같았다.

그런 식으로 멍하니 시간을 보내는데 하루이치로 씨에게서 택배가 왔다. 본가가 있는 오카야마에서 복숭아를 보내 준 것이다. 칠석 때 종이 오리기에 담은 소원이 이루어졌는지도 모른다. 상자를 받아들자 상자 밖까지 달콤한 향이 풍겼다.

그래도 곧바로 상자를 열 마음은 나지 않았다. 히메마쓰야에서 가장 시원할 것 같은 곳을 골라 그곳에 가만히 상자를 내려놓았다.

상자를 열면 마음속에 넣어 둔 것까지 모조리 밖으로 튀어나올 듯해서 무서웠던 것이다. 게다가 상자 안에 하루이치로 씨 가족의 웃음과 추억이 가득 들어 있을 것 같았다. 그걸 볼 용기는 없었다. 복숭아는 상자에 갇힌 채 나날이 달콤한 향기를 널리 퍼뜨렸다.

스와 신사의 축젯날에 오랜만에 비가 왔다. 올해는 삼
년에 한 번 열리는 본 축제다. 본 축젯날에는 대개 비가
온다고 하더니 이번에도 그렇게 됐다. 8월 들어 처음 비
로 인해 쉬었다. 기온도 많이 낮아져 안뜰의 식물들도
한숨 돌리며 은혜로운 비를 맞고 있었다.

오후 들어 빗발이 조금 가늘어졌기에 나도 축제를 구
경하러 나갔다. 닛포리역 쪽으로 걸어가다가 우연히 아
이들을 태운 배와 마주쳤다. 올해는 본 축제라 아이들의
행렬이 개최된다.

네 살에서 아홉 살 정도의 남녀 아이들이 화려한 의
상을 입고 천천히 걸어왔다. 남자애는 파란 기모노에 검
은 두건, 여자애는 빨간 기모노에 커다란 금색 관을 쓰
고, 떨어뜨리지 않도록 조심하며 앞으로 나아갔다.

모두 미간에 점점이 귀엽게 눈썹을 그리고 콧등에 분
을 하얗게 바르는 독특한 화장을 하고, 버선과 조리를
갖춰 신었다. 덴구와 말이 배 뒤를 따르며 본 축제다운
장엄한 분위기를 자아내고 있었다.

자치회별로 신주(神酒)를 바치는 곳에서는 운치 있는
축제 음악이 울려 퍼져 야나카 일대가 축제 분위기에
싸여 있었다. 고텐 고개에서 스와다이 거리 북쪽으로 들

어서니 스와 신사로 이어지는 좁은 길에 노점 텐트가 늘어서 있었다. 동남아시아 음식을 파는 포장마차도 있다. 막과자, 고리 던지기, 솜사탕, 거북이 뜨기. 구경만 해도 즐거웠다. 어렸을 때 했던 표적 맞히기도 있었다. 아이들이 즐겁게 떠드는 모습을 보니 나도 모르게 미소가 지어졌다.

신사에 다다라 참배를 마쳤다. 경내에 훈도시 차림의 남자도 있어서 눈 둘 곳을 몰라 혼났다. 본궁 가마는 아침부터 신도들 지역을 돌다가 저녁에 경내로 들어온다고 한다. 그때는 사람들이 많이 모이는 터라 나처럼 멍하니 구경하는 사람이 있으면 방해될 것 같아 일찌감치 물러나기로 했다.

오는 길에 금붕어 뜨기를 발견해 문득 후쿠와 긴타로의 룸메이트를 데려갈까도 생각했지만, 어쩐지 마음이 내키지 않아 그만두었다. 모처럼 두 마리가 사이좋게 지내면서 균형을 유지하는데 그걸 깨뜨리면 본전도 못 찾는다.

조금 멀리 돌아 스다에서 유부와 간모도키(으깬 두부에 잘게 썬 야채를 넣어 튀긴 음식)를 샀다. 여기 유부는 다른 가게 유부보다 두 배는 더 폭신하고 두툼하다. 간

모도키도 약하게 간이 있어 야채조림과 곁들이면 맛있다. 그러고 보니까 하루이치로 씨는 아직 여기 유부도 간모도키도 먹어 본 적이 없다. 그렇게 생각하니 갑자기 몸이 무거워지면서 밑에서 두 손을 세게 끌어당기는 느낌이 들었다. 더는 한 발짝도 걷지 못할 것 같은 절망적인 기분이었다.

속삭임 오솔길을 지나 이럭저럭 히메마쓰야에 다다르니 복숭아 향기가 한층 팽창해 있었다. 허리띠만 풀고 이층으로 올라가 침대에 누웠다. 이곳까지는 아직 복숭아 향기도 쫓아오지 않았다. 타월 담요를 머리까지 뒤집어쓰고 눈을 감으니 강제적으로 수마가 몸을 지배했다. 멀리 빗소리를 느끼며 깊은 잠에 싸였다.

잠자는 시간만은 평안했다. 꿈도 꾸지 않고 그저 깊은 곳으로 천천히 가라앉아 갔다. 여름철 더위 탓에 잠을 푹 자지 못했는지도 모른다. 오랜만에 시원해 한없이 잘 수 있을 것 같았다.

잠에서 깨 보니 밖은 이미 캄캄하고 비도 그친 뒤였다. 멍한 머리로 시계를 보니 저녁 여덟 시가 지났다. 그때 문득 가슴에 차가운 감촉이 흘러들었다.

외톨이.

갑자기 그런 단어가 가슴에 뻥 뚫린 구멍의 어둠 속으로 숨어들었다. 나는 뭐라 표현할 수 없는 외로움에 휩싸였다. 몇 시간 전 축제에서 마주친 사람들의 행복한 얼굴이 생각나 나만 홀로 남겨진 기분이 들었다.

천천히 일어나 앉아 일층으로 이어지는 계단을 조용히 내려갔다. 아직 머리가 멍했다.

자는 동안 땀도 흘렸고 기모노가 흐트러졌기에 허리끈을 풀고 옷걸이에 걸었다. 이런 때 무엇을 입으면 되는지 몰라 나가주반 차림으로 우두커니 서 있었다. 아침까지 자고 싶은데 이미 너무 많이 자서 몸이 쑤셨다. 일단 나가주반 위에 얇은 숄을 걸쳤다. 무심코 라디오를 켜니 명랑한 보사노바 곡이 흘러나왔다.

조금 배가 고프기에 낮에 사 온 유부를 그릴에 구웠다. 파를 송송 썰어 얹으면 더 맛있는데 칼을 쓸 기력이 없었다. 양면을 노릇노릇하게 구운 다음 접시에 담고 시치미 향신료와 가다랑어포만 뿌려 젓가락을 곁들였다. 유리문을 열고 안뜰을 보며 먹었다. 도중에 지난번 하루이치로 씨가 마시던 흑당소주가 남아 있다는 게 생각나 잔에 따랐다. 얼음이 다 떨어져 스트레이트로 홀짝홀짝 마셨다.

혼자서는 건배할 상대도 없었다. 지난번 야채 잘 받았다고 아버지에게 전화할까 문득 생각했지만, 스즈노 씨의 웃는 얼굴이 뇌리에 떠올라 두 사람의 평온한 생활을 방해하기 싫어 포기했다.

안뜰 구석에 칠석 장식이 아직 그대로 남아 있었다. 종이 오리기가 허무하게 비에 젖어 있었다. 내가 소원한 것은 복숭아가 아닌데. 그렇게 생각하니 이루 말할 수 없는 슬픔이 치밀어 아래턱에 힘을 꽉 주었다. 폭신하고 맛있는 유부도 하루이치로 씨와 같이 먹지 않으면 그냥 평범했다.

될 대로 되라는 기분으로 흑당소주를 들이켰다. 빨리 취하면 그만큼 일찍 현실을 벗어날 수 있다. 도중에 유부만으로는 모자라 다이코쿠야의 튀긴 오하기 봉지도 뜯었다. 어쩌면 하루이치로 씨가 올지 모른다고 며칠 전 사 둔 것이었다. 또다시 초라한 기분이 밀려들었다.

만나고 싶다고 생각한 순간 몸 구석구석까지 완전히 술기운이 도는 게 느껴졌다. 나는 빈 잔에 술을 더 따랐다. 다음에 정신이 들어 보니 어느새 아침이었다.

그날도, 그다음 날도 비가 왔다. 방에 틀어박혀 종일 이불 속에 웅크리고 누워 그저 시간이 지나가기만을 기다렸다. 내 의사와는 달리 하루이치로 씨 생각만이 마음을 차지했다. 비가 그치자 가을벌레가 불안스레 울기 시작했다.

8월 마지막 주 일요일.

저기압이 비로소 동쪽 해상으로 빠져나가 아침부터 기분 좋은 맑은 하늘이 펼쳐져 있었다. 기분과 날씨는 밀접한 관계가 있을지도 모르겠다. 그때까지 우울했던 게 거짓말처럼 아침부터 의욕이 넘쳤다. 날씨가 맑아도 이전처럼 더위가 심하지 않은 게, 차츰 가을이 오고 있다는 것을 실감할 수 있었다. 볕은 쨍쨍해도 바람은 시원했다.

오전 중 청소와 빨래를 끝내고도 시간이 남기에 히메마쓰야의 유리를 구석구석 닦았다. 작은 얼룩까지 정성껏 닦아 내고 있으려니 마치 내 내면을 정화하는 것처럼 기분이 상쾌했다.

잠시 쉬려고 물을 끓였다. 여름 동안 찬 것만 마셔 놓고 갑자기 따뜻한 차 생각이 났다. 오랜만에 몸을 움직여서 그런지 아침을 먹었는데도 벌써 살짝 허기가 졌다.

군것질거리를 넣어 두는 찬장을 열었다. 하지만 늘 사

두는 센베이도 다 먹고 없었고 전에 분명히 샀을 비스킷도 남아 있지 않았다. 어떻게 할까 생각하는데 큰길에서 안뜰 쪽으로 한줄기 바람이 불면서 향수를 자극하는 달콤한 향기가 춤추듯 퍼졌다.

"그래, 복숭아!"

나는 크게 소리쳤다. 며칠 동안 내내 창을 닫고 지낸 탓에 코가 익숙해져 있었는지도 모르겠다. 복숭아 상자를 둔 곳으로 달려가 그 자리에서 테이프를 뜯었다. 뚜껑을 열자 뽀얗고 투실투실한 수밀도 다섯 개가 어서 먹어 주기를 기다리듯 상자를 메우고 있었다.

하루이치로 씨가 기껏 오카야마에서 보내 줬건만 하찮은 오기를 부리며 일주일도 더 방치했다.

상처가 나지 않게 조심스레 집어 들자, 복숭아는 묵직하고 당장이라도 손가락이 과육에 쑥 들어갈 것 같았다. 나는 두 손으로 복숭아를 들고 부엌으로 갔다. 그리고 싱크대에서 껍질을 벗겨 선 채로 그 자리에서 베어 물었다.

달다.

복숭아는 향긋한 냄새를 풍기며 술술 입속으로 빨려 들었다. 달콤한 과즙이 손에서 뚝뚝 떨어졌다. 하루이치로 씨를 먹는 기분이 들었다. 먹으면 먹을수록 감미로운 기분이 몸속을 메웠다. 하나로는 모자라 두 개째, 세 개째에 자꾸 손이 갔다. 손가락으로 껍질을 잡아당기면 복숭아는 스스로 옷을 벗듯 고분고분 껍질을 벗어 결이 곱고 발그레한 하얀 살을 드러냈다.

문득 안뜰에 시선을 주니 나른한 가을 햇빛이 시든 조릿대 주변을 비추고 있었다.

나는 이제야 원 상태로 돌아왔다. 기모노의 세계에서는 오늘로 얇은 옷의 계절이 끝난다. 그렇게 더워 고생했으면서 이대로 여름이 끝난다고 생각하니 아쉬웠다. 여름을 쫓아가 뒤에서 꼭 부둥켜안고 싶어졌다.

하지만 평온한 기분은 한나절도 계속되지 못했다.

"어서 오세요."

그렇게 말을 걸었을 때 나는 순간 그 사람을 안다는 기분이 들었다. 하지만 실제로는 처음 보는 손님이었다.

입구 부근에 멈춰 선 여자는 좀처럼 안으로 들어오려 하지 않았다. 나이는 삼십 대 후반일까. 나보다 연상일 것 같았다. 매우 총명한 느낌이 들고 앞머리를 짧게 친 단발머리가 잘 어울리는 사람이었다.

"들어오세요."

여자에게 다시 말을 걸었다. 여자는 그제야 스니커를 벗고 다다미로 올라섰다. 슬슬 뗄까 생각 중이던 에도 풍경이 꿈에서 깬 것처럼 다시 여름의 음색을 연주하고 있었다.

"뭐 찾으시는 게 있는지요?"

"아뇨……."

적당히 때를 봐서 물어도 얼굴을 새빨갛게 붉히고 모호한 대답만 반복할 뿐이었다.

어쩌면 기모노를 처음 고르는 것이라 긴장했는지도 모른다고 추측해 도중부터 말을 걸지 않고 다시 바느질에 집중했다.

올해 여름은 아즈마 주머니를 열심히 만들었다. 아즈마 주머니는 전에 고모할머니에게 배운 것으로, 보자기와 가방의 중간 같은 간단한 가방인데 과거에는 일본 여성들이 평상시에 애용했던 물건이다. 수건을 사용하면 누구나 만들 수 있는지라, 우선 내가 해 보면서 요령을 파악한 다음 동네 주민이며 단골 고객을 모아 간단한 다과를 곁들여 강습회를 열면 어떨까 생각하고 있었다. 에코백으로도 쓰는지 요새는 십 대나 이십 대 젊은 여성이 곧잘 사 갔다. 가벼운 데다 세탁도 가능하고 접으면 작아지니 매우 편리하다. 남자도 부담 없이 들 수 있도록 지금은 남성도 쓸 수 있을 것 같은 점잖은 수건으로 만들고 있다. 그러나 바느질에 집중하려 하면 할수록 마음속은 가게에 있는 여자 생각으로 꽉 찼다.

여자는 마치 투명 인간 같았다. 소리를 전혀 내지 않고 여전히 기모노 천을 뚫어지게 쳐다보고 있었다.

"얼마든지 꺼내서 펴 보세요. 입어 보시는 것도 가능하답니다."

하도 그냥 우두커니 서 있기만 해서 작은 목소리로 말해 봤다. 그래도 기모노에는 일절 손을 대지 않고 뭔가를 깊이 생각하는 눈치였다. 나는 만일을 대비해 조금 정신을 바짝 차렸다. 라디오에서도 매일처럼 흉흉한 사건이 보도됐다.

그런 생각을 하며 문득 얼굴을 들자 여자와 눈이 마주쳤다. 놀라 내가 먼저 시선을 피했다. 혹시…… 이번에는 생각지도 못했던 가능성이 머리에 떠올라 갑자기 숨이 막혔다. 여자는 아직 나를 보고 있었다. 시선을 견디지 못하고 나는 조심스레 먼저 입을 뗐다.

"무슨 일……."

그러나 그 이상 말이 나오지 않았다. 느닷없이 싸구려 멜로드라마 무대로 끌려 나와 대사 한 마디 못 하는 배우 같은 기분이 들었다. 눈을 감고 결심했다. 그러자 이번에는 여자 쪽이 입을 열었다.

"저……."

심장이 세차게 뛰었다. 나도 모르게 마른침을 삼켰다.

"네."

"아이들 기모노도 있을까요?"

"여자아이 기모노이신가요?"

과감하게 물어봤다.

"아, 네."

여자는 모호한 태도로 대답하고 또 얼굴을 새빨갛게 붉혔다.

"여기 몇 벌 있어요."

왼편 안쪽의 선반을 가리켰다. 손가락이 바들바들 떨렸다.

"죄송합니다만 따님 나이가……."

숨이 막혀 점점 목소리가 약해졌다.

"죄송해요."

그러자 내가 아니라 여자가 감정을 배 속 깊이 꾹 밀

어 넣는 듯한 표정을 지으며 말했다. 영문을 알 수 없어 다음 말을 기다렸다.

"요코야마 시오리 씨죠?"

여자는 내 눈을 똑바로 보며 물었다. 대답하려는데 여자가 먼저 "저는."이라고 했다. 여자가 밝힌 이름을 듣고 나는 귀를 의심했다.

"네?"

말문이 막혔다.

"꼭 이걸 전해 드려야 할 것 같아서요."

그렇게 말하며 내게 다가왔다. 여자는 핸드백에서 편지 한 통을 꺼내 책상 위에 살며시 놓았다.

정신이 들었을 때 여자는 가고 없었다. 황급히 게다를 신고 밖으로 뛰쳐나가 히말라야삼나무 쪽으로 달려갔다. 그러나 이미 모습이 보이지 않았다.

여자는 유키미치의 부인이었다.

의자에 깊숙이 앉아 조심스레 가위로 봉투를 잘랐다. 편지지를 천천히 펴 바른 글씨로 쓴 편지를 읽기 시작했다.

안녕하세요.

이렇게 갑자기 편지를 드려 죄송합니다.

저는 오카다 유키미치의 아내 사토미라고 합니다.

시오리 씨 말씀은 남편에게 들었습니다.

아직 잊을 수 없는 사람이 있는데 그래도 괜찮겠느냐고 하면서 제 청혼을 받아들여 줬습니다.

전 모든 걸 알고 결혼한 거예요.

다행히 결혼하고 얼마 안 돼서 아이가 생겼어요.

이제 곧 세 살이 되는 여자애예요.

그 애가 아빠를 잃었어요.

갑작스러운 이야기라 놀라셨죠.

몇 번씩 사실대로 말씀드리려고 했지만, 그이의 유지 (遺志)도 있어 말을 꺼내기가 힘들었어요. 시오리 씨를 직접 대면하면 말주변 없는 제가 잘 말씀드리지 못할 것 같아서 이렇게 편지를 씁니다.

남편이 병을 얻은 건 사 년 전이에요.

본인이 세상을 떠나기 이틀 전에 쓴 엽서를 동봉합니다.

신세진 분들께 걱정 끼치고 싶지 않다고 연하장과 여름 인사장을 병상에서 한꺼번에 써 두었어요. 병실에 컴퓨터와 프린터를 들여 그때까지 찍은 사진을 써서 일 년 뒤 자신, 이 년 뒤 자신, 삼 년 뒤…… 그렇게 되고 싶다는 바람을 담아 한 사람 한 사람 메시지를 쓴 모양이에요.

그걸 봉투에 넣어서 주더군요.

봉투에 쓴 날짜가 되면 제가 그걸 죽은 남편을 대신해서 부쳤어요.

하지만 아쉽게도 이게 마지막 엽서가 되고 말았어요. 남편은 이때 시오리 씨 주소를 끝까지 다 쓸 수 없었어요. 직후에 혼수상태에 빠졌거든요.

시오리 씨는 시오리 씨대로 이미 새로운 인생을 살고 계시는데 갑작스레 이런 이야기를 들으면 폐가 되지 않을까도 생각했지만, 혹시 남편의 엽서를 기다리시는 게 아닐까 상상하면 매일 가슴이 아팠어요.

하지만 이렇게 마지막 엽서를 전해 드리기로 결심했습니다. 처음엔 제가 주소를 마저 써서 우편으로 보낼까도 생각했지만, 남편이 사랑했던 분을 저도 한번 만나 보고 싶다는 마음이 강해져서 실례를 무릅쓰고 찾아뵙기로 했어요.

남편의 마음을 받아 주세요.

생전의 남편에게 멋진 추억을 남겨 주셔서 정말 감사합니다. 이십오 년이라는 짧은 인생이었지만 남편은 무척 알찬 시간을 보내지 않았을까 싶어요.

포토저널리스트라는 꿈을 도중에 단념해야 했던 원통함은 남았을지 몰라도 제가 남편의 유지를 이어받아 앞으로도 자원봉사 활동 등을 통해 열심히 노력하고자 해요.

편지를 끝까지 읽어 주셔서 감사합니다.

부디 남편 몫까지 행복한 인생을 살아 주세요.

이만 줄이겠습니다.

유키미치가 잠들어 있는 무덤의 위치가 추신으로 쓰여 있었다.

나는 유키미치가 세상을 떠나기 이틀 전에 썼다는 엽서를 두 손으로 들었다. 간신히 읽을 수 있는 흐트러진 글씨로 '행복하게 살아야 해!'라고, 내용과는 반대로 당장이라도 꺼질 것처럼 힘없이 쓰여 있었다.

엽서를 뒤집어 보니 우편 번호와 '다이토구'까지만 쓰여 있었다.

나는 다다미 바닥에 힘없이 엎드렸다. 슬픔이 몸속에서 치솟았다. 내장이 비틀리는 것처럼 고통스러웠다.

언젠가 어딘가에서 다시 유키미치를 만날 수 있을 줄

알았다. 그때는 웃으며 손을 흔들고 서로 연인이며 아내를 소개할 수 있을 줄 알았다. 근거가 없어도 그렇게 믿어 의심치 않았다. 이게 농담 같은 거라면 좋을 텐데.

이윽고 다음 손님이 히메마쓰야의 미닫이문을 열었다. 나는 이를 악물고 몸을 일으켰다.

두 손을 얼굴에 가까이 가져가니 부드러운 수밀도 향기가 났다. 나는 그 흔적을 살며시 가슴에 끌어안았다.

국
화
—

저물녘이 되자 집집마다 음식 냄새가 흘러나왔다. 바람이 시원해져서인지 최근 비로소 불을 오래 쓰는 요리 냄새가 나기 시작했다. 냄새들은 마치 스님들의 윤창처럼 겹겹이 히메마쓰야에 흘러든다. 이제 모기장도 모기향도 선풍기도 필요 없다.

청과물 가게 앞에 반들반들 빛나는 큼직한 밤이 진열되기 시작했다. 밤을 보면 맨 먼저 하나코의 얼굴이 생각난다. 하나코는 밤밥을 아주 좋아한다. 함께 살았을 때는 밤껍질 까기를 귀찮아하는 어머니 대신 내가 껍질을 까서 밥을 짓곤 했다. 지금도 나는 매년 가을이면 하나코에게 밤밥을 지어 주러 간다.

사토미 씨가 히메마쓰야에 온 며칠 뒤, 아사쿠라 조소 미술관에 갔다. 하늘에 온화한 푸른 하늘이 펼쳐져 있었다. 과거에 유키미치와 그곳에서 데이트를 했었다. 지금까지 받은 엽서를 모두 백에 챙겨 옥상 정원으로 갔다.

고등학교를 지방에서 다닌 내게, 어른이 되어 몇 년 만에 보는 도쿄는 무척 거대한 도시였다. 처음 유키미치와 나란히 신주쿠를 걸었을 때는 인파에 압도되어 둘다 패기를 잃었을 정도다. 그래도 전문학교가 쉬는 주말이면 둘이 가이드북을 들고 도쿄 곳곳을 돌며 데이트했다. 기억에 어렴풋이 남아 있는 거리도 유키미치와 함께 걸으면 처음 온 것처럼 새로웠다. 누가 뭐라 하는 것도 아니건만 눈치 보며 손잡고 걷는 그 시간은 매번 즐거웠다.

시부야, 하라주쿠, 다이칸야마. 도시마엔과 유메노시마 열대 식물관, 조금 멀지만 핫케이지마 시파라다이스에도 갔다. 유키미치는 언제나 목에 건 낡은 카메라로 풍경을 필름에 담았다.

시타마치에 가게 된 것은 관광지와 번화가를 얼추 다

돌고 난, 상경한 해의 가을 초입이었다. 엄밀히 말하면 야나카 일대는 시타마치가 아니라 데라마치라고 해야 하지만 당시 우리는 그런 차이도 알지 못했다. 지금으로 부터 딱 구 년 전이었을 것이다. 유키미치가 사 온 도쿄의 비밀 명소를 소개하는 가이드북에서 조소 작가 아사쿠라 후미오의 집과 아틀리에를 개방한 아사쿠라 조소 미술관을 소개했다. 옥상 정원 사진이 실려 있었다.

여기 가 보고 싶다.

그렇게 말한 유키미치는 JR 닛포리역에서 나와 곧장 아사쿠라 조소 미술관 건물로 향했다. 그리고 입구에서 만족스레 검은 건물을 올려다보고는 빨려들듯 안으로 들어갔다.

아까 현관에서 신을 벗었을 때 갑자기, 구 년 전 유키미치가 같은 장소에서 헉, 발 냄새, 어휴, 구려, 라고 했던 게 생각나 하마터면 웃을 뻔했다. 기억 속에 되살아난 목소리가 너무나도 생생해서 또 유키미치와 둘이 아사쿠라 조소 미술관에 온 기분이 들었다.

하지만 실제로는 한 사람 입장료를 내고 들어갔다. 내진성에 문제가 있다는 이유로 목조 부분은 출입 금지였다.

그때 유키미치는 정말로 어서 옥상 공원에 가고 싶었
는지, 일층에 있는 아사쿠라 후미오의 아틀리에와 서재,
안마당도 보지 않고 곧장 이층으로 이어지는 좁은 계단
을 올라갔다. 이층에는 아사쿠라가 서도와 다도를 즐기
기 위해 만든 일본식 '소심(素心)의 방'과 고양이 조각이
다수 전시된 옛 온실이 있다. 하지만 유키미치는 그것들
도 나중으로 미룬 채 삼층으로 뛰어 올라갔다. 삼층에
있는 일본풍 응접실도 그냥 지나치고 옥상 정원으로 곧
장 갔다.

실외용 슬리퍼로 갈아 신을 때, 유키미치는 어째 온천
에서 노천 온천에 갈 때 같은걸, 이라며 조금 겸연쩍게
웃었다. 그러고는 온천 좋겠다, 우리 언제 같이 가자, 하
고 느긋한 어조로 이어서 말했다.

우리는 앞뒤로 나란히 서서 옥상으로 이어지는 가파
른 계단을 한 걸음씩 올라갔다. 한 단 올라갈 때마다 입
구 너머로 하늘이 조금씩 펼쳐져, 끝까지 다 오르니 눈
앞에 정원이 펼쳐져 있었다.

굉장하다.

유키미치는 그 자리에서 하늘을 둘러보며 말했다. 눈
앞에 올리브나무가 우뚝 솟아 있었다. 유키미치는 두 팔

을 뻗으며 정말 기분 좋은 듯 하늘을 우러렀다.

우리는 벽돌을 쌓은 듯한 서양식 담장 너머로 몸을 내밀고 아래를 바라봤다. 동서남북 어디를 봐도 막힌 곳이 없었다. 멀리 늘어선 건물들이 꼭 장난감 모형 같았다. 기분이 개운했다. 마음이 작은 거품이 되어 하늘에 빨려들 것만 같았다.

나란히 풍경을 바라보는데 유키미치가 조용히 말했다.

여기도 도쿄라면 난 도쿄가 좋은 것 같아.

그러게.

나도 지나치게 넓은 하늘을 올려다보며 대답했다.

유키미치가 보낸 엽서를 올리브나무 밑에서 다시 한 장씩 읽었다.

유키미치가 처음 여름 인사장을 보낸 것은 사 년 전이다. 내가 히메마쓰야를 시작한 것을 어떻게 알았는지 지금은 기억나지 않지만 아무튼 새 출발을 축복하는 말이 곁들여 있었다.

캄보디아 아이들 사진 아래 'PS'에 이어 작은 글씨로 결혼을 보고했다.

그다음 온 연하장은 아름다운 바다 사진이었다. 장소

가 어디인지는 쓰여 있지 않았지만 투명한 연푸른빛 바다는 꼭 천국에 펼쳐진 풍경 같았다. 사진 밑에 '잘 지내?'라고 무뚝뚝하게 쓴 게 다였다. 지금 생각하면 유키미치는 이 무렵 이미 건강이 많이 나빴을지도 모른다.

사진을 유심히 뜯어보니 파란 바다에 새하얀 산호초가 찍혀 있었다. 엽서를 뒤집어 샅샅이 확인해도 역시 사진에 관한 보충 설명은 없었다.

그 다음번 여름 인사장은 뉴욕의 건설 중인 건물 사진에 빨간 매직으로 크게 'PEACE'라고 쓰여 있었다. 배경에 성조기 여러 개가 펄럭였다.

그다음 온 연하장은 아름다운 주황색 가사를 입은 티베트 승려의 초상 사진. '고마워.'라고 쓰여 있었다.

유키미치가 이걸 병상에서 썼을 줄은 꿈에도 몰랐으니 메시지를 그저 무심히 받아들였다. 하지만 유키미치는 실제로는 이 해에 배달된 연하장과 여름 인사장 사이에 세상을 떠난 셈이다.

그 이듬해 도착한 이 년 전의 여름 인사장은 화려하게 화장하고 옷을 차려입은 동남아시아 여성들의 사진이었다. 사진 밑에 '행복하게 지내고 있어?'라고 비스듬한 글씨로 쓰여 있었다. 받았을 때는 아무 생각 없었는데, 지금 다시 보니 전부 히라가나로 썼다. 이걸 썼을 때 이미 한자를 쓸 기력조차 없었던 걸까.

그다음 연하장은 아프가니스탄에서 찍은 사진. 그전 사진은 십중팔구 유키미치 본인이 찍었을 것이다. 그런데 그때부터 사진 속에 유키미치도 등장하기 시작했다. 작은 글씨로 '열심히 살고 있어!'라고 쓰여 있었다. 잊지 말라고 사진 속 유키미치가 호소하는 것 같았다.

작년 여름 인사장은 유키미치 본인이 밭을 일구는 사진이었다. 직접 쓴 글씨는 없이 동그라미 속에 선과 점으로 눈코를 표현한 스마일 마크가 그려져 있었다. 체력이 한계에 다다랐는지도 모른다. 그다음 여름 인사장은 지역 주민들과 함께 해안에서 쓰레기를 줍는 유키미치의 사진 밑에 알파벳으로 'L'이라고만 쓰여 있었다. 'L'이 무슨 의미인지는 지금도 잘 모르겠다. 어쩌면 히라가나로 'し'라고 쓰려 했을지도 모른다. LOVE? しあわせ(행복)? 아니면 しおり(시오리)? 그건 이제 영원히 답을 알 수 없는 수수께끼였다.

올해 설에 도착한 연하장.

파푸아뉴기니에서 찍었다는 사진을 다시 한번 잘 봤다. 살빛이 검은 아이들에 둘러싸인 유키미치의 표정이 무척 행복해 보였다. 그 밑에 쓴 유키미치의 메시지. 잘 생각해 보면 전보다 훨씬 길다. 투병 생활은 고통스러웠을 것이다. 목숨과 맞바꿔 독한 약을 먹고 힘겹게 펜을 들었을 게 틀림없다. 그 곁에서 사토미 씨는 어떤 기분으로 유키미치를 지켜봤을까.

며칠 전 사토미 씨는 엽서를 전달하러 일부러 와 주었다. 주소를 쓰다 만 마지막 여름 인사장까지 합치면 아홉 장이다.

유키미치와 헤어진 뒤로도 나는 이곳에 여러 번 왔다. 아사쿠라 조소 미술관은 히메마쓰야에서 걸어서 십 분 거리이니 마음만 먹으면 얼마든지 올 수 있다. 언짢은 일, 괴로운 일이 있을 때면 늘 이곳으로 이어지는 계단을 올랐다. 하지만 그러고 보니 올해 들어서는 오늘이 처음이었다.

정원에는 붉은색과 노란색 장미, 여섯 장 있는 꽃잎이 아름다운 향기별꽃 등이 고요히 피고 작살나무는 작은 보라색 열매를 맺었다. 예술가가 지은 집답게 지상을 내려다보듯 지붕 위에 훌륭한 조각 작품이 놓여 있다.

자세히 보니 올리브나무에 작은 열매가 열렸다. 만져 보자 아직 단단한 열매 두 개가 사이좋게 붙어 있었다.

그 너머로 펼쳐지는 고요한 오후의 가을 하늘에는 깨끗이 떼어 내지 못한 스티커 자국처럼 반달보다 조금 더 부푼 달이 떠 있었다.

그때 줄곧 잊고 있었던 게 갑자기 생각났다. 아직 우리가 고등학생이었을 무렵, 학교에서 오는 길에 유키미치가 가르쳐 준 것이었다. 눈이 휘둥그레질 만큼 별이 밝은 밤이었다.

"별이 왜 아름다운지 알아?"

유키미치는 한 손으로 자전거를 끌며 느닷없이 물었다.

"공기가 맑아서?"

나는 대답했다.

"그것도 있겠지만 어둠이 있어서라고 생각하거든."

"어둠이?"

"응, 캄캄한 어둠. 어둠이 짙으면 짙을수록 별이 아름다워 보여. 그렇잖아, 사실은 낮에도 별은 빛난다고."

"어둠이라."

나는 말했다.

당시 부모의 이혼을 아직 극복하지 못했던 내게 고등학교 생활은 결코 전면적으로 밝다 할 수 없었다.

"난 언짢은 일이랑 괴로운 일 같은 건 인생에서 어둠

의 부분이라고 생각해."

"응."

"그렇지만 그런 게 없으면 좋은 일이랄지, 기쁜 일이
랑 즐거운 일, 행복한 일이 빛나지 않는 게 아닐까. 인
생이 내내 대낮처럼 환하기만 하면 별의 존재조차 못
알아차리는 게 아닐까. 요새 별 보면서 종종 그런 생각
을 해."

유키미치는 하늘을 올려다보며 말했다.

나는 십 년 가까이 지나 비로소 그때 유키미치가 내
게 하려던 말을 아주 조금 이해했다. 하지만 이 슬픔이
내 인생의 행복을 돋보이게 해 주기 위한 어둠이라 한
다면, 그건 너무나도 짙은 어둠이었다.

그때 죄송한데요, 하고 뒤에서 누가 조심스레 불렀다.
손등으로 눈물을 급히 훔치고 돌아보니 그날의 우리와
똑같은 젊은 커플이 올리브나무들 저편에 나란히 서 있
었다.

"사진 좀 부탁드려도 될까요?"

남자애가 말했다. 키가 크고 호리호리하고 눈이 가느
다란 청년이었다. 나는 최대한 웃음을 지으며 좋아요,
라고 대답했다.

남자애에게서 디지털카메라를 받아 두 사람의 모습이 사진에 담기도록 카메라를 들었다. 남자애가 옆에 있는 여자 친구의 어깨에 손을 얹었다. 그녀는 기쁜 표정으로 남자애에게 바싹 몸을 붙였다.

"치즈."

목소리가 울먹이고 시야가 단숨에 부옇게 흐려졌다. 제발 지금 누리는 행복이 당연한 거라고 생각하지 마세요. 젊은 두 사람에게 속으로 그런 메시지를 보내며 진심을 담아 셔터를 눌렀다. 카메라가 흔들렸거나 초점이 안 맞았거나 하지 않았기를 빌며 디지털카메라를 남자애에게 돌려주었다.

커플이 떠난 뒤 나는 또 옥상 정원에 홀로 남았다. JR 닛포리역을 드나드는 전철이 사각사각 소리를 내며 선로 위를 달려갔다. 어디서 노란 나비가 날아와 이 꽃에서 저 꽃으로 팔랑팔랑 옮겨 다녔다.

나는 정원이 닫히는 시간까지 내내 올리브나무 밑에 앉아 있었다. 서쪽 하늘이 저물었다. 마치 고마치의 코 주위에 펼쳐진 연분홍을 크게 확대한 것 같았다. 완벽한 비늘구름이 서쪽 하늘 일대에 늘어서 있었다.

다시 일어나 담장 너머로 몸을 내밀고 밑을 바라봤다.

그때 이렇게 함께 경치를 봤던 유키미치는 이제 이 세상에 없다. 유키미치와 보낸 시간을 떠올리며 꼼짝 않고 지상을 내려다보는데, 맞은편에서 이멜다 여사가 걸어왔다. 치와와가 곁에서 작은 보폭으로 종종 따라왔다. 이멜다 여사는 우유병에 꽂은 꽃을 들고 있었다.

잊고 있었다. 내가 야나카에 살기 시작하기 훨씬 전에 이멜다 여사도 소중한 사람을 교통사고로 잃었다. 따님이 살아 있었다면 아마 내 또래였을 것이다.

히메마쓰야로 돌아오니 우편함 후크에 하얀 봉지가 걸려 있었다. 종이에 싼 붕어빵 두 개가 안에 들어 있었다. 마도카 씨가 가져왔을 것이다. 만져 보니 아직 살짝 따뜻했다.

마도카 씨가 준 붕어빵을 종이에 싼 채 뺨에 살며시 갖다 댔다. 옥상 정원이 조금 추웠는지 얼굴이 찼다.

목요일 밤에 하루이치로 씨에게서 전화가 왔다.

"내일 말인데." 하루이치로 씨가 말했다. "같이 달맞이 가면 어떨까 해서."

"보름이 얼마 안 남았죠."

그때도 맑게 갠 짙은 감색 하늘을, 둥글게 부푼 달님

이 천천히 노를 젓듯 서쪽 하늘을 향해 나아가고 있었다.

"무코지마 백화원(百花園)에 달맞이 모임이란 게 있는 모양이거든."

"그렇지만 가게가 있는데 어쩌죠? 비가 오면 달맞이를 못 할 테고요."

그러자 하루이치로 씨가 말했다.

"달맞이 모임은 밤 아홉 시까지 하니까 괜찮을 거야. 나도 저녁까지 일이 있으니까 끝나면 택시로 데리러 갈게. 멋대로 그렇게 계획을 짜 봤는데 어때?"

"고대할게요."

나는 명랑하게 대답했다.

타이밍이 좀처럼 맞지 않아 백중 연휴가 끝난 뒤로 하루이치로 씨를 아직 한 번밖에 만나지 못했다. 평소 히메마쓰야나 주점 안에서만 만나니 지붕이 없는 곳에서 만날 수 있다는 게 기뻤다. 그래도 하루이치로 씨는 바빠서 갑자기 일이 생길 가능성도 있는 터라 성급히 기뻐하지 않도록 스스로를 다잡았다.

전화를 끊고 나서 뭘 입고 갈까 유니폼 장롱을 열어 봤다. 드디어 안감이 없는 홑겹 기모노를 입고 지내는 게 기분 좋은 계절이 됐다. 얼마 전 안감을 떼어 내 홑

옷으로 고친 오시마 비단 기모노를 꺼냈다. 짙은 감색에 기하학무늬 같은 동백 문양이 들었다. 어쩐지 최근의 맑은 하늘과 느낌이 비슷해 이번에는 망설임 없이 이 기모노로 골랐다.

홑옷이 된 오시마 비단 기모노는 한층 가볍고 살에 닿는 감촉이 기분 좋았다. 허리띠는 매년 이 계절에 애용하는 식물의 섬유로 짠 주야(昼夜) 허리띠를 맸다. 주야 허리띠는 겉과 안에 다른 감을 쓰는지라 뒤집어서 매면 낮과 밤에 취향이 다른 표정을 즐길 수 있다. 일석이조의 효과가 있어 특히 자고 오는 여행에 편리하다.

허리띠 장식으로 토끼를 고르니 달맞이 느낌이 한층 강해졌다. 하루이치로 씨를 만나려면 아직 하루 더 있어야 하건만 놀이동산에 가는 어린애처럼 가슴이 설렜다.

이튿날 히메마쓰야의 포렴을 조금 일찍 걷어 들이고 기다리고 있으려니, 약속 시간에 딱 맞춰 하루이치로 씨가 택시로 마중 왔다. 나도 서둘러 올라타 무코지마로 향했다. 주위는 이미 어스름이 깔리기 시작했다.

"다음 주에 네즈 신사 축제군?"

택시 안에서 전봇대에 붙은 안내문을 발견하고 하루

이치로 씨가 말했다.

하루이치로 씨는 비쳐 보일 만큼 얇은, 마치 잠자리 날개 같은 감촉의 새하얀 셔츠를 입고 있었다. 뒷좌석 창문을 조금 열어 둔 터라 바람에 실려 하루이치로 씨의 체취가 희미하게 풍겼다. 하루이치로 씨는 오늘 계피 같은, 조금 달짝지근한 양달 냄새가 났다.

"지난달엔 스와 신사의 축제였어요."

나는 말했다.

그러자 우리 대화가 들렸는지 택시 기사가 갑자기 밝은 목소리로 끼어들었다.

"역시 스와 신사 쪽도 가시는군요. 전 정월 초하루면 오전 중에 일단 스와 신사에 새해 첫 참배를 드리러 갔다가 오후에 네즈 신사로 간답니다. 하지만 젊은 사람들은 네즈 신사 쪽에 많이 가는 것 같더군요."

잘 생각해 보니 하루이치로 씨와 택시에 타는 것은 이번이 처음이었다. 우리 대화에 누가 끼어드는 일도 어지간하면 없으니 어쩐지 신선하게 느껴졌다. 이 택시가 우리를 태우고 영원히 달려 주면 좋을 텐데. 잠시 달콤한 소원을 품고 말아 스스로의 가슴에 못을 박았다.

"시오리는?"

조금 침묵이 흐른 뒤 하루이치로 씨가 물었다.

"네?"

나도 모르게 되물었다.

"정월에 어디로 참배드리러 가나 싶어서."

"글쎄요."

이제 겨우 백중이 지났는데 또 정월이 온다 생각하니 숨이 막힐 것 같았다. 그래도 명랑하게 대답했다.

"네즈 신사가 더 가까우니까 네즈 신사에 갈 때가 더 많을 거예요. 히메마쓰야는 다이토구 야나카지구니까 소속은 스와 신사 쪽이지만요. 언젠가 정월의 야나카 칠 복신 순례라는 것도 해 보고 싶답니다."

택시 안이라 막연히 격식 차린 말투가 됐다.

"전 해 봤어요, 칠복신 순례" 택시 기사가 뒷좌석 쪽을 약간 돌아보며 말했다. "여자 친구하고 같이 갔었는데 참 복을 많이 받았지 뭡니까."

"그래요?"

이번에는 하루이치로 씨가 몸을 내밀고 말했다.

"그해 결혼했거든요. 같이 갔던 여자 친구가 지금 아내예요. 느지막이 부끄럽습니다만. 지금도 연애하는 기분입니다."

그 말을 들으니 가슴이 저릿했다.

그 뒤 세 사람 다 조용해졌다. 라디오 소리가 한층 또 렷하게 들렸다. 인생 상담의 내용은 남편의 외도에 대해 서였다. 창을 조금 더 열어 바깥 공기를 마셨다. 가로등 이 어스름을 어렴풋이 물들였다.

무코지마 백화원에 도착하니 달맞이 모임은 이미 시 작된 뒤였다.

입장료를 내고 들어가자 고풍스러운 피리 소리가 들 려왔다. 하루이치로 씨가 해장죽 피리라고 가르쳐 주 었다.

"명월을 보며 연못 주위를 도니 밤이 샜구나."

하루이치로 씨가 사방등에 쓰인 바쇼의 하이쿠를 읽 었다. 원내에 설치된 다른 사방등에도 다양한 사람의 하 이쿠가 쓰여 있었다.

"에도 시대부터 있어 온 화원이라는데."

입구에서 받은 팸플릿을 보고 하루이치로 씨가 가르 쳐 주었다.

"그래서 가을의 일곱 화초도 있는 걸까요?"

울타리 안에 심긴 식물을 가리키며 말했다. 목판에 싸

리와 참억새, 칡, 패랭이꽃, 마타리, 등골나물, 나팔꽃이라고 가을의 일곱 화초가 소개되어 있었다. 나팔꽃은 요새 말하는 도라지꽃이 아닐까 한다는 보충 설명도 있었다.

칡꽃이 순간적으로 생각나지 않았다. 어떤 꽃이었나 생각하며 걷는데 마침 칡넝쿨 시렁이 있었다. 시렁에 감긴 튼튼해 보이는 칡에서 작은 적자색 꽃이 달린 총상(總相)의 꽃이 가로로 튀어나와 있었다. 발돋움을 해서 향기를 맡으니 부드러운 향수 같은 불가사의한 냄새가 났다. 그 밖에도 세잎으름이며, 파충류를 싫어하는 하루이치로 씨에게는 결코 기쁘지 않을 뱀오이라는 이름의 진기한 식물의 시렁이 있었다. 정말로 뱀처럼 생긴 컬러풀한 열매가 시렁에서 구불구불 늘어져 있었다. 나는 하루이치로 씨가 발견하기 전에 방향을 바꾸었다.

"슬슬 달이 뜨나 봐."

하루이치로 씨를 따라 사람들이 모인 제단 쪽으로 가니 마침 달이 얼굴을 내밀고 있었다. 붉은색 같기도 하고 주황색 같기도 한 짙은 색의 보름달이 아파트 건물 옆에서 얼굴을 쏙 내밀었다. 잠자리채를 뻗으면 잡을 수 있을 것만 같았다.

그 자리에 있던 카메라맨들이 일제히 셔터를 누르기 시작했다. 제단에 사과와 토란, 가지, 밤, 양하, 우엉, 당근, 오이 같은 제철 야채와 과일, 주먹밥만 한 크기의 통통한 달맞이 경단, 또 참억새 이삭과 신주가 바쳐져 있었다.

하루이치로 씨 말로는, 달맞이 모임은 에도 시대로부터 이어져 내려오는 전통 행사인데 전쟁 중에 중단되었지만 지역 주민들의 협조에 힘입어 부활했다고 한다. 아닌 게 아니라 원내에는 똑같은 저고리를 맞춰 입은 남자들이 자랑스럽게 행사 진행을 거들고 있었다.

나와 하루이치로 씨는 주위가 완전히 어두워지기 전에 원내를 한 바퀴 돌기로 했다. '탱알', '조팝나무', '꽃복숭아', '참빗살나무', '백일홍' 등 마치 유치원생의 이름표처럼 큰 글씨로 목판에 이름을 써 놓았다. 소중히 대해 주는 것 같아서 호감이 갔다.

"싸리 터널이라는데."

하루이치로 씨가 놀란 듯 큰 소리로 말했다. 가느다란 대를 아치 모양으로 나열하고 거기에 싸리를 얹어 만든 좁은 터널이 이어져 있었다. 하루이치로 씨는 몸을 굽혀 안으로 들어갔다. 어둑어둑한 터널 안 곳곳에 사방등이 흐릿하게 밝혀져 있었다. 작은 보라색 꽃이 달린 싸리꽃이 늘어져 고상한 분위기를 자아냈다. 우리는 터널을 빠져나와 원내를 산책했다.

"정말 근사한 곳이네요."

슬그머니 하루이치로 씨와 손을 잡은 채로 말했다. 아까 연못에 걸린 작은 다리를 건널 때 내가 먼저 손을 잡았다. 처음 하루이치로 씨와 손이 닿은 것도 다리 위에서였다고 멍하니 생각하며 자갈길을 천천히 걸었다.

벤치와 정자에서 사람들이 제각각 준비해 온 도시락을 꺼냈다. 우에노 공원의 벚꽃 놀이처럼 소란스럽지 않게 다들 조용히 달을 감상하며 즐기고 있었다. 그 모습이 부러웠다.

"시오리도 먹고 싶을 것 같아서."

하루이치로 씨가 반대편 손에 들고 있던 쇼핑백을 들어 보이며 빙긋 웃었다.

"고르고 있을 겨를이 없어서 둘 다 사오마이 도시락으로 샀는데.

"와, 좋아라."

"적당히 자리 찾아서 거기서 먹을까?"

하루이치로 씨가 그렇게 말하고 다시 천천히 걷기 시

작했다.

우리는 오가는 사람이 많지 않은 고요한 연못가 벤치를 발견해 그곳에 자리를 확보했다. 왔을 때보다 밤이 더 짙어졌다. 달은 아파트 대각선 오른쪽 위로 떠 있었다.

"시오리는 어느 쪽이 좋아?"

하루이치로 씨를 돌아보니 두 손에 원컵 청주와 캔맥주를 들고 나를 보고 있었다. 잠깐 망설이다가 청주를 가리켰다.

"그렇지만 다 마시면 취할 것 같은데."

"그럼 남으면 내가 마실게."

하루이치로 씨는 힘차게 그렇게 말하고는 쇼핑백에서 노란 도시락을 꺼냈다. 나는 무릎 위에 손수건을 펴고 그 위에 도시락을 올려놓았다.

둘이서 가볍게 건배하고 나서 사오마이 도시락을 먹기 시작했다. 방울벌레와 솔귀뚜라미, 여치가 마치 연주회를 하는 것 같았다.

"떠들썩한걸."

하루이치로 씨가 사오마이 도시락에 든 닭튀김을 먹으며 말했다. 우리 눈앞에 근사한 용버들이 우뚝 솟아 있었다. 작은 잎사귀가 사각사각 바람에 흔들렸다. 아름다운 달에게 양보하는지 별은 딱 하나 빛났다. 왜 그런지 그게 유키미치처럼 생각됐다.

"아쉬운데."

둘이 밤하늘을 보며 도시락을 먹는데 느닷없이 하루이치로 씨가 말했다.

"뭐가요?"

"이거." 하루이치로 씨가 사오마이 도시락에 들어 있던 플라스틱 간장 용기를 가리켰다. "시오리는 모를 수도 있지만, 옛날이라고 할지, 바로 몇 년 전까지만 해도 간장 용기가 도기였거든. 학창 시절에 그 도기 간장 용기를 모았는데."

"간장 용기를요?"

나는 웃으며 말했다.

"그게 그래도 꽤 표정이 다양해서 늘어놓으면 재미있다고. 백 종류 이상 아니었던가? 울상인 것, 웃는 것, 화난 것."

"지금도 보관하고 있는 거예요?"

"글쎄, 어디 갔는지. 지금도 남아 있었으면 꽤 귀중한 컬렉션일 텐데."

우리는 작은 목소리로 소곤소곤 이야기했다. 매점에

서 산 휴대용 사방등에 불을 밝혀 들고 걷는 사람들이 지나갔다. 그런 식으로 낯선 사람들과 함께 달맞이를 즐긴다는 게 내게는 더없는 사치였다.

그때 한층 떠들썩하게 기모노 차림의 부인들이 지나갔다.

"기모노를 입은 사람들이 많군."

"저쪽에서 다회를 하나 봐요."

"풍류가 넘치네. 달맞이 다회라니."

하루이치로 씨가 말하기에 나는 과감하게 "우리도 식사하고 나서 가 볼까요?"라고 제안했다.

"괜찮으려나? 난 차림새가 이런데."

"괜찮아요."

술이 들어가서인지 여느 때보다 대담한 기분이었다. 다행히 휴지는 지참하고 다니니 하루이치로 씨에게 조금 나눠 주면 어떻게든 될지 모른다.

"시오리가 원한다면 가도 되고."

하루이치로 씨가 조금 주저하는 눈치로 말했다. 나는 술을 꿀꺽 들이마셨다. 결국 원컵 청주는 전부 내가 마셨다. 어디서 기분 좋은 바람이 불어와 달아오른 얼굴을 식혀 주었다.

"그럼 가 볼까."

하루이치로 씨가 빈 그릇을 쇼핑백에 넣으며 일어섰다. 다실은 짊어진 것을 모조리 내려놓고 몸 하나로 들어가는 장소라고, 다도를 공부할 때 선생님에게 배웠다. 만약 그렇다면 나와 하루이치로 씨의 관계도 받아들여 줄지 모른다. 제멋대로이긴 해도 그런 생각을 했다.

다회는 작은 다다미방과 의자에 앉아 차를 마시는 류레이세키, 두 곳이 마련되어 있었다. 우리는 사람이 적은 다다미방 쪽에 먼저 줄 섰다.

하루이치로 씨가 조금 긴장한 게 느껴졌다. 나도 다도를 해 본 지 오래된 터라 그렇게 자신 있지는 않았다. 그래도 함께 다실에 들어갈 수 있다는 것만으로 포근하고 밝은 기분이 솟았다. 미지근한 물에 담근 것처럼 마음이 부드럽게 누그러졌다.

안내를 받아 다다미방에 들어간 순간 장식단의 'ㅇ'이 눈에 띄었다. 곁에 '무진장'이라고 쓰여 있었다. 힘찬 필치를 보니 분명히 괜찮을 것이라는 느긋한 기분이 들었다. 모든 것을 품어 주는 원상(圓相)이 지켜보는 가운데 나와 하루이치로 씨는 나란히 박차를 마셨다.

류레이세키가 시작될 때까지 아직 시간이 조금 남았

기에 하루이치로 씨와 다시 원내를 산책했다. 자연히 손이 맞닿아 다시 가볍게 손을 잡았다.

달은 아파트 너머 저 멀리를 유유히 건너고 있었다. 나뭇가지 저편으로 보이는 달을 하루이치로 씨가 올려다보는 모습이 참 멋졌다.

이백의 한시가 테마인 류레이세키는 온갖 도구를 중국 것으로 갖추었다. 사오싱주 단지를 꽃병으로 삼아 큰 달맞이꽃과 오이풀, 참억새를 정말 들판에 핀 것처럼 자연스럽게 꽂았다. 방 한구석에는 월금(月琴)이라는 중국 악기가 장식되어 있었다.

주인 역을 맡은 여성은 몇 년 전 이곳에서 똑같이 다회를 개최했을 때 큰비가 내린 이야기를 꺼내며 "오늘은 꼭 여러분이 달맞이를 즐기실 수 있게 해 드리고 싶었습니다."라고 인사했다. 과자는 창업 사백 년이라는 이 지역 과자 장인의 달맞이 만주였다. 은은하게 물들인 규히(찹쌀가루에 설탕과 물엿을 넣어 반죽한 과자) 속에 단맛이 고상한 흰 팥소가 들었다.

"재미있었어요."

두 차례의 다회를 무사히 마치고 밖으로 나오자마자 곁을 걷는 하루이치로 씨에게 말했다.

"과자도 잘 드셨네요."

"과자에도 주인의 배려와 애정이 들어 있다는 걸 알게 됐으니까. 그렇게 생각하면서 먹으면 지금까진 그저 달기만 했던 과자도 맛있게 느껴지거든."

광장에서는 고토(일본 현악기) 연주회가 시작되어 우아한 고토 소리가 백화원 전체에 울려 퍼지고 있었다.

"다회는 보물찾기 같네요."

아까부터 막연히 드는 느낌을 말로 표현했다. 도구 하나하나에 마음이 담기고 그것들이 별자리처럼 이어져 하나의 이야기를 만들어 낸다. 주인이 오랜 시간 성심성의를 다해 생각한 이야기를, 그때 그 사람들과 함께 감지하는 게 일기일회(一期一會, 다도에서 평생 단 한 번뿐인 인연을 뜻하는 말)인지도 모르겠다.

"어째 설욕하고 싶은데."

하루이치로 씨는 조용히 말했다.

하루이치로 씨 입에서 그런 말이 나왔다는 게 조금 뜻밖이었다.

"설욕이라뇨?"

"다회 말이야. 그런 자리에서 주눅 들지 않고 편안하게, 즐기면서 차를 마실 수 있게 되고 싶다는 생각이 지금 많이 드네."

"그런 뜻이구나."

"언젠가 혼자서도 정식 다회에 갈 수 있도록 공부해
야겠어."

달은 이미 누구도 손이 닿지 않을 만큼 먼 상공에 떠
있었다. 들어올 때는 몰랐는데 입구 근처에 스이킨쿠쓰
(水琴窟, 땅속의 공동(空洞)에 물방울을 떨어뜨려 소리를 즐기
는 일본의 정원 장식)가 있었다.

"시오리가 먼저 해 봐."

하루이치로 씨가 국자로 단지에서 물을 떠 돌 위에 물
을 떨어뜨려 주었다. 나는 대통 끝에 귀를 갖다 댔다. 속
에서 소리가 울렸다. 마치 땅속에 갇힌 별들이 그곳에서
빛을 깜박이며 노래하는 것 같은 소리였다. 귀를 기울이
고 있으려니 몸속에 시원한 바람이 부는 게 느껴졌다.

"하루이치로 씨도 해 봐요."

하루이치로 씨에게 자리를 내주었다. 내가 국자로 물
을 떨어뜨리자 하루이치로 씨도 눈을 감고 온화한 표정
으로 "아, 들린다."라고 말했다. 여름의 끝을 알리는 음색
이었다.

어쩐지 달맞이 모임을 떠나고 싶지 않아 우리는 도시

락을 먹었던 벤치로 돌아가 달을 감상했다. 벤치 위에서 손과 손을 포갰다. 그것만으로도 온몸에 따스한 느낌이 서서히 차오르는 게 느껴졌다. 눈을 감으니 내 모든 게 자연 속으로 녹아드는 것 같았다.

무코지마 백화원에서 나와 큰길을 향해 천천히 걸으며 오늘 내내 가슴에 담아 두었던 말을 하루이치로 씨에게 했다.

"꼭 같이 가 줄 곳이 있어요."

속으로 여러 번 연습한 말을 막힘없이 할 수 있었다. 내 목소리가 날개를 펴듯 밤하늘에 녹아들었다.

"알았어."

하루이치로 씨는 짤막하게 대답했다.

"저곳에서 여길 보면." 하루이치로 씨는 보름달을 가리키며 말을 이었다. "분명 나와 시오리도, 다른 사람들도 작아서 보이지 않겠지."

달은 고독하게 바다를 건너는 한 척의 배처럼 어두운 밤을 힘껏 비추고 있었다.

서두를 필요가 없었던지라 하루이치로 씨와 같이 닛포리까지 버스를 타고 돌아가기로 했다. 가장 가까운 버스 정류장으로 가서 다음 버스 시간을 알아보니 이십분도 더 있어야 했다. 우리는 그다음 버스 정류장을 향해 걸어갔다.

"끝말잇기 할까?"

메이지 거리를 따라 걷는데 하루이치로 씨가 갑자기 말했다.

"끝말잇기?"

"그래." 내가 되묻자 하루이치로 씨는 짤막하게 대답하고는 "사과." 하고 억지로 끝말잇기를 시작했다.

"과자."

나는 말했다.

"자전거."

"거실."

"실밥."

"밥상."

"상자."

"자연."

"연거푸."

"푸딩."

"아, 시오리가 졌다."(일본의 끝말잇기에서는 ん으로 끝나

는 말을 대면 진 것으로 간주)

하루이치로 씨가 기쁜 듯 흥분한 목소리로 말했다.

"반사적으로 좋아하는 걸 말했나 봐요."

"푸딩을 좋아하는군."

하루이치로 씨가 트럭의 경적 소리에 묻히지 않도록 큰 소리로 말했다.

"네, 좋아해요. 어머니가 유일하게 직접 만들어 준 간식이었거든요." 문득 생각나 하루이치로 씨에게 말했다. "지금도 요리는 별로 안 하지만, 푸딩만은 부탁하면 흔쾌히 만들어 줬어요."

"그럼 시오리는 푸딩이 어머니의 손맛?"

"그렇게 되려나? 전에 살던 집 근처 양과자점의 몽블랑도 좋아하는데요. 그렇지만……."

나는 거기서 말을 일단 멈추었다.

"그렇지만?"

하루이치로 씨가 다음 말을 기다렸다.

"그런 의미로는 스키야키일지도요. 생일이나 무슨 기념일이면 종종 스키야키를 먹었거든요. 하지만 준비는 굳이 따지자면 아버지가 했으니까 어머니의 손맛하고는 다를지도 모르겠네요."

"시오리 집에선 어떤 스키야키였어?"

하루이치로 씨가 흥미진진하게 물었다.

"우리 집은 국물을 넣어 끓이는 간토식이려나요. 우엉 깎은 거랑 구운 두부랑 파랑 실곤약 넣고요. 아버지 월급날 직후엔 쇠고기를 넣지만 살림이 빠듯해지면 돼지고기일 때도 있었어요. 하지만 너무너무 즐거워서 오늘 저녁은 스키야키라고 하면 동생이랑 둘이서 두근두근하면서 그릇을 준비했죠. 그래서 그런지 스키야키는 나한테 가족의 상징 같은 거예요."

"그런 추억이 있다니 부러운걸. 우리 집은 간사이식이었어. 아버지하고 나 둘뿐이었으니까 시오리네 집처럼 즐거운 분위기는 아니었지만."

"어머님은요?"

그러고 보니 지금까지 하루이치로 씨에게서 어머니 이야기를 들은 적이 없었다.

"어머니는 내가 초등학생 때."

불분명한 목소리를 들으니 하루이치로 씨가 안고 있는 어둠에 손끝이 살짝 닿고 말았다는 생각이 들었다.

"하지만 마지막으로 함께 보낸 내 생일에 내내 먹고 싶다고 졸랐던 스코치에그를 만들어 줬어. 몸이 약해서 부엌일도 별로 안 했는데. 그게 나한테 어머니의 손맛이려나. 하지만 지금도 스코치에그를 보면 어째 이것저것 생각나서 못 먹겠지 뭐야."

"미안해요."

"괜찮아. 언젠가 시오리한테도 말할 생각이었으니까. 슬슬 다음 버스가 오겠어."

하루이치로 씨는 상냥하게 그렇게 말하고는 버스 정류장에 멈춰 서서 검은 배낭을 고쳐 멨다.

닛포리역에서 하루이치로 씨와 헤어진 뒤 히메마쓰야로 걸어서 돌아왔다. 되도록 아직 지난 적이 없는 골목을 지나 미로 기분을 만끽했다. 활짝 열린 창문으로 퀴즈 프로그램의 내레이션이 들려왔다.

올해는 워낙 더웠던 탓인지 처마 밑의 여주에 잎이 무성했다. 여자 손바닥처럼 우아하게 생긴 잎사귀와 잎사귀 사이에 작은 여주가 열려 있다.

현관 옆 창살에 덩굴식물을 감아 햇빛을 가리는 집이 눈에 띄었다. 가끔 기운이 과하게 넘쳐 옆집까지 놀러 가는 덩굴도 있다. 그래도 이곳에 사는 사람들은 남의 집 여주까지 너그럽게 받아들여 준다.

오래된 집 마당의 무화과나무가 잎이 우거진 가지를

뻗고 있었다. 마치 커다란 잎사귀로 지나가는 사람을 불러 세우려는 듯 보였다. 포도도 감도 열매를 맺어 본격적인 가을이 찾아오기를 기다리고 있었다.

히메마쓰야로 돌아오자 가게 앞에서 고마치가 암컷 고양이와 밀회하는 중이었다. 두 마리의 연애에 방해되지 않게 얼마 동안 문을 열지 않고 기다렸다.

히말라야삼나무 밑에 서서 달을 올려다보니 잎이 무성한 가지에 가려져 여러 별들이 서로 밀치락달치락하는 듯 보였다. 아까 들은 스이킨쿠쓰의 음색이 생각났다.

마침내 두 마리가 다른 곳으로 가기에 열쇠로 문을 열고 안으로 들어가니 자동 응답기가 깜박이고 있었다. 버튼을 눌러 메시지를 재생하자 하나코의 목소리가 나왔다. 어리광부리는 목소리로 언니, 하고 부르며 밤밥을 졸랐다. 뒤에서 어머니와 라쿠코가 장난치는 것 같은 떠들썩한 웃음소리가 들렸다.

메시지를 세 번 반복해서 재생했다. 그래도 어쩐지 '삭제' 버튼이 눌러지지 않아 결국 그대로 두고 허리띠를 풀었다. 서두르면 목욕탕이 문 닫기 전에 갈 수 있겠다는 것을 깨닫고 급히 목욕 갈 준비를 했다.

고
하
루
—

10월이 되어 가을빛이 완연한 계절이 됐다.

이번 주말 산사키 고개에 있는 다이엔 사에서는 예년처럼 국화 축제가 열리고 있었다. 밤에는 요미세 거리를 중심으로 퍼레이드를 한다. 보물선을 본뜬 장식 수레 위에서 북을 연주할 것이다.

마도카 씨에 따르면 원래는 음력 9월 9일 중양을 기념하는 행사로 국화를 감상하던 습관에서 비롯됐다고 한다. 전에는 단고 고개의 좁은 비탈길에 흥행장이 늘어서 입장료를 받고 사람들에게 국화 인형(의상이 국화로

된 인형의 전시)을 보여 주었다. 하지만 메이지 말엽에 들어 쇠퇴했던 것을 최근 부활시킨 게 야나카 국화 축제라고 한다.

나도 가게 문을 닫고 나서 마도카 씨와 함께 갔다. 국화주를 홀짝이며 긴긴 가을밤에 황홀해했다. 낮은 소리로 둥둥 울리는 북은 박력이 있어 가까이서 들으면 내장에까지 진동이 느껴질 듯했다.

하루이치로 씨와 한 약속이 며칠 뒤로 다가왔다.

전날 밤침에서 아직 한 번도 입어 본 적이 없는 에도 고몬(무지로 보일 만큼 작은 무늬로 염색한 천 또는 기모노)을 꺼냈다. 보드랍고 가벼워 만져만 봐도 고급이라는 게 느껴진다. 고상한 회색 에도고몬은 허리띠와 장식만 바꾸면 관혼상제 어디에나 응용이 가능하다.

옷을 펼쳐 옷걸이에 걸고 준비를 시작했다. 상복용 검은 허리띠는 너무 딱딱할 것 같아 이것저것 대본 끝에 점잖은 색이되 좀 더 캐주얼한 것으로 골랐다.

그런데 기껏 입을 옷을 준비해 놨건만 하룻밤 자고 나니 마음이 바뀌었다. 몇 벌 없는 서양식 옷 중에 흰 블라우스와 청바지를 골라 입었다. 유키미치를 만날 때 입던 것 같은 옷으로 정한 것이다. 기모노 차림의 나를 보고 유키미치가 못 알아보거나 놀라는 일이 없도록.

아침을 가볍게 먹고 나서 유키미치에게 받은 엽서와 성냥, 추울 때를 대비한 카디건 등 필요 최소한의 짐을 가방에 챙겨 밖으로 나왔다. 며칠 사이에 기온이 많이 낮아졌다. 야나카 묘지 안을 지나 약속 장소인 닛포리역으로 가니 아직 붉은색과 흰색, 분홍색 석산이 곳곳에 피어 있었다. 머리 위로 마치 수세미를 써서 꼼꼼히 닦은 것처럼 구름 한 점 없는 맑은 가을 하늘이 펼쳐져 있다.

하루이치로 씨는 약속 시간보다 오 분 늦게 도착했다. 지요다선을 타면 오다큐선으로 이어지니 목적지에 조금 더 일찍 도착할 수 있을지도 모른다. 하지만 마치다를 통과하면 하루이치로 씨도 마음이 무거울 것 같아서 조금 멀리 돌기는 해도 JR로 가기로 했다.

"좋은 아침."

하루이치로 씨는 맑은 목소리로 말했다. 가까이 다가가니 입에서 달콤한 껌 냄새가 났다.

"안녕하세요."

나도 웃으며 인사했다.

"오늘은 기모노가 아니군."

매표소를 향해 나란히 걸으며 하루이치로 씨가 말했다.

"모처럼 나들이하는 거니까요."

하루이치로 씨에게는 아직 오늘 갈 곳을 알리지 않았다. 교통 카드로 최종 목적지까지 갈 수 있을지 알 수 없어 무인 발권기에서 어른 차표 두 장을 사고 개표구를 지났다.

"어제도 밤 새웠어요?"

나는 플랫폼에서 열차를 기다리며 물었다. 출근 시간은 지났지만 조금 늦게 출근하는 듯한 직장인들이 세 줄로 서서 무표정하게 다음 열차를 기다리고 있었다.

"잠깐 눈은 붙였어."

하루이치로 씨는 지친 얼굴에 억지로 미소를 지으며 작은 목소리로 말했다. 눈꼬리에 주름이 깊게 져 있었다.

"고마워요."

내가 말하자 하루이치로 씨는 신경 쓰지 말라는 듯한 손을 들어 손가락을 폈다. 곧 다음 열차가 속도를 늦추며 플랫폼에 들어왔다. 빈자리가 없기에 나란히 손잡이를 잡고 섰다.

지저분한 차창에 우리 모습이 흐릿하게 비쳤다. 어쩐지 낯선 타인처럼 느껴졌다. 나 자신도 하루이치로 씨도 모르는 사람 같았다.

도쿄역에서 도카이도선으로 갈아탔다. 신칸센을 타면 더 빨리 갈 수 있지만 서두를 이유도 없다.

"아침은요?"

주위에 있는 사람 수가 조금 줄어든 것에 안도하며 하루이치로 씨에게 물었다.

"회사에서 나오기 전에 주먹밥을 먹었어."

하루이치로 씨가 온화한 기린 같은 표정으로 말했다. 미안해요, 라는 말을 속으로 삼켰다. 첫차라 4인석에 앉을 수 있었다. 머리 위 선반에 늘 메고 다니는 검은 배낭을 올린 다음 하루이치로 씨가 플랫폼에 내려 녹차 두 병을 사 왔다. 그러더니 옆 좌석 밑에 버려진 빈 캔과 빵 봉투를 발견하고 플랫폼 쓰레기통에 버리고 왔다.

나란히 앉을지 마주 보고 앉을지 잠시 망설인 끝에 나는 맞은편 창가 자리에 앉았다. 출발을 알리는 음악이 나오고 열차가 내가 앉은 방향과 반대 방향으로 천천히 움직이기 시작했다. 도쿄역이 서서히 멀어졌다.

하루이치로 씨는 신바시, 시나가와를 지나 가와사키에 도착했을 무렵에는 이미 깊이 잠든 듯했다. 몸을 전후좌우로 흔들기에 자리를 옮겨 하루이치로 씨 옆자리에 앉았다. 내가 어깨로 하루이치로 씨를 받쳐 주니 그제야 자세가 안정됐다.

잘 생각은 없었지만 나도 눈을 감았다. 창으로 비쳐드는 아침 햇빛이 눈을 감아도 눈부셨다.

오이소역을 지나 언제 깨워야 하나 궁리하고 있으려니 열차가 니노미야에 도착했을 때 하루이치로 씨가 깼다. 집들 지붕 너머로 바다가 어렴풋이 보였다.

"자리를 옮겼군."

앞자리에 내가 없는 것을 알아차리고 하루이치로 씨가 조금 잠이 덜 깬 투로 말했다.

"피곤한가 봐요."

하루이치로 씨의 퀭한 눈을 보니 마음이 아팠다.

"괜찮아."

일어나 능숙하게 선반에서 짐을 내리는 하루이치로 씨를 자리에 앉은 채 멍하니 올려다봤다.

고우즈에서 내려 고텐바선으로 갈아탔다. 도카이도선보다 편수가 더 적어 다음 열차가 오려면 삼십 분 이상 기다려야 했다.

평일이라 그런지 플랫폼에 사람이 거의 없었다. 가을 햇살에 빛과 그림자의 콘트라스트가 강렬했다. 할 일이 아무것도 없기에 의자를 찾아 앉았다. 하얀 페인트를 솔로 칠한 것처럼 파란 하늘에 길고 가느다란 구름이 희미하게 퍼져 있었다.

"역시 이쪽이 공기가 더 진한데."

하루이치로 씨는 심호흡하며 말했다.

기회는 지금밖에 없다 싶어 오늘 목적지를 하루이치로 씨에게 설명했다.

무덤에 인사하러 간다고 말하자, 하루이치로 씨는 누구 무덤이냐고 묻지 않고 그저 오늘 날씨처럼 온화하게 고개를 한 번 깊이 끄덕였다.

고텐바선으로 갈아탄 뒤로는 둘이 그저 바깥 경치를 바라봤다. 도쿄에서 기차로 두 시간 거리이건만 꽤나 먼 곳에 온 것처럼 착각이 들었다. 히메마쓰야에서 출발한 지 세 시간 만에 역에 도착했다. 거기서 버스를 타고 묘지로 향했다.

도중에 후지산이 정면에 보였다. 닛포리역 근처 후지야마 고개에서 보이는 작은 후지산과는 규모가 달랐다.

"와아."

나도 모르게 탄성을 지르자 하루이치로 씨도 후지산을 가리키며 "벌써 눈이 쌓였군."이라고 말했다.

좁은 2인용 좌석에 앉은 탓에 하루이치로 씨의 허벅

지와 내 허벅지가 딱 붙었다. 그곳만 양지바른 곳처럼 따스했다. 버스는 승객이 우리뿐이었다. 먼 곳에 왔다는 것을 실감했다.

점심때 묘지에 도착했다. 버스에서 내리자 차가운 바람이 불었다.

"어떻게 할까요?"

처음 오는 곳이라 익숙지 않아 두리번거리며 말했다. 야나카 묘지 같은 곳을 상상했던 나는 묘지가 어찌나 넓은지 말문이 막혔다. 극단적으로 말해 산 하나가 통째로 묘지였다. 경사도 가팔라 자력으로 묘가 있는 구역으로 가기는 무리일 것 같았다.

"셔틀버스가 다니는 모양인데."

하루이치로 씨가 작은 버스 정류장을 발견하고 가르쳐 주었다.

하지만 정류장에서 운행 시간을 확인하니 다음 버스가 오기까지 삼십 분 가까이 기다려야 했다.

"어쩌지?"

갈피를 못 잡고 혼잣말했다.

"시오리, 배는 안 고파?"

하루이치로 씨가 말했다.

"그렇지만……."

묘지에서 경영하는 레스토랑을 보며 침울한 기분으로 할 말을 찾았다.

"모처럼 나온 나들이인데."

뭐라 말하면 좋을지 알 수 없어 엉뚱한 소리를 내뱉고 말았다.

"그럼 들어가서 마실 것만 시키고 잠깐 쉴까?"

하루이치로 씨를 여기까지 오게 한 게 너무나도 미안했다. 우리는 어둑어둑하고 살풍경한, 사람이 별로 없는 레스토랑에서 각각 홍차와 커피를 마셨다.

"홍차가 꽤 맛있는데. 얼그레이 향이 나."

하루이치로 씨가 피로한 얼굴에 억지로 웃음을 띠며 말했다.

셔틀버스를 타기 전에 꽃과 향을 샀다. 양동이 등은 구역마다 비치되어 있다고 했다.

셔틀버스에 우리 외에 몇 명이 더 탔다. 각각 해당되는 구역 버스 정류장에서 내렸다. 다음 버스는 삼십 분 뒤 같은 곳에 온다고 했다.

묘지 위쪽은 이미 단풍이 지기 시작했다. 짙은 주황색이 눈부셨다. 나는 사토미 씨가 그려 준 약도를 보며 유키미치의 무덤을 찾았다. 하루이치로 씨가 수도를 발견해 양동이 가득 물을 받아 국자와 함께 들어 주었다.

한참 찾은 끝에 발견한 유키미치의 무덤은 구역 변두리에 위치해 있었다. 주위에 유키미치가 좋아했던 코스모스가 흔들리고 있었다. 자연히 자란 건지 사토미 씨가 심은 건지는 알 수 없었다.

본인에게 이야기를 들은 적은 별로 없지만 유키미치는 세 살 많은 형이 있었다. 그 때문에 본가의 묘에 묻지 않았을 것이다. 유키미치의 이름만 새긴 검은 비석이 반들반들 새것인 게 애처로웠다.

"고마워요."

나는 하루이치로 씨에게 물이 든 양동이와 국자를 받아들었다. 상점에서 사 온 국화 꽃다발을 플라스틱 꽃병에 꽂았다. 깨끗한 물을 채우고 비석 위에도 물을 끼얹었다.

검은 비석이 한층 반들거리며 햇빛을 반사했다. 남은 물을 코스모스에 주었다. 분홍과 흰색 코스모스는 바람에 날려 갈 것처럼 가냘팠다.

향에 불을 붙이려고 성냥을 꺼냈다. 원래는 향불을 위해 가져온 게 아니었다. 바람이 불어 성냥불이 잘 붙지 않았다. 하루이치로 씨가 보더니 내 옆에 쭈그리고 앉아 손으로 바람을 막아 주었다. 성냥을 다섯 개비 그어 간신히 불을 붙였다.

"같이 기도해 주세요. 소중한 사람이 여기 잠들어 있거든요."

그렇게 말하고 나니 지금까지 그런 기분이 조금도 없었건만 갑자기 눈시울이 뜨거워졌다.

하루이치로 씨는 비석 앞에 나와 나란히 쭈그리고 앉았다. 나는 유키미치에게 똑똑히 들릴 마음속 목소리로 유키미치, 하고 불렀다. 그러고는 좋아하는 사람이 생겼다고 보고했다.

드디어 찾았어.

나는 유키미치에게 말했다. 유키미치가 잘됐네, 라고 말해 준 것 같아서 천천히 눈을 떴다.

하루이치로 씨는 내 옆에서 아직 눈을 감고 두 손을 모으고 있었다. 나는 다시 눈을 감고 이번에는 고마워, 라고 말했다.

엽서 아홉 장에 대한 인사였다. 아닌 게 아니라 나는 매년 두 차례 유키미치에게서 엽서가 오는 것을 고대하고 있었다. 그 탓에 여기에 오는 게 늦어지고 말았지만.

"고마워요."

이번에는 바로 곁에 있는 하루이치로 씨에게 말했다. 가을 하늘이 드높고 한없이 맑았다.

셔틀버스 안에서 하루이치로 씨는 아무 말도 하지 않고 내 어깨를 끌어안아 주었다. 자상함이 이끌어 주는 대로 상체를 하루이치로 씨에게 기댔다.

눈을 감자 유키미치와 함께했던 나날이 생각났다. 원래는 엽서를 여기서 불태울 생각이었다. 그래서 일부러 히메마쓰야에서 성냥을 챙겨 왔건만 결국 하지 못했다. 엽서가 모조리 재가 돼도 아무것도 사라지지 않는다는 것을 알았기 때문이다.

"있죠."

눈을 감은 채 하루이치로 씨에게 말했다. 그러나 목구멍에서 말이 뒤엉켜 실밥 같아졌다.

"있죠."

또 한 번 같은 말을 반복하자 하루이치로 씨는 조용히 말했다.

"말 안 해도 되는 건 말 안 해도 돼. 말하고 싶어지면 그때 하면 되니까."

우리는 셔틀버스가 종점에 도착할 때까지 내내 몸을

붙이고 있었다. 오후가 되니 바람이 더욱 차졌다.

열차 안에서 우리는 하루이치로 씨가 입은 감색 피코트 주머니 안에서 내내 손을 잡고 있었다. 물건을 아껴 쓰는 하루이치로 씨가 고등학생 때부터 입었다고 했다. 그 무렵의 하루이치로 씨와 몰래 손잡고 있는 듯한 이상한 기분이 들었다. 창 너머로 한산한 거리며 밭 풍경이 흘러갔다. 내가 손을 꼭 쥐면 하루이치로 씨도 같이 쥐어 주었다. 후지산이 서서히 작아졌다.

고우즈역에서 도카이도선으로 갈아탈 때, 나는 마쓰다역에서 하지 못한 말을 하루이치로 씨에게 하기로 했다. 하루이치로 씨는 눈을 또랑또랑하게 뜨고 있었다. 피곤이 지나치면 머리가 맑아져서 자고 싶어도 못 자게 된단 말이지. 언젠가 하루이치로 씨가 한 말이 생각났다. 나는 하루이치로 씨의 눈을 보며 또렷하게 말했다.

"역시 오다와라까지 가서 오다큐선을 타는 게 낫지 않겠어요? 난 혼자 가도 돼요."

"그렇지만……."

하루이치로 씨가 어물거렸다.

"정말 괜찮아요. 게다가 가는 길에 혼자 잠깐 들를 곳도 있고요."

나는 아무렇게나 둘러댔다.

"그래?"

하루이치로 씨가 정말 지친 표정으로 나를 봤다.

"네. 언제 또 같이 식사라도 해요."

되도록 가벼운 어투로 말했다.

"시오리가 그렇게까지 말한다면."

하루이치로 씨는 내키지 않는 분위기로 검은 배낭을 어깨에 고쳐 멨다. 출발을 알리는 벨이 울렸다.

"조심해서 가요."

나는 부자연스러울 정도로 밝게 웃으며 하루이치로 씨에게 손을 흔들었다. 하루이치로 씨는 아직 조금 석연치 않은 표정으로 문밖으로 발을 내디뎠다. 손바닥에 하루이치로 씨의 온기가 남아 있었다.

또 만날 수 있어.

스스로의 가슴을 타일렀다. 그리고 몸을 틀어 플랫폼에 선 하루이치로 씨에게 손을 흔들었다. 문이 닫히고 열차가 천천히 출발했다. 하루이치로 씨가 작아져 보이지 않게 될 때까지 계속 손을 흔들었다. 하루이치로 씨도 나를 끝까지 배웅해 주었다.

눈을 꽉 감고 있건만 눈꺼풀 틈으로 커다란 눈물방울

이 손바닥에 똑 떨어졌다. 괜찮아, 괜찮아. 나는 두 번 되풀이해 나 자신을 위로했다.

계속 눈을 감고 있으려니 가벼운 수마가 찾아들었다. 어느새 열차는 신바시를 지나 종점 도쿄역을 향해 달리고 있었다. 바로 몇 시간 전까지 있던 곳과 풍경이 완전히 달랐다. 다행이라는 생각이 들었다. 잠을 잔 덕에 가장 괴로운 감정을 외면할 수 있었다.

그래도 마지막으로 본 하루이치로 씨의 얼굴을 생각하니 가슴이 죄어왔다. 눈을 뜨면 또 눈물이 쏟아질 것 같아 눈을 감고 애달픈 감정을 눈꺼풀 뒤에 가두었다.

도쿄역 지하에 새로 생긴 그랜스타에 들렀다. 맛있는 저녁거리를 사고 눈 딱 감고 그곳에서만 살 수 있는 후식도 사자고 지하 쇼핑가로 향했다. 그러나 막상 그랜스타에서 수많은 상품을 보니 뭘 사면 좋을지 알 수 없어져 결국 아무것도 사지 않고 플랫폼으로 돌아왔다. 아무리 그래도 닛포리에서부터 걸어갈 마음은 나지 않아 야마노테선으로 니시닛포리까지 가서 거기서 지요다선으로 갈아타고 네즈에서 내렸다.

여느 때처럼 고토토이 거리를 올라가 교쿠린 사 입구에서 지름길인 속삭임 오솔길로 들어섰다. 맑은 밤하늘에 별 몇 개가 꼬마전구처럼 빛나고 있었다.

히말라야삼나무 모퉁이를 돌았을 때였다. 놀라 그 자리에 멈춰 섰다.

"어서 와."

하루이치로 씨가 온화한 목소리로 말했다. 가로등 불빛에 비친 그의 얼굴이 창백하고 수척해 보였다.

"웬일이에요?"

정말로 깜짝 놀라 물었다.

"응." 하루이치로 씨는 크게 심호흡을 한 번 하고는 결심한 것처럼 말을 이었다. "이대로 그냥 가면 어째 안좋은 생각을 할 것 같았어. 늘 나 좋은 소리만 해서 시오리를 난처하게 한다는 건 알지만, 미안, 오늘만은 꼭같이 있고 싶어."

절실한 목소리였다.

순간적으로 뭐라 대답해야 할지 알 수 없었다. 일단 히메마쓰야로 들어가려고 열쇠를 꺼냈다. 그러자 하루이치로 씨가 아까보다 더 절박한 표정을 지었다. 그리고 내 손을 붙들고 걷기 시작했다.

나를 잡아끌며 빠른 걸음으로 걷던 하루이치로 씨는 도중에 평소와 같은 하루이치로 씨로 돌아왔다.

"히메마쓰야면 온갖 것에 질투할 것 같아. 다른 데에 숙소를 잡았는데 괜찮아?"

하루이치로 씨는 또다시 미안하다고 사과했다. 신호등이 바뀌기를 기다리는데 나지막이 말했다.

"멋대로란 건 알지만 내 말대로 해 줘."

신호등이 파란불로 바뀌어 우리는 손을 잡은 채 길을 건넜다. 남의 시선을 신경 쓸 계제가 아니었다.

하루이치로 씨도 내 말을 들어 주었으니 이번에는 내가 하루이치로 씨 말을 들어 줄 차례다. 나는 그런 식으로 생각하며 각오했다. 하루이치로 씨는 인기척 없는 골목을 서슴없이 나아갔다.

"혹시 필요한 게 있으면 편의점에 들르고."

하루이치로 씨는 도중에 걸음을 늦추고 생각난 듯 말했다.

"괜찮을 거예요."

짤막하게 대답하고 걸음을 서둘러 하루이치로 씨를 따라갔다.

도중부터 내가 어디를 걷는 건지 알 수 없게 됐다. 몇 십 분 걸은 것은 아니다. 십중팔구 히메마쓰야에서 1킬로미터도 떨어져 있지 않을 것이다. 그런데도 나는 지금까지 몰랐던 장소를 하루이치로 씨와 걷고 있었다. 여우에 홀린 기분이었다.

"여기야."

좁은 골목 어귀에서 하루이치로 씨가 자신 있게 말했다. 건물을 본 순간 긴장이 조금 풀렸다.

문등이 흐릿하게 빛나고 작은 문패만 달린 오래된 일본 가옥이었다. 지붕에 이엉을 올린 대문을 지나니, 비가 온 것도 아니건만 현관으로 이어지는 길에 박힌 돌이 축축하게 젖어 있었다.

길 양옆에 식물이 산뜻하게 심겨 있었다. 흰 꽃을 피운 산다화는 잘 손질하는 듯 잎마다 반들반들 윤이 났다. 현관 옆 손 씻는 그릇에는 맑은 물이 가득 담겨 있고 표면에 노란 국화 꽃잎 몇 개와 빨간 단풍잎 하나가 떠 있었다. 자세히 보니 그 속에 달이 비쳤다. 하루이치로 씨와 달맞이를 한 뒤로 지구를 한 바퀴 빙 돌고 온 달님이다. 물에 손을 넣으면 두 손으로 뜰 수 있을 것 같다. 어디서 달짝지근한 금목서 향기가 풍겼다.

하루이치로 씨는 미닫이문을 드르륵 열고 안으로 들어갔다.

"아까 전화드린 사람입니다."

하루이치로 씨가 또렷한 목소리로 말하자 카운터 안에서 남자가 나왔다.

"기노시타 님이시죠? 어서 오십시오."

여관의 이름이 흰 글씨로 찍힌 쪽빛 저고리를 입은 남자가 정중히 고개를 숙이며 말했다. 계속 하루이치로 씨라고 부른 탓에 그의 성을 오랜만에 떠올렸다.

우리는 바로 안으로 안내됐다. 잘 닦인 마루는 기분 좋게 반들거리고, 현관으로 들어가 바로 위치한 안뜰에는 커다란 항아리 가득 색색의 국화가 꽂혀 있었다. 건물 안에 발을 들여놓은 순간 뭐라 형언할 수 없는 그윽한 향기가 났다.

입구는 그렇게 좁게 느껴졌는데 안으로 깊이 들어가는 구조였다. 저녁 시간이 다 됐는지 어디서 초벌구이 냄새가 났다.

우리는 일층 맨 안쪽에 위치한 '야마자토'라는 방으로 안내됐다. 낡은 목조 건물 전체에 아주 청정한 공기가 흘렀다. 이상하게도 처음 왔다는 기분이 들지 않았다.

방으로 들어가 짐을 내려놓고 장지를 열어 밖을 내다보니, 어둠 속에 근사한 벚나무가 우뚝 서 있었다. 낡은 석등은 곳곳에 이끼가 꼈다.

"봄엔 경치가 정말 볼만하답니다."

차를 가져온 종업원이 부드럽게 웃으며 가르쳐 주었다.

"곧 저녁 식사가 나올 텐데 배부르시지 않도록 작은 과자로 했어요."

아름다운 비취색 녹차와 함께 나온 과자는 '후타리시즈카'라는 이름의 라쿠간(우리나라의 다식 같은 일본 과자)이었다. 얇은 종이를 벗기자 흰색과 분홍색의 반구형 라쿠간이 사이좋게 붙어 있었다. 입에 넣으니 사르르 녹아 적당한 단맛이 몸에 스며들었다. 쌉싸래한 녹차는 온도가 적당하며 풍미가 있었다.

하루이치로 씨와 둘만 남았다.

"이런 곳이 있었네요."

방 안을 둘러보며 차를 마시는 하루이치로 씨에게 말했다.

다다미 여덟 장짜리 방은 과한 장식이 없이 단정한 인상이었다. 결코 새것은 아니지만 매우 청결하고 구석구석까지 신경 쓴 티가 났다.

장식단에는 '인연'이라고 히라가나로 쓴 붓글씨가 걸려 있었다. 당장이라도 가을 햇빛이 쏟아질 것처럼 매우 온화한 필치였다. 방 전체에 정밀한 공기가 가득했다.

너무나도 차분한 분위기라 하루이치로 씨와 이런 곳에 처음 왔다는 것을 순간 잊어버릴 뻔했다.

"나도 처음 왔는데 마음이 차분해지는 곳이네."

하루이치로 씨는 얼마 있다가 불현듯 생각난 것처럼 조용한 목소리로 말했다.

얼마 뒤 실례합니다, 라며 아까 왔던 종업원이 들어와 테이블 위를 치우고 저녁상을 준비해 주었다.

"마실 것은 어떻게 하시겠어요?"

종업원의 물음에 하루이치로 씨는 잠깐 생각하더니 "난 데운 청주로."라고 대답했다. 그러고는 메뉴를 들고 "샴페인이나 와인도 있어."라고 온화한 어조로 가르쳐 주었다.

"그럼 전 화이트와인을 글라스로 주세요."

나는 말했다. 우선은 식전주로 나온 무화과주로 건배했다.

"색 배합도 씹는 맛도 참 좋은데."

기본 반찬을 먹은 하루이치로 씨가 요리를 음미하며 탄성을 질렀다. 게와 석이버섯, 국화, 파드득나물무침이 작은 국화 무늬 접시에 담겨져 있다.

"위에 얹은 젤리가 새콤하네요."

제철의 향이 하나로 합쳐져 있었다.

전채는 마치 화가의 팔레트처럼 색채가 아름다웠다. 계란 노른자를 얹어 초로 무친 고등어초절임, 풋콩산초조림, 솔잎 모양 꼬치에 꽂은 느타리, 국화잎튀김, 밤을 섞은 밀기울과 만가닥버섯무침, 꿀에 조린 고구마. 하나같이 정성 들여 만들어 마치 보석을 먹는 것처럼 우아한 기분이 들었다.

하루이치로 씨는 이곳에 오기 전 있었던 일에 관해서는 한마디도 하지 않았다. 그래서 나도 낮에 있었던 일도, 그리고 앞으로 있을지도 모르는 일도 되도록 생각하지 않으려 했다. 좌우지간 음식을 먹는 데에 전념했다.

종업원은 방에 몰래카메라라도 설치한 게 아닐까 싶을 만큼 더없이 적절한 타이밍으로 다음 음식을 들여왔다. 하루이치로 씨는 '가이운(開運)'이라는 이름의 데운 청주를, 나는 화이트와인을 마시며 요리를 만끽했다.

붉은 사발 뚜껑을 연 순간 유자 향이 풍겼다.

"이번엔 뭐야?"

"능성어에 갈분을 묻혀 조렸대요. 가지구이랑 파도 들었는데요."

생선회는 부순 얼음을 대량으로 깐 큰 접시에 커다란

토란 잎을 깔고 그 위에 얹어 나왔다.

"아침에 오다와라에서 갓 잡은 생선이랍니다."

종업원이 공손하게 접시를 테이블 중앙에 놓으며 말했다.

"잿방어, 광어, 붉은오징어라 이 말이지."

하루이치로 씨가 종업원의 설명을 되풀이했다. 그러고는 곁들여 나온 차조기의 어린 열매를 손바닥으로 탁 쳐서 향을 냈다. 나도 따라 해 봤는데 하루이치로 씨처럼 큰 소리가 나지 않았다.

광어는 폰즈간장을, 잿방어와 붉은오징어는 가다랑어 포간장을 곁들여 먹었다. 입에 넣은 순간 몸속에 바다가 펼쳐졌다. 나도 모르게 말이 없어질 만큼 맛있었다.

감귤류 슬라이스를 넣은 간장 소스로 구운 꽁치는 붉게 물든 감잎으로 장식되어 있었다. 곁들인 반찬은 가을양하다.

"술을 더 시킬까요?"

"다음 요리가 들어오면 주문할게."

중간 식사로는 차조기 열매를 섞어 찐 밥에 연하게 조린 붕장어를 얹은 게 나왔다. 하루이치로 씨와 이렇게 밥상에 둘러앉을 수 있다는 게 꿈만 같았다. 마치 물 위에 가로지른 판자를 걷는 것처럼 불안정한 기분이었다.

도중에 정말 꿈일지도 모른다는 생각이 들어 허벅지를 꼬집어 봤다. 아픔이 느껴지기에 역시 꿈이 아니라고 비로소 가슴을 쓸어내렸다. 전에도 자신의 소망에 속아 넘어가 하루이치로 씨 꿈을 꾼 적이 있는지라 조심한 것이다. 하지만 설령 이게 꿈이라 해도 행복했다.

조림은 스키야키였다. 국물을 많이 두어 조린 작은 토란과 오쿠라를 곁들였다.

"시오리가 좋아하는 스키야키군. 이즈 쇠고기라던데."

"고기가 참 크네요. 스테이크 같아."

하루이치로 씨는 술을 마시며 나오는 음식을 찬찬히 음미했다. 나는 그 모습을 그저 멍하니 보는 것만으로도 행복했다.

얼마 뒤 종업원이 솥째로 밥을 내왔다. 무거운 나무 뚜껑을 열자 잎새버섯밥이 들어 있었다. 따로 나온 깨를 듬뿍 뿌려 바닥에서부터 섞으니 잎새버섯과 깨 냄새가 만나 뭐라 형언할 수 없는 짙은 가을 향이 부풀어 올랐다.

"이거 방마다 밥을 따로 지어 주는 건가?"

"누룽지가 있는 걸 보면 그런 거 같죠?"

하루이치로 씨가 솥을 보며 중얼거리기에 하루이치로 씨 공기에 밥을 퍼 주며 대답했다.

붉은 된장으로 끓인 나도팽나무버섯국, 참마장아찌와 함께 먹었다. 우리는 정말 밥알 한 톨도 남기지 않고 잎새버섯밥을 다 먹어 치웠다.

"이걸 보면 감사하는 마음이 분명 주방장한테도 전해질 테지."

하루이치로 씨가 불그레한 얼굴로 기쁜 듯 말했다.

물론 디저트로 나온 고사리떡도 단숨에 먹었다.

식사를 마치고 툇마루에 놓인 등의자로 자리를 옮겨 하루이치로 씨와 마주 앉아 남은 과일을 먹고 있으려니 종업원이 상을 치우러 들어왔다. 테이블을 행주로 훔치고 나서 가족 욕탕이 있는 곳을 가르쳐 주었다.

"시오리가 먼저 다녀와."

방에 우리 둘만 남은 뒤 하루이치로 씨가 말했다.

"아니에요, 하루이치로 씨가 먼저 다녀와요."

"난 어차피 잠깐 일 관련해서 확인할 메일이 있어서."

하루이치로 씨가 말했다.

"그럼 먼저 갔다 올게요."

나는 그렇게 말하고 반침 속 고리짝에서 유카타를 꺼

냈다. 대와 중 사이즈가 있기에 대 쪽에 파란 허리띠를 곁들여 다다미에 꺼내 두었다. 내가 입을 유카타와 주머니에 든 세면도구를 들고 가족 욕탕으로 갔다. '목욕 중' 패를 걸어 놓고 혼자 가족 욕탕 문을 열었다.

기분 좋은 편백나무 욕탕이었다. 뜨뜻한 물이 욕조에 가득 받아져 있었다. 창문을 열자 정원이 펼쳐졌다. 동백나무 잎이 반들반들 빛났다.

머리, 몸, 얼굴 순서로 씻은 뒤 욕조에 몸을 담갔다. 시내인 데다 큰길에서도 가까울 텐데 마치 산속의 온천 여관처럼 고요했다. 자연의 소리만 들렸다. 멀지 않은 곳에서 베짱이가 울었다.

나는 욕조 안에서 팔다리를 쭉 뻗었다. 히메마쓰야에는 샤워실밖에 없고 대중목욕탕에는 대개 다른 손님이 있으니 이렇게 혼자 독차지하고 느긋하게 목욕할 기회가 거의 없다. 차가웠던 손발이 차츰 따뜻해졌다. 밖에서 바람이 들어오니 머리에 피가 몰릴 염려도 없었다. 이대로 계속 욕조에 앉아 있고 싶어졌다.

창밖을 자세히 보니 크기가 비슷한 돌 두 개가 사이좋게 나란히 서 있었다. 그 모습이 내 눈에 어쩐지 올빼미 부부처럼 보였다. 욕조 물을 떠 끼얹자 돌은 어둠 속에서 화르르 빛났다.

화장수도 유액도 세면실에 비치되어 있었다. 감귤 향이 희미하게 나는 화장품을 얼굴에 바르고 배스 타월을 몸에 감은 채 거울 앞에서 머리를 빗었다. 몸에서 좋은 비누 향이 났다.

풀 먹인 유카타를 입고 방으로 돌아오니, 중앙에 놓여 있던 테이블이 구석으로 가고 이부자리 두 벌이 깔려 있었다.

"다녀왔어요."

그렇게 말하고 솜을 둔 긴 웃옷을 유카타 위에 입었다. 이불과 이불이 10센티미터쯤 미묘하게 떨어져 있었다.

"왔어?"

하루이치로 씨가 노트북을 덮으며 말했다. 평소 쓰지 않는 안경을 쓴 게 신선했다.

"목욕물이 참 좋던데요."

하루이치로 씨에게 화장하지 않은 얼굴을 보이는 게 부끄러워 그만 시선을 피했다.

"나도 다녀올게."

하루이치로 씨는 안경을 벗고 의자에서 일어나며 말했다.

방에 오도카니 홀로 남아 하루이치로 씨가 돌아오기를 조용히 기다렸다. 누구 보는 사람도 없는데 다다미에 정좌하고 기다리고 있었다.

무릎에 따스한 풍선을 얹은 기분이 들었다. 조금 긴장했다. 나는 이미 오래전에 기노시타 하루이치로 씨라는 배에 올라탄 것이다. 이제 도중에 내리는 것도, 상류로 거슬러 올라가는 것도 허용되지 않는다. 그저 물결에 실려 바다로 나아가는 수밖에 없다.

장식단에 걸린 '인연'이라는 붓글씨를 보며 그런 생각을 했다. 무슨 일이 일어난다 해도 내가 선택한 길이라고 스스로를 타일렀다.

한 시간쯤 지나 비로소 하루이치로 씨가 돌아왔다. 나와 똑같은 유카타를 입은 모습을 보니 갑자기 내장까지 간지러워질 듯했다. 부끄러운 나머지 얼른 불을 꺼 주면 좋겠다고 생각했다. 진정이 되지 않아 긴장을 풀려고 내내 꿇고 있던 다리를 그제야 폈다.

"오늘 고생 많았어요. 피곤했죠? 어깨라도 주물러 줄까요?"

어쩌면 좋을지 몰라 빠른 말투로 말했다. 심장이 밑으로 늘어진 것처럼 배 언저리가 욱신거렸다.

"괜찮아."

하루이치로 씨는 온화하게 미소 지으며 대답했다. 사실은 더 가까이 가고 싶은데. 그러자 하루이치로 씨가 조용히 말했다.

"그만 잘까."

어떤 표정을 지어야 할지 알 수 없어 무표정하게 이부자리 쪽으로 이동했다. 어느 쪽 이부자리를 써야 하나 고민하다가 입구에 가까운 쪽에 얼른 누웠다. 하루이치로 씨가 자기 이부자리를 옮겨 이불과 이불 사이에 있던 틈을 메워 주었다.

불을 끄자 방이 캄캄해졌다. 이부자리가 무척 편했다. 요는 탄력이 있고 이불은 가볍고 폭신해 마치 구름에 싸인 기분이었다.

둘 다 천장을 올려다보고 누웠다. 얼굴만 옆으로 돌리니 하루이치로 씨 얼굴이 손을 뻗으면 닿을 위치에 있었다. 나는 침묵을 견디지 못하고 "오늘 고마웠어요."라고 말했다.

"나야말로 고맙지."

하루이치로 씨도 그렇게 말한 뒤 또 어둠처럼 짙은 침묵이 찾아들었다. 얼마 지나 나는 말했다.

"거기 무덤에 잠든 사람한테요."

"응."

"당신에 대해 보고했어요. 그 사람한테 보여 주고 싶었거든요."

또 눈물이 솟았다. 하루이치로 씨를 처음 '당신'이라고 부르니 가슴이 후끈 달아올랐다.

"시오리."

하루이치로 씨가 내 이름을 부르더니 천천히 손을 뻗었다.

우리는 이불과 이불 경계에서 포옹했다. 하루이치로 씨의 가슴에 귀를 대니 피가 혈관을 흘러가는 소리가 났다. 우리는 입술을 맞댔다. 하루이치로 씨의 입술은 보드랍고 따스했고 나와 똑같은 치약 맛이 났다. 입술의 감촉에 유키미치와 하루이치로 씨는 다른 사람이라는 당연한 생각이 강하게 들었다.

이불 속에서 나와 하루이치로 씨의 체온이 차츰 하나가 되어 갔다. 하루이치로 씨의 무게를 몸의 중심으로 단단히 받아들였다.

밤중에 문득 깼다. 처음에는 뭔지 몰랐는데, 밑에서

솟아오르듯 미세한 진동이 느껴졌다.

지진.

그렇게 생각한 몇 초 뒤 물건이 덜컹덜컹 움직이는 소리가 나면서 지면이 크게 출렁했다.

이불을 덮은 하루이치로 씨 몸 위로 엎드렸다. 어느새 나는 처음에 하루이치로 씨가 누웠던 이부자리에서 자고 하루이치로 씨는 내 이부자리에서 자고 있었다.

팔다리를 큰대자로 벌려 몸으로 하루이치로 씨의 안전을 확보했다. 하루이치로 씨는 지진이 난 것을 아직 알지 못했다. 그러나 한층 크게 흔들렸을 때 머리맡의 찬물이 든 물주전자가 쓰러지면서 안에서 얼음이 달그락거렸다.

그때 하루이치로 씨가 한순간 눈을 조금 떴다. 뭐라 말하려다 말고 금세 다시 눈을 감았다. 나는 손으로 하루이치로 씨의 두 귀를 막았다. 조금이라도 더 자게 하고 싶었다.

이윽고 흔들림이 멎어 내 이부자리로 천천히 돌아왔다. 하루이치로 씨는 편안하게 자고 있었다. 나는 그 얼굴을 그저 꼼짝 않고 바라봤다.

잠에서 깨니 하루이치로 씨는 이미 이부자리에서 나와 등의자에 앉아 아침 신문을 읽고 있었다.

"잘 잤어?"

하루이치로 씨의 말에 갑자기 어색한 기분이 들었다. 이불 속에서 서둘러 유카타 앞섶을 매만지고 느슨해진 허리띠를 도로 고쳐 맸다.

"아침 식사 나올 때까지 아직 시간이 있으니까 목욕하고 오지?"

하루이치로 씨가 신문을 읽으며 느긋한 어조로 말했다. 허둥지둥 이불에서 빠져나와 세면도구만 챙겨 방에서 나왔다. 미지근한 물에 몸을 담그고 팔다리를 뻗자 그제야 잠이 깼다. 창 너머로 하늘을 올려다보니 꽤 흐렸다.

"좋은 아침이에요."

목욕하며 감정을 정리한 뒤 하루이치로 씨가 기다리는 방으로 돌아왔다. 그새 이부자리를 개고 테이블 위에 아침 식사를 차려 놓았다. 아직 머리가 멍해서 대화가 활발하게 오가지는 않았다.

감귤주스, 갓 지은 햅쌀밥, 바지락된장국, 시금치와 버섯깨무침, 찬 두부, 말린 전갱이, 고기감자조림, 표고버섯과 쇠고기산초조림, 어묵, 명란젓, 요구르트.

하루이치로 씨와 내 몸이 또 조금 같은 물질로 만들어지게 됐다.

옷을 갈아입고 갖고 온 화장품만으로 가볍게 화장했다. 하루이치로 씨도 유카타를 벗고 입고 온 옷으로 갈아입었다. 체크아웃까지 한 시간쯤 남아 있었다. 그때 작은 노크 소리에 이어 실례합니다, 라며 어제 본 종업원이 쟁반을 들고 들어왔다.

"어제 늦은 시간에 오셔서 드리지 못한 과자랍니다."

쟁반에 일본 과자 2인분이 담겨 있었다. 종업원은 드세요, 라며 과자를 테이블 위에 놓았다.

"저희 주방장이 매일 만드는 과자예요. 이번 달은 으깬 밤인데, 기노시타 님께서도 꼭 맛보셨으면 좋겠다고 방금 만들었습니다."

"감사합니다."

나와 하루이치로 씨는 약속이라도 한 것처럼 동시에 말했다.

하루이치로 씨가 호지차를 끓여 주었다.

으깬 밤은 흔히 보는 삼베 천으로 짜는 타입이 아니라 체에 내린 기름한 반죽을 둥글게 빚은 것이었다. 하루이치로 씨가 끓여 준 호지차와 아주 잘 어울렸다.

어제는 어두워서 몰랐는데 정원에 근사한 석류나무도 있었다. 큼직한 열매의 갈라진 틈으로 새빨간 씨가 보였다. 옛날 유리라 두께가 일정하지 않아 군데군데 풍경이 일그러져 보이는 게 운치가 있고 아름다웠다.

어디서 새 두 마리가 날아와 석류나무에 앉았다. 둘 다 깃털이 통통하게 부푼 게 꼭 오하기 같았다.

"일반적인 비둘기가 아닌데?"

"산비둘기인가요?"

나는 두 발을 뻗고 옆에 앉은 하루이치로 씨는 책상다리를 하고 앉아 두 마리를 지켜봤다. 가슴에 아름다운 레이스 같은 무늬가 있었다.

두 마리 새가 거리를 좁혀 입맞춤을 주고받듯 부리에 부리를 넣었다. 그런데 갑자기 몸이 큰 쪽이 작은 쪽 위에 올라타 위아래로 포개졌다.

"앗."

내 입에서 얼빠진 소리가 새어 나왔다.

겨우 몇 초 사이의 일이었다. 위에 올라탔던 새가 근처 나뭇가지로 이동하면서 두 마리는 떨어졌다. 나는 밑에 있던 십중팔구 암컷일 새를 뚫어지게 쳐다봤다. 어젯

밤 일이 떠올라 가슴이 후끈 달아올랐다. 새들은 이렇게 간단히 몸을 섞을 수 있건만, 나와 하루이치로 씨 경우에는 말과 감정이 우리 둘의 본능 앞에 버티고 서서 가로막는다.

멍하니 있으려니 하루이치로 씨가 호지차를 더 따라 주었다.

"그러고 보니까 어제 비행기 타는 꿈을 꿨어."

하루이치로 씨는 내 옆에 앉아 말했다.

"비행기요?"

"그래. 납치된 것 같았어. 기내가 엄청 흔들려서 무서웠는데."

"괜찮았어요?"

"그랬는데 갑자기 시오리가 나타나서 구해 주더라고."

혹시, 하고 나는 생각했다. 지진이 났을 때 꿈을 꾼 게 아닐까.

나는 기뻤다. 하루이치로 씨의 꿈에 내가 들어갈 수 있었다는 게 더없이 기뻤다. 우리는 누가 먼저랄 것 없이 입술을 맞댔다. 이윽고 하늘에서 빗방울이 후드득 떨어지기 시작했다.

"비다."

하루이치로 씨가 작게 중얼거렸다.

우리는 서로의 몸을 끌어안은 채 언제까지고 흐릿한
비구름을 쳐다보고 있었다.

구
름
을

기
다
리
다

—

　11월 첫 정기 휴일에 밤밥을 지으러 가족이 사는 임
대 주택을 찾아갔다. 어머니와 하나코, 라쿠코는 가족이
분단된 이래로 내내 이곳에 살고 있다. 도내에서도 손꼽
히는 거대한 단지는 가까이 가면 갈수록 우뚝 솟아 바
로 밑에서 올려다보면 깎아지른 절벽처럼 하늘을 가로
막았다. 히메마쓰야에서 출발할 때는 세차게 쏟아지던
가을비도 전철을 타고 가는 사이에 잦아들어 지금은 안
개처럼 고운 비가 흩뿌리고 있었다.
　건물 현관으로 들어가 세 사람이 사는 십층으로 엘리

베이터를 타고 올라갔다. 이곳에 오면 나는 늘 막연히 불안정한 기분이 든다. 긴 복도에 똑같은 색의 문이 끝없이 이어졌다. 착오가 없도록 문패를 확인한 다음 초인종을 눌렀다. 세 사람은 어머니의 결혼 전 성인 '스즈키'를 쓴다.

문손잡이를 잡으니 문이 잠겨 있지 않았다.

안을 살피며 천천히 문을 밀었다. 이번에도 또 어떻게 인사하면 좋을지 몰라 난처했다. 너무 격식을 차려도 이상할 것 같지만 어쨌거나 이곳은 내 집이 아니니 다녀왔다고 말하기는 꺼려졌다.

"오시리 언니."

안에서 시끌벅적한 소리가 나더니 라쿠코가 뛰어나왔다. 주머니가 사과 모양인 새빨간 치마에 어라? 싶었다.

"안아 줘!"

라쿠코가 느닷없이 달려드는 바람에 나는 무게를 버티지 못하고 현관 앞에 주저앉았다. 라쿠코 입에서 달콤한 캐러멜 냄새가 났다.

"라쿠, 미안한데 잠깐만 기다려 줄래?"

그렇게 말하며 급히 부츠를 벗었다. 축축해진 코트도 벗어 걸어 놓고 안으로 들어갔다. 쉬는 날에는 평상복으로 지낼 때가 더 많아졌다.

라쿠코는 기다렸다는 듯 내 손을 꼭 쥐고 거실 쪽으로 이동했다. 나는 끌려가듯 안으로 갔다. 같이 동물원에 다녀온 뒤로 라쿠코는 갑자기 나를 따르기 시작했다.

"라쿠, 집에 혼자 있어?"

라쿠코는 내 질문에 대답하지 않고 거실 소파에 털썩 앉았다. 거실은 마치 장난감 상자를 엎어 놓은 것처럼 어질러져 있었다. 물건을 밟지 않도록 조심하며 걷기를 도중에 포기하고 라쿠코의 교과서며 어머니가 읽는 듯한 여성 주간지를 밟으며 나아갔다. 베란다에 빨래가 아무렇게나 널려 있었다.

라쿠코가 인형 놀이에 빠져 있는 동안 부엌 싱크대에 쌓여 있던 그릇을 설거지했다. 손을 움직이며 곰 인형에게 말을 걸고 있는 라쿠코에게 슬그머니 "라쿠, 오늘 학교 빠졌어?" 하고 물었다.

"오늘 토요일인데."

라쿠코는 내가 아니라 곰 인형에게 대답했다. 아닌 게 아니라 라쿠코 말대로 오늘은 토요일이다. 순간 하루이치로 씨 생각을 할 뻔했다. 그 일이 있은 뒤로 몸의 중요한 부분이 반쯤 흐늘흐늘 녹아 버린 것처럼 멍하다.

산더미 같던 그릇을 모두 씻고 마지막으로 싱크대를
닦고 있을 때였다.

"시오 언니, 일찍 왔네?"

현관에서 하나코 목소리가 들렸다. 현관으로 나가니
쫄딱 젖은 하나코가 서 있었다.

"웬일이야?"

나는 놀라 물었다.

"차비가 아까워서 자전거로 다니거든."

하나코는 혀를 쏙 내밀며 신을 벗었다. 최근 하나코
는 이전의 아르바이트 외에 비디오 대여점에서도 아르
바이트하기 시작했다. 하나코는 젖은 양말도 아랑곳하
지 않고 복도를 걸어갔다. 발자국이 마룻바닥에 점점이
찍혔다.

"하나, 양말."

그래도 벗는 기색이 없기에 나는 한숨을 쉬며 현관
앞에 어질러져 있는 가족 세 사람의 신발을 정리했다.
그리고 나서 그제야 거실로 돌아왔다.

"밤밥이다, 밤밥이야."

하나코는 개지 않고 방치된 마른 세탁물 무더기에서
갓 빨래한 하얀 타월을 꺼내 젖은 머리를 닦으며 기쁜

듯 중얼거렸다.

빗발이 한층 강해졌다. 베란다에 널어놓은 빨래가 비참할 정도로 흠뻑 젖어 있었다.

"빨래 걷는 게 좋지 않겠어?"

나는 창밖을 보며 말했다.

"괜찮아." 하나코는 천연덕스럽게 대답했다. "그냥 내버려 둬도 날이 개면 마를 거야."

나는 오는 길에 청과물 가게에서 사 온 밤을 비닐봉지에서 꺼냈다. 찬장에서 꺼낸 볼에 물을 받아 밤을 담갔다. 밤 표면에 붙어 있던 공기가 물속에서 은빛으로 반짝인다. 씻은 손을 물에 살그머니 담가 밤을 맞비벼 깨끗이 씻었다. 밤 표면에서 떨어져 나온 거품 방울이 잇따라 물 표면으로 올라왔다 꺼졌다.

하나코가 돌아온 지 십 분쯤 지나 어머니도 돌아왔다.

"어머나, 큰애구나. 오면 온다고 말해 주지."

내가 오늘 온다는 말은 하나코에게만 했다.

"오늘도 출근했었던 거예요?"

슬그머니 화제를 바꿔 어머니에게 물었다.

"그래. 날이면 날마다, 비가 와도 눈이 와도 외근이라니까. 그래도 성인병 예방이 되니까."

어머니는 꼭 싫은 것만도 아닌 표정으로 말했다. 출근용 정장을 벗은 어머니는 나이에 걸맞지 않게 젊은 사람처럼 몸에 딱 맞는 티셔츠로 갈아입었다. 어머니가 푹 빠져 쫓아다닌다는 젊은 밴드의 티셔츠인 듯했다.

"밤밥을 지으려고요." 나는 말하고 싱크대 쪽으로 돌아섰다가 문득 생각나 물었다. "베란다의 빨래 걷어 들이는 게 낫지 않아요? 다 젖었는데."

"됐어, 괜찮아." 어머니도 가볍게 말했다. "널어 두면 비 개고 나서 마를 거야."

하나코와 거의 똑같은 대답에 나는 풋 웃을 뻔했다.

내가 밤밥을 짓는 동안 하나코와 라쿠코는 거실 바닥에 앉아 비디오 게임을 했다. 어머니는 유민의 시디를 큰 소리로 틀어 놓고 가끔 따라 부르거나 코러스 부분에 화음을 넣었다. 창문을 닫아 두었더니 방 안에 여자 4인분의 독특한 열기가 서렸다.

칼이 무뎌 애먹었지만 이럭저럭 밤 겉껍질을 다 까고 얼마 동안 물에 담가 놨다. 그러면 속껍질이 물을 먹어 조금 벗기기 쉬워진다. 동네 청과물 가게 아주머니가 가르쳐 주었다.

된장국은 어머니가 끓이겠다고 하기에 나는 다른 반

찬은 뭘 할까 하고 냉장고와 냉동고를 뒤졌다. 냉동식품 상자가 냉동고에 가득했다. 그러나 지금 쓸 만한 것은 아무것도 없었다.

포기하려다가 슈퍼에서 사 와 그대로 방치해 둔 듯한 고기를 안쪽에서 발견했다. 빼 보니 트레이에 닭 다리 살이라고 쓰여 있었다. 해동하려고 냉동고 밖에 꺼내 두었다. 비가 오는 탓에 오후 네 시가 지나니 벌써 주위가 어둑어둑했다.

잠깐 쉬었다가 손에 집중하며 밤 속껍질을 까기 시작했다. 익숙지 않은 칼이라 그런지 손가락과 팔이 더 아팠다. 도중에 몇 번씩 주먹을 쥐었다 폈다 하고 어깨를 돌리면서 마지막 하나까지 전부 속껍질을 벗겼다. 무사히 마치고 얼굴을 들자 베란다 밖이 캄캄했다.

"큰애 넌 용케 그렇게 성가신 작업을 하네."

어느새 거실 소파에 앉아 있었던 어머니가 감탄한 듯 말했다.

"하나코가 좋아하잖아요."

나는 조금 무뚝뚝한 표정으로 대답했다.

"질냄비가 어디 있었죠?"

간단히 주변을 치운 다음 주간지를 읽는 어머니에게

물었다. 어머니와 단둘이 있으면 익숙지 않아서 그런지 자꾸 발바닥이 간질거린다.

"그거 랏코가 떨어뜨려서 깨졌어."

어머니는 주간지 기사에서 눈을 떼지 않은 채 말했다. 그러더니 "밥은 전기밥솥으로 짓는 게 더 맛있어."라고 했다.

하는 수 없이 알루미늄 솥에 밥을 짓기로 했다. 내일 먹을 분량까지 넉넉하게 쌀 네 홉을 씻고 체에 받쳐 물기를 뺐다. 그사이 닭고기를 손질했다. 속이 아직 다 녹지 않은 것 같기에 조심조심 전자레인지에 돌려 해동했다. 시간을 짧게 설정해 조금씩 하니 잘 해동됐다. 부드럽게 녹은 닭고기를 청주와 간장으로 간한 다음 얼마 동안 실온에 두었다.

냉장고 야채 칸에서 시들시들해진 시금치를 꺼내 살짝 데친 다음 깨로 무쳤다. 평소 집에서 만들 때는 깨를 볶아 빻아서 쓰는데, 이 집에 있는 깨는 이미 빻아 봉지에 들어 있었다. 냄새를 맡아 보니 아직 괜찮을 것 같기에 이번에는 그걸 쓰기로 했다.

간장과 설탕, 참기름을 넣고 요리용 젓가락으로 섞으니 맛있는 참기름 냄새가 풍겼다. 그릇에 담아 식탁에 놓았다.

그 뒤 불려 놓은 흰쌀을 알루미늄 솥에 안치고 그 위에 껍질을 깨끗이 깐 밤, 그리고 쌀과 같은 양의 물을 더했다. 맛술과 간장은 넣지 않고 청주와 소금으로만 간했다. 뚜껑을 덮어 센 불로 틀어 밥이 끓기를 기다리는 동안, 사용했던 조리 도구 등을 정리했다.

어째 조용하다 했더니 하나코도 라쿠코도 거실에 없었다. 어머니는 거실 옆 다다미 넉 장 반짜리 방에서 화장대 앞에 쭈그리고 앉아 족집게로 입 주위의 솜털을 꼼꼼히 뽑고 있었다. 바람이 불 때마다 빗방울이 창유리를 세차게 때렸다. 높은 층이라 그런지 바람도 거세다. 높은 곳을 싫어하는 하루이치로 씨는 분명 여기 베란다에서 밑을 내려다보지도 못할 것이다. 나도 하루이치로 씨와 함께 지내다 보니 점점 높은 곳이 싫어졌다.

솥뚜껑이 달그락거리기에 황급히 불을 줄였다. 시계를 확인해 재료를 익힐 타이밍을 체크했다. 시간이 더 있어야 하는지라 하나코와 라쿠코가 뭘 하고 있는지 보러 갔다. 이 집은 방이 두 개라 하나코와 라쿠코는 한 방을 쓴다.

똑똑, 하고 작게 노크하고 들어가니 두 사람은 한 침

대에서 새근새근 기분 좋게 자고 있었다. 내가 히메마쓰야에서 쓰는 것과 같은 침대다. 침대 울타리에 스티커 사진이 다닥다닥 붙어 있고 군데군데 라쿠코가 한 듯한 낙서도 보였다.

침대를 본 순간 타인의 집에 왔다는 미묘한 긴장감이 사라지는 게 느껴졌다. 늘 그렇다. 지금은 따로 떨어졌지만 이 이층 침대는 경첩처럼 가족의 기억을 붙들어 매고 있다.

라쿠코가 입은 빨간 치마는 원래 내 것이었다. 사과 모양 주머니가 좋아서 꽤 클 때까지 입었다. 이 치마를 입고 아버지가 운전하는 버스에도 탔다. 이윽고 중학교에 들어갈 때가 되니 아무리 그래도 너무 작아져 하는 수 없이 하나코에게 물려주었다.

그리고 보니 아버지와 나, 어머니와 하나코로 떨어져 살게 됐을 때, 하나코가 이 치마를 입고 있지 않았던가? 언제까지고 아버지 몸에 팔다리를 감고 떨어지려 하지 않았던 하나코는 이 치마를 입고 있었다. 틀림없다. 그걸 이제 라쿠코가 입는 것이다.

올라간 치마를 내려 주려고 한 발짝 다가갔을 때 라쿠코가 콜록콜록 기침했다. 조금 추워 보이기에 두 사람에게 이불을 덮어 주었다. 시계를 보니 솥의 불을 끌 시간이 됐기에 조용히 두 사람 방에서 나왔다. 부엌으로 돌아오니 뚜껑 틈으로 밤밥 냄새가 어렴풋이 흘러나왔다.

나는 불을 껐다. 이제 충분히 뜸을 들이면 올해의 밤밥이 완성된다. 어머니는 얼굴의 솜털 처리가 끝났는지 이번에는 청바지를 걷고 다리털 처리에 여념이 없었다.

닭고기에 녹말을 고루 묻히고 식용유를 둘러 뜨겁게 달군 프라이팬에 넣으니 빠작빠작 소리가 났다. 닭고기 끄트머리를 잡고 잇따라 기름에 넣었다. 환풍기가 요란하게 돌아갔다. 닭고기도 지지 않고 떠들썩한 소리를 냈다.

시간을 들여 잘 튀겨 낸 다음 꺼내 신문지에 놓고, 남은 닭고기를 넣었다. 급히 만든 것인데도 닭고기는 바삭바삭하게 튀겨졌다. 튀기는 것이 끝난 뒤 작은 냄비에 소스를 만들었다. 야채 칸에 빨간색과 노란색 파프리카가 존재가 잊힌 것처럼 남아 있기에 그것도 채썰어 소스에 넣었다.

녹말을 풀자 걸쭉하면서 투명하고 달콤새콤한 소스가 완성됐다. 큰 접시에 닭튀김을 담고 소스를 듬뿍 끼얹었다.

"어머, 맛있겠네."

어머니가 다다미방에서 얼굴을 내밀고 말했다. 제모하던 쪽 다리의 청바지 밑단이 아직 어중간하게 올라가 있었다.

"그럼 이제 내가 된장국을 끓일 테니까 큰애 넌 하나코랑 라쿠코한테 나오라고 하렴."

수돗물로 손을 씻고 나서 다시 두 사람 방으로 갔다. 노크하고 들어가니 이미 하나코가 깨어 있었다.

"좀 있으면 밥 다 돼."

"밤밥이다, 밤밥이야."

내가 귓가에서 소곤거리자 하나코는 또 아까처럼 두 번 되풀이해서 말했다. 라쿠코도 이어서 눈을 떴다. 이불을 덮어 줬건만 어느새 걷어차 내 빨간 치마 밑으로 속옷까지 보였다.

"라쿠."

그렇게 말하며 라쿠코의 두 손을 잡아 일으켰다. 라쿠코는 보기보다 무겁다. 피부 속에 철로 된 내장이라도 가득 든 것 같다. 히메마쓰야에서 라쿠코를 업고 집에 간 하나코를 다시금 존경의 눈길로 쳐다보고 말았다.

어머니는 마술이라도 부리는 것처럼 순식간에 뚝딱

된장국을 끓였다. 나는 밥공기에 밤밥을 펐다. 거의 일 년 만에 네 모녀가 식탁을 둘러쌌다.

"잘 먹겠습니다."

라쿠코가 한층 큰 소리로 부르짖고 어른 셋도 그 뒤를 따랐다.

"시오 언니, 맛있다!"

하나코가 입을 우물거리며 꽃이 핀 것처럼 웃는 얼굴로 말했다. 어머니도 라쿠코도 기뻐하며 먹고 있었다. 그 모습을 보니 밥이 목에 걸린 것처럼 갑자기 가슴이 답답해졌다.

기분을 진정시키려고 된장국 건더기를 젓자 크고 둥그런 덩어리가 젓가락에 걸렸다.

"문어빵?"

놀라 말했다.

"라코가 문어빵된장국을 아주 좋아하거든."

어머니가 자상한 얼굴로 라쿠코에게 말했다.

"응."

라쿠코는 큰 소리로 대답했다. 그러더니 또 콜록콜록 기침했다.

"꼭꼭 씹어서 먹어야 해."

어머니는 말하고 자신도 문어빵된장국을 맛있게 먹었다. 처음 먹는 것이지만 아닌 게 아니라 그렇게 나쁜 조합은 아니었다.

닭튀김과 시금치무침도 반응이 좋았다. 너무 많이 만들었나 싶었는데 순식간에 싹 없어졌다. 혼자 살면 늘 음식을 조금만 하니까 양이 가늠되지 않는다.

식사를 마치고 싱크대에서 설거지를 하려 하자 어머니가 "그런 건 나중에 하렴."이라며 옆에 있던 하나코에게 "얘, 가서 케이크라도 사 와."라며 자기 백에서 지갑을 꺼내 주었다.

"와, 만세."

하나코가 어린애처럼 기뻐했다.

"랏코도 갈래."

라쿠코가 내게 들러붙었다.

셋이 함께 케이크를 사러 가게 됐다. 라쿠코가 우산 쓰기를 싫어하는 터라 비옷을 입히고 동물 귀 같은 장식이 달린 후드를 잘 씌웠다.

양옆에서 라쿠코의 손을 꼭 잡고 밤길을 걸었다. 전에 가족과 함께 살았던 집도 이 근처였던 터라 모든 게 친숙했다. 어렸을 때 다닌 초등학교 앞을 천천히 지났다.

방수 가공이 된 부츠를 신었는데도 물이 스며 발가락이 곱았다. 어느새 셋이 유민 메들리를 부르고 있었다. 이제 라쿠코도 어른 노래를 불렀다.

양과자점에 들어가니 문 닫을 시간이 다 됐는데도 케이크를 사 가려는 손님이 많았다. 진열장을 들여다보며 이걸 살까 저걸 살까 고민했다. 유명한 몽블랑은 변함없는 자태였지만 무화과타르트며 사바랭 등 전에는 없던 케이크도 보였다. 전에 이 집 케이크를 먹은 것은 올해 초였다. 하나코가 기모노를 빌리러 히메마쓰야에 왔을 때 선물로 들고 왔다. 그때 하나코와 서먹한 분위기가 됐던 것은 씁쓸한 기억이었다.

"라쿠, 뭐가 좋아?"

쭈그리고 앉아 라쿠코에게 물었다. 라쿠코는 대답하지 않고 그저 진열장 안을 뚫어지게 쳐다보고 있었다. 가게 안에 이미 크리스마스 케이크 예약 안내가 붙어 있었다.

"하나, 지금도 여기서 크리스마스 케이크 사?"

문득 궁금해져 물었다.

"이젠 아냐." 하나코가 잠깐 우울한 표정을 지으며 말했다. "요새는 편의점에서 살 때가 많아졌어. 꽤 맛있거든."

"그래." 나는 잠깐 생각하고 나서 "오늘은 롤케이크를 사서 다 같이 나눠 먹지 않을래?"라고 제안했다.

"그게 좋겠어, 그게 좋겠어."

우리 대화를 들었는지 라쿠코도 같은 말을 두 번 반복해 찬성했다. 하나코도 그게 좋겠다는 표정이었다. 그편이 다 다른 케이크 네 조각을 사는 것보다 훨씬 싸다.

라쿠코가 바닐라 맛이 좋다고 해서 바닐라 롤케이크를 하나 샀다. 나는 그것과는 별도로 구운 과자 한 상자를 내 돈으로 샀다. 언제나 받기만 하니 가끔은 나도 마도카 씨에게 선물하고 싶었다.

돌아오는 길에도 쏟아지는 빗속을 셋이 나란히 걸으며 유민 메들리를 불렀다.

노래가 끝나자 하나코가 말했다.

"시오 언니, 뭐 좋은 일 있었구나?"

"왜?"

"전보다 물이 올랐어."

"물이 오른 게 뭐야?"

라쿠코가 중간에서 끼어들었다.

"오시리 언니 예뻐졌지? 랏코도 그런 거 같지 않아?"

하나코는 억지로 라쿠코에게 동의를 구했다.

"응, 예뻐, 예뻐."

라쿠코는 웃으며 말했다.

"뭔 말인지."

나는 외면하며 시치미 뗐다. 그런 대화를 하는 사이에 눈 깜짝할 사이에 단지 입구에 다다랐다.

현관으로 들어가며 나는 처음으로 조그맣게 다녀왔어요, 라고 했다.

"어서 와."

어머니가 거실에서 느긋하게 대답했다. 라쿠코와 하나코가 우당탕퉁탕 집 안으로 그냥 들어가기에 남아서 현관 앞의 신발을 정리했다.

롤케이크를 정확히 4등분해서 텔레비전 퀴즈를 보며 먹었다. 그 뒤 다 함께 카드놀이를 하게 됐다. 처음에 '대빈민'이라는 게임을 하고 이어서 '짝 맞추기'를 했다. 뜻밖에 라쿠코는 짝 맞추기를 잘해서, 어른 셋이 기억력이 나빠진 것을 한탄하는 가운데 라쿠코만 거침없이 숫자가 같은 카드를 뒤집었다.

한 번만 더, 한 번만 더, 하고 자꾸 게임을 하게 됐다. 나는 눈치 못 채게 시계를 힐끔힐끔 훔쳐봤다. 혹시 이대로 열한 시가 넘으면 자고 가야겠다고 생각했다. 실은 처음부터 그럴 생각으로 잠옷과 갈아입을 옷을 챙겨 왔다. 그러나 열한 시를 몇 분 남기고 어머니가 말했다.

"큰애야, 너 시간 괜찮니?"

"어머나." 이제야 알아차린 척했다. "정말이네, 이러다 차 끊기겠는데요."

나는 그렇게 말하며 일어섰다.

"엥, 오시리 언니 가게?"

"시오 언니, 자고 가지?"

라쿠코와 하나코가 붙들었다. 하지만 나는 얼른 짐을 챙겨 현관 앞으로 나갔다. 어머니와 하나코, 라쿠코가 배웅하러 나와 주었다.

"그럼 갈게요."

되도록 자연스럽게 말하고 문을 열었다.

그때 어머니가 갑자기 "앗, 너 줄 거 있었는데!"라며 안으로 돌아갔다. 금세 작은 상자를 들고 돌아왔다.

"자, 이거 가져가렴."

보석이 들었을 것 같은 상자였다.

"결혼할 때 너희 아버지가 준 거야. 다이아몬드." 어머니는 말했다. "너한테 어울릴 것 같아서."

나는 복잡한 심정으로 상자를 받아들었다. 하지만 어

머니에게 돌려주는 것도 못할 일 같아서 백 깊숙이 넣었다.

"갈게요."

그렇게 말하고 이번에는 정말로 문을 닫았다. 덜컥, 하고 문이 닫힌 뒤 곧바로 안에서 체인을 걸고 문을 잠그는 소리가 났다. 그 집에서는 이미 내가 없는 일상생활이 시작됐다.

비 오는 주말이라 그런지 승객이 그리 많지 않은 전철을 타고 집으로 돌아왔다. 전철 안에서 살며시 상자를 열어 보니 커다란 다이아몬드가 박힌 근사한 반지가 들어 있었다. 디자인은 구식이어도 아름다웠다. 결국 헤어졌으면서, 하고 씁쓸하게 생각하면서도 반지를 꺼내 왼손 약지에 껴 봤다. 가슴속 깊은 곳이 싸늘했다.

반지를 낀 채 잠깐 눈을 감았다. 눈꺼풀 뒤에 한 지붕 밑에서 사는 세 사람의 얼굴이 되살아났다. 그 집에 내가 묵을 장소는 없었다고 생각하니 조금 울고 싶어졌다. 하지만 눈물은 나오지 않았다.

네즈역에서 내려 집으로 돌아왔다. 비는 또 부슬부슬 내리기 시작했다.

라쿠코에게서 감기가 옮은 모양이다. 야나카가 아름
다운 단풍철을 맞이한 가운데 나는 몸져누웠다. 두통,
오한, 메슥거림, 열. 말할 기력이 없어 하나코에게 메시
지를 보내 확인하니 라쿠코도 그 뒤로 감기가 심하게
도졌다고 했다. 다행히 독감은 아니었다.

아침과 저녁에 갈근탕을 마시고 안정을 취했다. 집에
있는 잠옷으로는 너무 추워 몸이 조금 나은 틈을 타서
아카후다도 삼층에 가서 눈에 띈 내복을 여러 벌 사들
였다. 하나코가 보면 아줌마 내복을 입었다고 놀릴 것
같았지만 그런 것에 연연할 때가 아니었다. 그런데도 감
기가 좀처럼 나을 기미가 없이 되레 악화만 됐다.

그다음 날부터 나는 꼼짝 못 하고 침대에 누워 지냈
다. 히메마쓰야도 임시 휴업을 하고 좌우지간 내처 잤
다. 자다가도 갑자기 몸속 깊은 곳에서 커다란 거품이
일듯 단속적인 기침이 나와 자꾸 깼다.

"시오리, 시오리."

끈기 있게 부르는 목소리를 어쩌면 내 감각 어느 부
분에서는 내내 감지하고 있었는지도 모른다. 그러나 그
때 나는 꿈인지 현실인지 분간이 되지 않았다.

"시오리, 시오리."

천장이 빙글빙글 도는 가운데 또 똑같은 목소리가 들렸다. 혹시나 싶어 나는 침대 울타리를 잡고 힘겹게 몸을 일으켰다. 등이 땀으로 흥건히 젖었고 몸은 안에서 석고로 굳힌 것처럼 마디마디가 삐걱거렸다. 각도를 조금 바꾸기만 해도 몹시 아팠다.

"시오리, 시오리."

나를 부른다는 것만은 이럭저럭 이해할 수 있었지만 뭐라 대답해야 할지 알 수 없었다. 애초에 오늘이 며칠인지 지금이 낮인지 밤인지조차 확실하지 않았다. 그래도 아까부터 누가 내 이름을 끈기 있게 부르고 있었다.

다시 잘까도 생각했지만 나는 남은 힘을 쥐어짜 침대 울타리를 넘어 바닥에 착지했다. 두 발로 걸을 수가 없어 네 발로 기어 창가로 다가갔다. 커튼을 걷으니 짙은 감색 어둠이 펼쳐져 있었다. 히메마쓰야의 미닫이문 앞에 누가 서 있는 것을 알 수 있었다.

애써 손을 뻗어 잠금장치를 열고 창문을 열었다. 단숨에 찬바람이 횡 들이닥쳤다. 바람은 채찍처럼 내 몸을 때렸다. 창문이 열리는 소리를 들었는지, 창밖으로 얼굴을 약간 내밀자 내내 보고 싶었던 사람이 그곳에 서 있었다.

"하루이치로 씨."

완전히 잠긴 목소리로 속삭였다. 그러고는 바로 문 열게요, 하고 속으로 이어서 말했다.

가파른 계단을 기다시피 해서 거꾸로 한 발짝씩 내려왔다. 계단이 얼음장처럼 찼다. 아래층에서 전화벨이 울리는 것을 막연히 알아차리고 있었지만 꿈속에서 벌어지는 일과 분간되지 않았다. 히메마쓰야의 어둠 속에서 자동 응답기 램프가 깜박이고 있었다.

간신히 현관에 다다라 맨발에 게다를 걸치고 댓돌에 쭈그리고 앉은 채 잠금장치를 열었다. 곧바로 하루이치로 씨가 밖에서 미닫이문을 열었다.

"괜찮아?"

그 순간 밖에서 단숨에 신선한 공기가 흘러들었다. 그와 함께 오랜만에 맡는 하루이치로 씨의 체취도 났다. 하루이치로 씨는 서 있는 것조차 할 수 없는 내 몸을 그 자리에서 끌어안아 부축해 주었다. 싸늘한 트렌치코트가 뜨거운 몸에 기분 좋게 느껴졌다.

"여러 번 전화했는데 받지 않길래 걱정돼서 와 봤어."

하루이치로 씨의 목소리가 몸에 진동으로 느껴졌다.

"미안해요."

너무나도 쉰 목소리라 나 스스로 놀랐다.

"시오리는 아무것도 안 해도 돼."

하루이치로 씨는 말했다. 그리고 내가 이층 침실로 돌아가는 것을 도와주었다.

"왜 이렇게 말랐어."

나를 침대에 눕힌 뒤 하루이치로 씨는 측은해하는 눈빛으로 나를 쳐다봤다. 그제야 나는 비로소 내 몰골이 얼마나 형편없는지를 깨달았다. 게다가 벌써 며칠째 샤워하지 못했다. 창피해서 이불을 머리까지 뒤집어쓰고 애벌레처럼 몸을 말고 싶어졌다.

"이런 때 혼자 견디면 안 되는 거 아닌가?"

하루이치로 씨가 내 이마의 머리카락을 쓸어 주며 조금 성난 투로 말했다. 사과하려고 했지만 목이 쓰려 목소리가 나오지 않았다.

"아직 열이 있군." 하루이치로 씨는 자기 이마와 내 이마를 맞대 확인하고는 "잠깐 부엌 좀 쓸게. 우선 영양분 있는 걸 먹어야지."라고 말했다.

히메마쓰야의 열쇠를 둔 장소를 묻기에 가르쳐 주었다. 그제야 하루이치로 씨가 웃으며 고마워, 라고 했다. 하루이치로 씨는 트렌치코트를 벗어 내 이불 위로 덮어 주고 아래층으로 내려갔다. 트렌치코트가 추가된 만큼 이불 속이 따뜻해졌다. 하루이치로 씨의 온기에 싸인 것 같아서 나는 머리끝까지 이불 속으로 들어가 따스한 감촉을 마음껏 누렸다.

하루이치로 씨는 밖에 나갔던 것 같다. 어느새 꼬박 잠이 들었는지 하루이치로 씨가 돌아와 미닫이문을 드르륵 여는 소리에 깼다. 잠깐이나마 기침도 하지 않고 푹 잤다.

침대에 누운 채 귀를 기울이니 아래층에서 소리가 들려왔다. 냉장고 문을 여닫는 소리, 도마를 수돗물로 씻는 소리, 통통통 부엌칼로 뭔가를 써는 소리.

아까 짙은 감색의 어둠이라고 느꼈던 것은 실은 땅거미였다. 눈이 어둠에 익숙해져 머리맡의 시계를 보니 아직 일곱 시 전이었다. 창밖에서 초겨울 바람이 윙윙 울었다. 아래층에서 뭔가 맛있는 냄새가 났다. 침대에 멍하니 누워 있으려니 또 가벼운 수마가 찾아들었다.

"미안, 좀 눈이 부실지도 모르지만."

하루이치로 씨가 이층으로 뛰어 올라와 자고 있던 내게 말했다. 몇 초 뒤 며칠 만에 불이 켜졌다. 눈이 부셔 반사적으로 이불 속에 숨었다.

"아래로 내려오는 건 힘들 것 같으니까 여기서 식사할까."

하루이치로 씨가 말했다. 불빛에 점점 눈이 익숙해져 이불 가장자리로 얼굴을 내밀자 하루이치로 씨는 와이셔츠 위에 꽃무늬 요리복을 입고 있었다.

"그건 어디서 났어요?"

나도 모르게 물었다.

"아까 아카후다도에 장 보러 갔을 때 샀지."

"귀엽네요."

그렇게 말하며 내가 며칠 전 같은 층에서 산 아줌마 내복을 입은 것을 하루이치로 씨가 못 알아차리면 좋겠다고 생각했다.

"고마워."

하루이치로 씨는 빙긋 웃으며 대답하고는 또 아래층으로 내려갔다. 히메마쓰야에서 늘 쓰는 밥상을 이층으로 날라다 주었다.

"식사 곧 다 될 거야."

하루이치로 씨는 분주하게 그렇게 말하고는 다시 내려갔다. 또 부엌에서 부지런히 움직이는 소리가 났다.

"오래 기다렸지."

하루이치로 씨가 이층으로 올라왔을 때, 하루이치로 씨의 몸 주위에 아름다운 무지갯빛 후광이 비치는 것처럼 보였다. 두 손에 오븐 장갑을 끼고 큰 사발을 들었다.

"카레예요?"

"그래, 카레우동. 이걸 먹으면 기운이 날 거야."

하루이치로 씨는 그렇게 말하고 밥상에 사발을 조심스레 내려놓았다. 그 뒤 내가 침대에서 일어나는 것을 도와주었다.

밥상으로 다가가 사발을 들여다본 순간, 막혔던 코가 뚫리면서 카레 냄새가 났다.

"맛있겠다."

김이 오르는 맛있는 음식을 오랜만에 보며 눈을 가늘게 떴다.

"추우면 안 되니까."

하루이치로 씨가 곁에 아무렇게나 벗어 놓았던 카디건을 어깨에 걸쳐 주었다. 내가 맨발인 것을 알아차리고 "양말은 어디 있어?"라고 물었다. 나는 "받침 아래 칸 투명 케이스에 있어요."라고 손짓 발짓을 곁들여 이럭저럭 알렸다. 속옷도 같이 들어 있는 터라 창피했지만, 하루이치로 씨는 따뜻할 것 같은 양말만 꺼내고 바로 받침을 닫았다. 그리고 내가 사양하는데도 양말을 한 쪽씩 신겨 주었다.

"식기 전에 어서 들어."

하루이치로 씨에게서 나무젓가락을 받아들고 밥상으로 다가앉았다. 가볍게 두 손을 모았다가 먹기 시작했다.

카레 냄새가 나는 김이 부드럽게 얼굴을 감쌌다. 젓가락으로 면 한 가닥을 집어 입에 넣으니 숨을 들이마시듯 몸속으로 스르르 넘어갔다.

"어때?"

문득 얼굴을 들자 하루이치로 씨가 진지한 눈빛으로 나를 지켜보고 있었다.

"맛있어요."

그렇게 말하고 나니 갑자기 울음이 나려 했다. 눈물을 얼버무리려고 열심히 우동을 먹었다. 하루이치로 씨 특제 카레우동은 면발이 부드럽고 매콤하면서도 단맛이 있었다. 가다랑어포 국물로 맛을 내 먹으면 먹을수록 속이 따뜻해졌다.

하루이치로 씨가 부엌에서 컵에 물을 따라 가져다주었다.

걱정스레 "너무 맵진 않고?" 하고 묻기에 "아주 맛있어요."라고 또 똑같이 말했다. 얇게 어슷썰기한 파에 걸 쭉한 국물이 배어 먹다 보니 몸에 기운이 솟았다. 그 밖에 가늘게 채썬 유부와 어슷하게 썬 대롱 어묵이 들었다.

"감자랑 연근 간 것하고 생강즙도 약간 넣었거든."

내가 거의 다 먹었을 때 하루이치로 씨가 자랑스레 가르쳐 주었다.

"오리지널이에요?"

나는 물었다. 카레를 먹었더니 아까보다 목소리가 조금 더 편하게 나왔다.

"응." 하루이치로 씨는 짤막하게 대답하고는 "그건 그렇고."라며 의미심장한 표정으로 나를 봤다. 뒷말을 기다리자 "요리 안 한다고 했으면서." 하고는 픽 웃었다.

"찬장을 열었더니 조미료도 다 있고 도구도 일상적으로 쓰는 느낌이던데."

이번에는 주먹을 입에 대고 어깨를 부들부들 떨며 본격적으로 웃기 시작했다.

"미안해요."

나는 거짓말한 것에 대해 사과했다. 하루이치로 씨는 아무 말 없이 내 머리에 큼직한 손을 툭 얹었다. 그리고 애정을 담아 머리를 쓰다듬어 주었다. 나는 내내 억눌렀던 게 당장에라도 쏟아져 나올 듯한 것을 이를 악물고 애써 참았다.

하루이치로 씨는 빈 그릇을 부엌으로 내가 설거지한 다음 작은 양과자점 상자를 들고 돌아왔다.

"자, 카레우동을 남기지 않고 다 먹었으니까 주는 상. 열어 봐."

리본을 풀고 상자를 열어 보니 푸딩이 들어 있었다. 나도 모르게 생긋 웃자 "잠깐만." 하고는 아래층에서 접시와 스푼을 가져왔다. 하루이치로 씨는 내 눈앞에서 푸딩의 마개를 벗기고 접시에 엎었다.

"그냥 먹어도 되는데."

"안 돼. 그건 푸딩이 아니라 딩푸라고."

나는 무슨 말인지 알 수 없어 잠자코 있었다.

"푸딩은 이렇게 먹어야 푸딩인 거야. 어머니도 푸딩을 먹을 땐 꼭 이렇게 해 주셨거든."

하루이치로 씨는 숙연한 어조로 말했다. 그러고 보니 어머니도 큰 용기로 점보 사이즈 푸딩을 만들었을 때는 꼭 거꾸로 엎어서 주었다. 걸쭉한 갈색 캐러멜 소스를 끼얹은 맛있는 푸딩이 눈앞에 나타났다.

"잘 먹겠습니다."

푸딩에 스푼을 넣은 순간 더는 안 되겠다는 예감이 들었다. 달콤하고 보드라운 푸딩을 먹자마자 눈물이 홍수처럼 쏟아졌다. 마음이 발치에 부스스 허물어져 내리는 것을 마치 남 일처럼 멍하니 쳐다보고 있을 수밖에 없었다.

"왜 그래?"

하루이치로 씨가 놀라 나를 쳐다봤다.

"카레우동이 너무 매웠나? 푸딩이 안 맞으면 안 먹어도 돼."

"그런 게 아니라."

너무나도 엉뚱한 소리를 하는 바람에 나도 모르게 강한 어조로 말하고 말았다.

"그럼 뭐?"

하루이치로 씨가 내 대답을 가만히 기다렸다. 눈물이 쉴 새 없이 쏟아졌다.

"하루이치로 씨가……."

나는 말했다. 가슴에 걸려 있던 크고 단단한 덩어리를 밖으로 내보내려고 애써 봤다. 너무 다정해서, 라고 말하고 싶었다.

이대로 이런 식으로 하루이치로 씨와 가까워지면 나

는 더더욱 하루이치로 씨를 원하게 될 것이다. 그렇게 되면 난처한 사람은 하루이치로 씨다. 하루이치로 씨가 살아 있어 주기만 하면 된다고 생각하는 한편, 내가 차츰 하루이치로 씨의 인생에 스며드는 게 느껴졌다. 이 이상 다정하게 대하면 나는 참지 못하게 될 것이다. 스스로 알 수 있었다. 그래서 더는 안 되겠다고 생각했다.

"이제 오지 마요."

울먹이며 말했다. 살갗이 벗어진 것처럼 마음이 아파 비명을 질렀다. 그래도 그 길밖에 없다고 생각했다.

하루이치로 씨가 옆으로 다가와 나를 품에 안았다. 나는 산소를 흡입하듯 하루이치로 씨의 향기를 가슴 가득 들이쉬었다.

하루이치로 씨의 가족이 부러웠다. 언제나 함께 아침을 먹을 수 있는 부인이, 감기 걸렸을 때 하루이치로 씨가 끓인 카레우동을 먹을 수 있는 고하루가 사실은 몹시 부러웠다.

"나도 하루이치로 씨 애였으면 좋았을 텐데."

어째선지 그런 말만 명확히 목소리가 되어 나왔다. 하루이치로 씨는 나를 더욱 꽉 끌어안았다. 이렇게 미치도록 다른 사람을 좋아하게 된 것은 처음이었다.

"시오리."

하루이치로 씨가 나를 불렀다. 내가 흘린 눈물로 하루이치로 씨가 입은 꽃무늬 요리복의 가슴 언저리가 축축하게 젖었다. 얼마 전 하나코에게 밤밥을 지어 주러 갔을 때가 생각났다. 세 사람은 틀림없이 한 가족이었다. 가족이라는 존재를 그렇게 성가시게 여겼으면서 하루이치로 씨와 가족이 되고 싶다고 생각하기 시작했다. 욕망의 싹은 일찌감치 도려내지 않으면 장차 다수의 희생자를 낳는 대참사로 이어진다.

"시오리."

하루이치로 씨가 또다시 천천히 나를 불렀다.

"여기 봐."

하루이치로 씨는 다정한 목소리로 말했다. 몇 초 뒤 눈을 뜨니 하루이치로 씨의 눈동자는 빨다 만 사탕처럼 표면이 젖어 있었다.

"힘들게 해서 미안해."

하루이치로 씨가 천천히 말했다. 자상한 말을 들으니 더더욱 울고 싶어졌다. 소리 내서 울었다. 하루이치로 씨가 흐느끼는 내 등을 부드럽게 쓸어 주었다.

더는 안 된다. 나는 다시 한번 강하게 그렇게 생각했

다. 이 이상 내가 하루이치로 씨를 좋아하게 되면 하루이치로 씨가 난처해진다.

"그만 가요."

눈물이 조금 잦아든 뒤 남은 힘을 전부 쥐어짜 말했다. 낭떠러지에서 몸을 던지는 심경이었다. 떨어지고 싶지 않은데 몸이 멋대로 추락했다. 그걸 도저히 멈출 수 없었다.

"난 같이 있고 싶어. 그렇지만 시오리가 그걸 정말 원한다면……."

하루이치로 씨가 신음하듯 중얼거렸다.

고개를 들자 하루이치로 씨는 소리 없이 울고 있었다. 피가 나지 않을까 싶을 만큼 무릎 위의 주먹을 꽉 부르쥐고 있었다. 나는 가까이 있던 티슈를 몇 장 뽑아 하루이치로 씨에게 주었다.

"꼴사납군. 멋대가리 없어. 정말로 나 자신이 한심해."

하루이치로 씨는 그렇게 말하며 엉엉 울었다. 아직 늦지 않았다고 생각하면서도 나는 이제 아무 말도 할 수 없었다. 아니야, 그렇지 않아, 라고 애써 부정하면서도 느닷없이 나타난 큰 흐름에 거역할 수 없었다.

"지금까지 고마웠어."

하루이치로 씨는 눈꼬리에 눈물 자국을 남긴 채 마지막으로 그렇게 말하며 엷게 웃고는 정말로 히메마쓰야를 떠났다. 지금까지 찰싹 붙어 있던 자석과 자석을 억지로 떼어 낸 것 같았다. 나는 그저 멍하니 그 자리에 머물러 있었다. 회오리바람이 모든 감정을 휩쓸어 멀리가 버리기를 조용히 기다렸다.

이튿날 아침 우편함을 열자 봉투가 들어 있었다. 언제넣은 걸까. 봉투를 열자 손바닥에 짙은 감색의 어둠이펼쳐졌다. 하루이치로 씨의 여권이었다. 함께 들어 있던카드를 펴니 기린 일러스트의 말풍선에 '시오리, 생일축하해.'라고 하루이치로 씨의 글씨로 쓰여 있었다. 바쁜사람이 일부러 기린 카드를 찾아 주었나 생각하니, 온길을 급히 되돌아가 하루이치로 씨의 등을 꽉 끌어안고싶어졌다. 아무 조짐도 없이 눈물이 쏟아졌다.

몇 채 건너 옆집 처마 밑에 일장기가 걸려 있었다. 국기를 게양했다는 것은 오늘이 근로감사의 날이라는 뜻이다. 그렇다면 어제가 내 생일이었다. 나도 전혀 몰랐다. 푸른 하늘을 올려다보며 막막한 기분으로 정말 이제두 번 다시 하루이치로 씨를 만나지 못하는 건가 생각했다.

내가 바라는 게 대체 뭔지 알 수 없어졌다. 망설인 끝에 다다른 곳에 또 망설임의 문이 있었다. 가고 가고 또 가도 끝이 없을 것 같았다.

그래도 하루이치로 씨 특제 우동이 효과가 있었는지 감기는 거짓말처럼 깨끗이 나았다. 내 내면은 폭풍우가 지나간 뒤처럼 고요했다. 어제 있었던 일은 모두 고열 때문에 꾼 꿈이라고 생각하고 싶었다. 하지만 결코 꿈이 아니다. 내가 하루이치로 씨에게 해 버린 말이 생각나 등골이 얼어붙을 것 같았다. 하지만 모두 나 자신이 결정한 일이라고 스스로를 고무했다.

히메마쓰야의 포렴을 내걸기까지 아직 시간이 남았기에 오랜만에 밖을 걸었다. 되도록 어깨가 결리지 않게 오늘은 보드라운 기모노를 입었다. 허리띠도 힘들지 않게 느슨하게 맸다. 잘 생각해보니 이 회색 오메시는 하루이치로 씨를 다시 만나게 해 달라는 소원을 담아 한동안 자주 입던 옷이다. 무의식중에 그런 옷을 골랐다는 것을 깨닫고 어쩐지 서글퍼졌다.

미용실 앞을 지나다가 불쑥 안으로 들어갔다. 하나코보다 더 젊을 것 같은 여자 미용사에게 최대한 많이 잘라 달라고 부탁했다.

거울 앞에 앉아 있는 동안 마치 두더지 잡기라도 하는 기분이었다. 내 가슴에 다양한 감정이 꼬리에 꼬리를 물고 나타났다. 후회 하나를 짜부라뜨리면 다른 참회가 고개를 내밀었다. 이렇게 말할걸, 저렇게 행동할걸, 그런 말은 하지 말걸. 생각하기 시작하니 끝이 없었다. 하지만 마지막에는 꼭 하루이치로 씨의 온기가 쏙 나타났다. 그것만은 어떻게 해도 짜부라뜨릴 수 없었다.

약 한 시간 뒤 나는 짧은 커트 머리가 되어 있었다. 머리가 전보다 훨씬 가볍다. 밖으로 나오니 목에 찬바람이 가차 없이 불어닥쳤다. 짧아진 머리를 만져 보자 내가 아닌 것 같았다. 이렇게 짧은 머리는 초등학교 때 이래로 처음이었다. 머리가 짧아진 만큼 내 기분도 조금은 가벼워졌기를 간절히 바랐다.

어느새 땅에 울긋불긋한 낙엽 양탄자가 깔려 있었다. 붉은색과 노란색으로 물든 나뭇잎에 눈이 시렸다.

며칠 뒤 가게 문 닫을 준비를 하는데 잇세이 씨가 얼굴을 내밀었다.

"여어."

그렇게 말하며 들어와 한 손을 들었다. 지팡이 없이 걷는 대신 몸이 한층 작아 보였다. 눈 밑의 불룩한 주머니가 전보다 컸다.

"남자하고 잘됐다며?"

"그런 거 아니라니까요."

"그 인간이 여기서 댁들이 알콩달콩 연애질 하더라고 하길래 현장을 덮치려고 일부러 와 줬건만. 미남이라지?"

"이멜다 여사가 그래요?"

그 뒤에 이어서 할 말을 찾았지만 한숨밖에 나오지 않았다.

"자, 받아."

포렴을 안으로 걷어 들이니 잇세이 씨가 느닷없이 나무 상자를 내밀었다. 손잡이가 붙은 상자를 받아드니 생각보다 가벼웠다.

"이것저것 정리하다 보니까 나왔어."

잇세이 씨가 짤막하게 말했다.

"이게 뭔데요?"

나는 말했다.

"배로(焙爐)야. 구운 김을 만들 때 쓰거든. 그런 것도 모르나? 하여간 젊군. 이렇게 바닥에 요 정도 되는 작은

382

숯을 넣으면 윗단에서 김이 맛있게 구워지는 거지. 찻잎 말릴 때도 쓰고."

잇세이 씨가 뚜껑을 열어 안을 보여 주며 가르쳐 주었다. 뚜껑이 두 단으로 되어 있어 맨 밑에 숯을 놓고 바닥이 일본 종이로 된 중간 뚜껑을 덮은 다음 김을 올려 굽는다. 맨 위 뚜껑도 덮어 두면 습기가 배지 않아 바삭한 김을 먹을 수 있는 구조다.

"근사하네요."

"남자랑 늦잠 자면 이런 것도 괜찮을 것 같아서. 나도 이제 살날이 얼마 안 남았으니 주변 정리를 해야지."

잇세이 씨는 말했다. 그러고는 이것도 같이 있더라며 상자에 든 작은 숯도 주었다. 잇세이 씨의 오해에 심정이 복잡했지만 감사를 표하며 받았다.

"이 뒤 데이트 약속 없어?"

잇세이 씨가 정색하고 말하는 것을 나는 또다시 모호하게 받아넘기며 없지 뭐예요, 라고 유감스러운 듯 대답했다.

"그럼 가자고."

마루턱에서 벌떡 일어선 잇세이 씨는 손뼉을 요란하게 딱 치며 말했다.

"잠깐만요."

어디 가는지도 모르면서 나도 서둘러 외출 준비를 했다. 멀리서 초겨울 바람이 울부짖고 있었다. 요새는 밤이 되면 뼛속까지 시리도록 추운지라 비단 기모노 위에 무릎 아래까지 내려오는 긴 하오리를 입었다. 몸져누웠다 일어난 지 얼마 안 됐으니 만일을 위해 털실 목도리도 둘렀다.

성급한 잇세이 씨는 날이 추운데도 밖에서 기다리고 있었다. 늘 들고 다니는 손가방에 급히 지갑과 손수건을 챙기고 뛰쳐나갔다. 너른 밤하늘에 겨울 별자리가 유유히 팔다리를 벌리듯 반짝이며 장대한 이야기를 엮어 내고 있었다.

"오늘이 무슨 날인지 아나?"

고토토이 거리를 향해 걸으며 잇세이 씨가 물었다.

전혀 짐작이 되지 않았다. 그러자 속이 탄 잇세이 씨가 "도리노이치(酉の市)잖나. 올해는 산노토리(三の酉)까지 있거든." 하고 답답한 듯 가르쳐 주었다.

"산노토리?"

영문을 몰라 되뇌었다.

"그래, 올해는 11월에 유일(酉日)이 세 번 온다고. 댁이

짝을 찾아야 나도 저세상에 마음 놓고 갈 거 아냐."

잇세이 씨가 성큼성큼 걸으며 이야기했다. 지난번 여름에 데이트했을 때보다도 허리는 많이 나아진 듯했다. 나는 일단 그 사실에 가슴을 쓸어내렸다.

잇세이 씨는 빛의 각도에 따라 은색으로도 보이는 소재의 기모노 위에, 등에 자기 이름이 든 주황색 고어텍스 코트를 걸쳤다. 하얗게 염색한 글자를 쳐다보며 '사오토메(早乙女)'는 정말이지 잇세이 씨와 잘 어울리는 성이라고 감탄했다. 목에 멋있게 주머니까지 걸었다. 역시 여름보다 건강이 많이 좋아진 듯했다.

"코트 잘 어울리시는데요."

걸음을 재촉해 잇세이 씨를 따라가며 칭찬했다.

"요새 젊은 친구들도 좋은 거 만들 줄 아는군 싶어 감탄했지. 모직 코트보다 훨씬 가볍겠다, 빗방울까지 튕겨 내 주니 말이야. 어때, 좋지?"

나와 잇세이 씨의 게다 소리가 야나카의 고요한 골목에 암호로 대화하듯 딸가닥딸가닥 번갈아 울렸다.

택시를 잡아 아사쿠사로 향했다. 차 안에서 잇세이 씨가 "말이 좋아? 내장이 좋아?" 하고 물었다.

"말이라뇨?"

"말 말이야, 말."

의미를 알 수 없어 되묻자 잇세이 씨는 답답한 듯 말했다.

"말?"

그래도 의미를 알 수 없었다.

"말고기 말이야."

잇세이 씨는 어이없다는 표정으로 설명했다. 양쪽 다 그리 익숙지 않아 모호하게 대답했다.

"마지막 데이트인데 그럼 나카에에라도 가볼까."

잇세이 씨는 그렇게 말하며 목에 건 주머니에서 얇은 카드 같은 것을 꺼냈다. 마지막이라는 말을 의아하게 생각하면서도 일부러 묻지 않았다.

"잠깐 실례."

잇세이 씨는 나와 택시 기사에게 양해를 구한 뒤 메모장을 열어 번호를 확인하고 나서 가느다란 막대 같은 것으로 화면을 두드렸다.

"아이폰." 조금 자랑스레 덧붙였다. "손주가 나한테 메시지 보내고 싶으니까 사라고 하도 성화를 부리는 바람에 샀지."

거기까지 말했을 때 통화가 연결됐다. 잇세이 씨 말투

로 보건대 가게에 예약이 꽉 찬 듯했다.

"오늘은 내장을 먹으란 뜻이군."

아이폰을 목에 건 주머니에 도로 넣으며 잇세이 씨가 중얼거렸다.

"센조쿠 거리 마쓰키요 근처에 세워 줘요."

잇세이 씨는 택시 기사에게 목적지를 일렀다.

"시타마치에선 옛날부터 말고기를 자주 먹었어요?"

신호등이 바뀌기를 기다리던 택시가 다시 출발한 뒤 잇세이 씨에게 물었다.

"말고기는 자양, 강장에 좋다고 하니 말이야. 말고기 먹고 몸보신했겠지. 요시와라도 가깝겠다. 나카에도 옛날엔 '안'에 가는 손님 상대로 아침부터 밤까지 번성했다고 언제 아버지가 그러더군."

이윽고 택시는 센조쿠 거리에 들어섰다. 전에 여름에 데이트했을 때 잇세이 씨와 걸었던 곳이다. 그때는 더워서 양산을 썼건만 지금은 이제 면벨벳 버선을 신지 않으면 밖에 나갈 수도 없다. 잇세이 씨와 먹은 튀김덮밥과 마메칸, 고토토이 다리와 야요이 씨 생각이 났다.

잇세이 씨가 포렴을 걷고 들어가니 어서 옵쇼, 하고 주인이 기세 좋게 인사했다. 도리노이치에 다녀온 듯한 손님들로 이미 가게가 붐볐다. 우리는 마지막으로 남은 카운터 끝자리에 가까스로 자리를 확보했다.

벌써부터 취한 남자들이 즐겁게 술잔을 주고받고 있었다. 아사쿠사는 남자의 지역이라고 생각한다. 내가 사는 야나카는 전체적으로 여성적인 동네이지만 이쪽은 압도적으로 남성적이고 힘찬 기질이다.

잇세이 씨는 금주 중이라며 따뜻한 녹차를 마시겠다고 했다. 나는 그걸 조금 아쉬워하며 홍차를 탄 매실주를 시켰다. 잇세이 씨가 메뉴를 보며 음식을 척척 주문했다.

모둠내장, 돼지간다타키, 수제 감자샐러드.

"자, 많이 먹고 그 인간처럼 살 좀 찌라고."

나무젓가락을 주며 내게 모둠내장을 떠넘겼다. 잇세이 씨는 거의 감자샐러드에만 손을 대는 바람에 모둠내장은 내가 다 먹어야 했다. 그러고 보니 감자샐러드는 하루이치로 씨가 좋아하는데.

"이건 뭐예요?"

윤이 자르르 흐르는 돼지 내장을 젓가락으로 집으며 물었다.

"그냥 일단 먹어 봐."

잇세이 씨가 독촉했다.

"맛있는데요."

다른 종류들보다도 한층 분홍색으로 빛나는 내장이
었다.

"맛있지?"

"네."

나는 고개를 끄덕였다.

"거기야, 거기."

잇세이 씨는 장난꾸러기 골목대장 같은 웃음을 지으
며 득의양양하게 가르쳐 주었다.

"네?"

나는 흠칫했다. 입안 가득 들었던 것은 이미 내 위를
향해 내려가는 중이었다.

"염통이랑 자궁이랑 많이 들라고."

잇세이 씨가 마치 알코올음료라도 마신 것처럼 말했
다. 차만 마셨을 텐데 얼굴이 새빨갰다.

되도록 산 돼지를 상상하지 않으려 애쓰며 삶은 내장
을 먹었다. 하루이치로 씨에게 보고하면 분명 놀랄 것이
라고 생각하며, 하루이치로 씨를 만날 일은 이제 두 번
다시 없다고 내 마음에 다짐을 두었다.

잇세이 씨가 추천한 아저씨 경단도 나왔다. 다진 돼지고기에 중년 아저씨가 좋아할 법한 마늘과 풋콩을 넣은 완자라고 한다. 잇세이 씨는 아저씨 경단을 천천히 씹었다. 마지막으로 고기완자전골을 먹었다.

"그래서 어떻게 됐는데? 어디 이실직고해 봐."

고기완자전골을 잇세이 씨에게 덜어 주는데 잇세이 씨가 다른 손님 목소리에 파묻히지 않도록 큰 소리로 물었다. 하루이치로 씨와 여관에 묵은 뒤로 벌써 한 달 정도 지났다. 하지만 잇세이 씨에게 자세한 이야기를 하기는 꺼려졌다.

"글쎄요, 어떻게 됐으려나요."

모호하게 대답했다.

"그 애매한 표정은 뭐야?"

잇세이 씨가 내 얼굴을 빤히 쳐다봤다.

"그렇잖아요."

나도 모르게 그렇게 대꾸하고 전골을 먹기 시작했다. 삼겹살, 그리고 돼지고기와 닭고기완자, 야채와 유부에서 시원한 국물이 우러나 몸이 따뜻해졌다.

"맛있네요."

"뭐가 '그렇잖아요'야."

잇세이 씨가 하던 이야기로 돌아갔다. 잘 생각해 보니 아버지에게도 어머니에게도 동생인 하나코에게도 이런 식으로 하루이치로 씨 이야기를 할 수 없다. 나는 체념하고 많은 부분을 생략하며 지금까지 있었던 일을 털어놓았다. 잠자코 내 이야기를 끝까지 들은 잇세이 씨는 곱씹듯이 말했다.

"다른 사람을 좋아하게 되는 건 머리로 따져서 하는 게 아니니 말이지. 얼른 배불러서 붙들라 하고 싶어도 댁의 그 성격으론 무리일 테고."

그러더니 공기에 남은 국물을 다 마시고 "낫살 먹은 어른이 순애? 그거 부럽군."이라고 했다.

"그런 거 아니에요."

나는 조금 강하게 반박하고 잇세이 씨의 빈 공기에 전골을 더 떴다.

"그렇지만 말이야." 잇세이 씨가 진지한 어조로 말했다. "슬프지만 죽은 사람하곤 아무리 서로가 원해도 아무것도 할 수 없어. 산 사람끼리 만날 수 있었다는 것만 해도 기적이잖아. 진짜로 반한 거면 댁이 먼저 수작 걸어서 안 될 거 있어? 댁 같은 여자가 그래 주면 남자야 복이 터진 거지."

어쩐지 잇세이 씨가 약간 오해하는 것 같았지만, 그렇다고 자세히 수정하기도 그래서 나는 아무 말도 하지 않았다.

나도 공기에 남아 있던 전골을 마저 먹었다. 배추가 흐늘흐늘할 정도로 푹 익어 간도 잘 배었다.

음식을 먹으며 머릿속으로는 하루이치로 씨 생각을 했다.

하루이치로 씨는 그 자리의 분위기 때문에 지키지 못할 약속을 아무렇지도 않게 하는 사람이 아니다. 자신을 정당화하기 위해 남을 헐뜯지도 않는다. 자신이 우위에 서기 위해 거짓말하는 사람도 아니고 자기 자신도 타인도 소중히 대한다.

그래서 하루이치로 씨에게 반한 것이었다.

하지만 그렇기에 나와 하루이치로 씨는 이 이상 앞으로 나아갈 수 없다.

그러는 나도 남에게 상처를 주면서까지 행복해지고 싶지는 않았다. 그게 얼마나 고통스러운지 나 자신이 제일 잘 안다.

그 때문에 결국 나와 하루이치로 씨는 언제까지고 진전이 없을 수밖에 없다.

"시오리 씨, 늙은이가 좋은 거 가르쳐 줄까."

갈 데 없는 감정에 빠져든 내게 잇세이 씨가 진지한 눈빛으로 말했다. 나는 젓가락과 공기를 테이블에 내려놓고 자세를 바로잡아 잇세이 씨 이야기를 들었다.

"사람은 누구든 한 번은 실수를 해."

잇세이 씨는 단호한 어투로 말했다.

"실수요?"

"그래, 실수. 실수로 안 맞는 상대하고 결혼할 수도 있잖아. 그렇지만 지금까지 그런 짓을 여러 번 한 남자라면 그만둬. 외도란 건 마약 같은 거니까. 그것만으로 흥분하거든. 처음엔 사랑이니 뭐니 호들갑 떨고 같이 죽자던 인간들이 딴 여자 만나서 운명이니 뭐니 지껄이니 진짜 얼마나 꼴사납느냐고. 여자도 딴 남자 꿰차고 말이지. 그런 건 불륜 친구 모임이라고 하는 거야. 그 왜, 애들이 여름에 바다 같은 데서 하는 거, 그게 뭐더라?"

"캠프파이어요?"

"아니, 그거 말고. 남녀가 원 그리고 서서 짝 바꿔 가면서 춤추는 거 말이야."

"포크 댄스 말씀이세요?"

"그래, 그거. 그거랑 마찬가지로 한 사람 속이든 두 사람 속이든 열 사람 속이든 똑같은 게 돼서 자기가 거짓 말하는 것조차 점점 모르게 되거든. 그러다가 남을 못 믿게 돼. 경험자니까 알 수 있어."

나는 잇세이 씨가 말을 잇기를 가만히 기다렸다. 목이 마르기에 얼음이 녹은 매실주를 단숨에 다 마셨다.

"그러니까 댁의 상대가 그런 사내면 더 늦기 전에 그만두는 게 좋아. 몸을 망칠 뿐이니까. 그런 점에서 어때? 댁이 첫 상대야?"

"아마 그럴 거예요."

하루이치로 씨를 최대한 떠올리려 하지 않으며 대답했다.

"콩깍지 씌어서 하는 소리가 아니고?"

잇세이 씨가 재차 확인했다.

"아니에요."

나는 딱 잘라 말했다.

"좋아, 그럼 됐어." 잇세이 씨는 납득한 듯 말하고는 주방에서 일하는 주인에게 "주인장, 여기 죽 좀 해 줘." 라고 말했다. 남은 국물에 흰밥을 넣어 잠시 끓인 뒤 계란을 풀어 넣으니 맛이 순한 죽이 완성됐다.

"맛있는데요."

"그래."

내 말에 잇세이 씨는 짤막하게 대답하고 죽을 두 그
릇 더 먹었다. 밥알이 감칠맛을 모조리 빨아들여 맛이
근사했다.

"여기 계산."

잇세이 씨가 일어나 이번에도 또 내 몫까지 돈을 냈
다. 나란히 밤길을 걷는데 잇세이 씨가 목에 건 주머니
에서 회중시계를 꺼내 흘깃 시간을 확인했다.

"아직 끝나려면 좀 남았는데 잠깐 센소 사에 가볼까.
지금 저걸 하거든."

"관광 축제요?"

나도 포스터를 보고 개최 중이라는 것만은 알고 있
었다.

"그래, 그거. 저번에 《주신구라》를 보러 갔는데 제법
괜찮더군. 가설 공연장 지어 놓고 헤이세이나카무라 좌
(座)에서 유명 배우들이 나오는 가부키를 하거든. 장소
가 좁으니까 배우 얼굴도 얼마나 잘 보이는지. 아마 아
직 하고 있을 거야. 이 기회에 댁도 보고 가."

고토토이 거리 신호등을 건너 간논우라를 향해 천천
히 걸어갔다. 그런데 잇세이 씨가 갑자기 멈춰 서더니

방금 생각났다는 듯 말했다.

"춥진 않아? 추우면 온천 가서 몸 덥히는 것도 좋고."

"온천요?"

"그래. 몰라? 아사쿠사 간논 온천이라고 천연 온천이 있거든. 아침 여섯 시 반부터 문 열고 타월은 50엔 받고 빌려주지."

"이 근처에 있어요?"

"여기서 아주 가까워. 하나야시키하고 센소 사 중간. 벽에 넝쿨이 잔뜩 붙어 있으니까 바로 알아볼 수 있는데. 어때, 들렀다 갈까?"

"그렇지만 나오면 또 몸이 식잖아요."

감기 때문에 지난주 임시 휴업을 했던 터라 이 이상 쉴 수는 없었다.

"그렇군. 나중에 남자하고 같이 가봐."

잇세이 씨는 선뜻 제안을 철회했다. 그리고 다시 서쪽을 향해 걷기 시작했다.

"이 부근은 옛날에 오쿠야마라고 해서 에도 시대부터 곡예니 요술이니 흥행장이 많았거든. 그땐 참 활기가 있었지." 나란히 걸으며 잇세이 씨가 아사쿠사의 옛 모습에 대해 가르쳐 주었다. "오쿠야마 풍경이란 이름으로 그걸 기간 한정으로 재현했다는군."

우리는 천천히 걸었다. 오쿠야마 풍경에 갔다 오는지, 손에 기념품을 든 가족이며 커플이 웃으며 걸어왔다. 어디서 은행 열매의 독특한 냄새가 풍겼다.

우선 센소 사에 참배부터 드리려고 계단을 올라갔다. 잇세이 씨는 아직 계단을 오르내리는 것만은 힘겨운 듯 난간을 붙들고 한 발짝씩 천천히 올라갔다.

"예전 본당은 공습으로 불타서 헐고 지금 있는 쇼와 본당을 새로 지었는데 올해가 50주년이라거든. 벌써 오십 년이라니 세월 참 빨라."

"기억나세요?"

"그야 소중한 물건이 불탔으니 인상에 남아 있지."

잇세이 씨와 나란히 서서 참배했다. 그 뒤 재현됐다는 오쿠야마 풍경으로 이동했다. 제등이 줄줄이 늘어섰고 관문 너머에 경종을 단 망루가 서 있었다.

"잠깐 이리 와 봐."

잇세이 씨는 그렇게 말하고는 오쿠야마 풍경으로 들어가지 않고 입구에 있는 환전소로 갔다. 목에 건 주머니에서 현금을 꺼내 금화 같은 것으로 환전했다.

"헤이세이 금화라나."

한 닢에 3백 엔 주고 구입하면 오쿠야마 풍경과 경내 상점가에서 실제로 쓸 수 있다고 했다. 잇세이 씨는 내 손에 헤이세이 금화 몇 닢을 쥐어 주며 위세 좋게 말했다.

"시오리 씨, 식어 빠진 튀김 같은 얼굴은 그만하고 이걸로 마음에 드는 거라도 사."

금화는 묵직했다. 그 뒤 드디어 오쿠야마 풍경 안으로 들어갔다. 마치 정말로 에도 시대 거리에 타임 슬립한 것 같았다. 눈앞에서 불상 조각을 실제로 해 보이고 있다.

"전에 말이지." 잇세이 씨가 밝은 표정으로 말했다. "아마 이 근처였을 텐데, 흥행장이 들어섰었어. 입구에 '오이타치 있습니다.'라고 쓰여 있길래 친구랑 입장료 내고 들어갔거든. 호객하는 사내도 지금 봐 두지 않으면 평생 후회한다고 해서 말이야. 대체 뭐가 있는 건가 두근두근하면서 안으로 들어가지 않았겠어? 그랬더니 뭐가 있었을 것 같아?"

"큰 족제비가 아닌 거예요?"

"그렇게 생각하게 되잖아? 그런데 거기 있었던 건 피가 흥건하게 묻은 커다란 널빤지였지 뭐야. 뭔지 알겠어?"

"혹시 그게 오이타치예요?"(족제비는 이타치, 널빤지는

398

이타, 일본어로 발음이 비슷한 것을 이용한 말장난)

"그래, 그거야. 본 순간 이거 한 방 먹었군 싶더라니까."

그때 백인 관광객이 미안합니다, 라고 했다. "사진 찍어도 되나요?"

기모노 차림이 신기한지 서툰 일본어로 말을 걸었다. 키 큰 남자는 목에 라이카 카메라를 걸고 있었다. 유키미치가 봤다면 분명 눈을 빛내며 만져 보게 해 달라고 하지 않았을까. 오랜만에 유키미치 생각을 했다.

"오케이."

앗세이 씨가 왼손 엄지와 검지로 동그라미를 그리며 남자에게 힘차게 대답했다.

"아름다워요."

남자는 정중한 일본어로 말하고는 셔터를 몇 번 눌렀다.

"Have a nice trip!이야."

사진을 다 찍은 뒤 잇세이 씨는 남자에게 정확한 영어로 인사했다.

"역시 외국에 가면 인사 정도는 그 나라 말로 하는 게 기분 좋지."

백인 남자의 뒷모습을 배웅하며 잇세이 씨가 나지막

이 말했다.

이번에는 눈앞에서 가부키 문자를 쓰는 시범이 시작됐다. 에도 유리 공예, 하고(열매에 새털을 끼워 만든 제기)채, 제등, 설탕 공예. 에도 시대로부터 이어지는 전통을 보는 것만으로도 즐거웠다. 네거리 점을 쳐 주는 집도 몇 곳 나란히 있어 교복 차림의 여자 중학생들이 진지하게 손금을 보고 있었다.

도중에 잇세이 씨는 밥풀과자를 사서는 그 자리에서 봉지를 뜯어 걸으면서 먹었다. 마치 아사쿠사에서 뛰어놀던 시절의 소년 같은 표정으로, 과자가 딱딱한지 조금씩 빨아먹듯 먹었다.

여러 잡화점을 구경하고 다니면서도 나는 무의식중에 하루이치로 씨가 좋아할 만한 것을 찾았다. 다시는 만나지 않겠다고 결심해도 하루이치로 씨를 생각하는 마음은 한발 앞서 내린 눈처럼 내 가슴에 소리도 없이 소복소복 쌓였다.

잇세이 씨가 뭔가 사라고 재촉하기에 결국 줄 예정도 없으면서 에도와 도쿄 지도책을 샀다. 과거 에도의 지도와 현재 도쿄의 지도가 좌우로 실려 비교해서 볼 수 있는 책이었다. 전에 하루이치로 씨가 고적지를 돌며 산책하는 것이 취미라고 했던 게 문득 생각나서다.

남은 금화로 내가 쓸 수세미를 샀다. 예로부터 에도에서 빗자루와 수세미 제조가 성했다는 것 같다. 빗자루도 질 좋은 국산 싸리로 만들면 오래 가고 쓰기도 더 편하다고 한다.

"그럼 이제 메인 이벤트로 넘어가 볼까."

잇세이 씨는 그렇게 말하고는 북적거리는 오쿠야마 풍경을 뒤로했다. 말없이 내 입에 마지막 밥풀과자를 넣어 주기에 나도 말없이 아작아작 과자를 씹었다. 어딘지 모르게 친숙한 맛이 입안에 퍼졌다. 고토토이 거리를 건너 고쿠사이 거리로 들어서니 이미 사람이 많았다. 연말 무드에 정신이 번쩍 들었다.

"미아가 되면 안 되니까 여길 잡고 있으라고."

오토리 신사 도리이 밑에서 잇세이 씨가 말했다. 정말로 사람이 하도 많아 미아가 될 것 같은지라 시키는 대로 잇세이 씨가 입은 코트 옆구리 언저리를 가볍게 꼬집었다. 참배길에 수많은 제등이 걸려 있고 사람들이 참배를 드리기 위해 줄을 서 있었다. 신사 정면에 무수히 걸린 제등은 정말 장관이었다.

좌우로 늘어선 복갈퀴 상점에서는 눈이 휘둥그레질

만큼 큰 복갈퀴에 이미 '예약'이라고 붙어 있었다. 그중에 유명한 가부키 배우 이름도 눈에 띄었다. 신기한지 줄 서서 기다리는 참배객이 휴대폰으로 연신 사진을 찍었다.

잇세이 씨와 나란히 서서 각각 지갑에서 새전을 꺼내 넣고 방울을 울린 다음 손뼉을 쳤다. 그 뒤 인접한 조코쿠 사로 가서 향로의 연기를 듬뿍 쐬고 이번에는 방울을 울리고 조용히 합장했다. 아사쿠사에서는 신사와 절이 함께 도리노이치를 개최하는 터라 신령님과 부처님 양쪽의 은혜를 받을 수 있다.

"이제 댁한테 복갈퀴를 사 줘야지."

잇세이 씨는 그렇게 말하고 복갈퀴 상점이 여럿 모여 있는 구역으로 갔다.

올해 마지막 도리노이치가 될 산노토리인 데다 끝날 시간이 되어 가서 그런지, 장소에 따라서는 심하게 혼잡했다. 올해 만든 복갈퀴는 해를 넘길 수 없다고 해서 상점 사람들도 판매에 열을 올리고 있었다.

"뭐가 좋아? 마음에 드는 걸로 골라 봐."

잇세이 씨가 걸으며 말했다. 자세히 보니 상점마다 특징이 있었다. 장난감 같은 것부터 본격적인 것까지 종류도 다양하다.

"저건 붉은 복갈퀴, 저쪽 건 파란 복갈퀴. 보물선에 칠복신이 탄 것도 있고, 또 저쪽에 가면 가마 복갈퀴란 것도 있지."

잇세이 씨가 천천히 걸으며 가르쳐 주었다. 어느 게 좋을지 정말 알 수 없었다. 하지만 잇세이 씨가 기껏 사주겠다고 하니 애써 취향에 맞는 복갈퀴를 찾아봤다. 곳곳에서 판매가 이뤄졌음을 알리는 박수 소리가 들렸다. 복갈퀴를 사면 상점 사람들이 박자에 맞춰 기세 좋게 손뼉을 쳐 주는 것이다. 손뼉을 치는 방식도 상점마다 특징이 있었다.

"도리노이치에 간다는 게 '안'에 가는 구실이 돼 주었지." 옛날 일이 생각났는지 잇세이 씨가 혼잣말처럼 말했다. "예전엔 요시와라 주위가 검은이 도랑이란 수로로 빙 둘러져 있어서 대문으로만 드나들 수 있었잖아? 하지만 거기도 도리노이치는 대목이니까 대문을 개방해주거든. 여자도 아이도 노인도 자유롭게 드나들 수 있어서 참 재미있었지. 요시와라 여자들이나 요릿집 여주인한테 비녀 복갈퀴란 게 인기여서 말이지. 비녀처럼 머리에 꽂는 거야. 댁 같은 머리 모양이면 안 되겠지만."

잇세이 씨의 옛날이야기를 듣고 비로소 내 복갈퀴를 정할 수 있었다.

"저걸로 할게요."

"초짜치고 꽤 괜찮은 걸 골랐군. 센스가 있어."

손가락으로 가리키자 잇세이 씨가 내가 고른 복갈퀴를 칭찬해 주었다.

잇세이 씨의 코트 옆구리를 잡은 채 우리는 가게 앞으로 자리를 옮겼다. 가까이 다가가니 복갈퀴의 크기에 따라 값이 달랐다.

"주인장, 이거 줘."

잇세이 씨는 2만 엔짜리 복갈퀴를 가리켰다. 더 작아도 될 것 같아서 주저하자 "괜찮아, 이 정도는 커야 가게에 뒀을 때 모양이 살지."라며 바로 목에 건 주머니에서 지폐를 꺼냈다. 미리 준비한 듯한 봉투도 꺼냈다.

"축의금."

잇세이 씨는 작은 목소리로 말하고 내가 봉투를 건네게 했다.

"감사합니다."

상점 주인에게 주뼛주뼛 봉투를 내밀었다.

점원이 술을 주었다. 그러고는 내가 고른 복갈퀴를 가

게 중앙에 걸고 점원이 다 같이 박자 맞춰 손뼉을 쳐 주었다.

"가내 안전, 사업 번창!"

큰 목소리가 울려 퍼지고 나도 함께 기도했다.

"복갈퀴는 높이 쳐들고 가져가는 거야."

가게에서 나온 뒤 잇세이 씨가 가르쳐 주었다. 방금 산 내 복갈퀴를 두 손으로 들어올렸다. 보기보다 훨씬 묵직해 잠깐 휘청할 뻔했다.

"운을 긁어모은다, 복을 입는다고 하거든. 이제 내년도 평안할 거야. 내년에 도리노이치에 또 와서 일 년간 신세진 복갈퀴를 바치고 이번엔 그거보다 더 큰 걸 사는 거야. 조금씩 크게 키워 가면 복도 조금씩 커진다는 뜻이지."

잇세이 씨가 말했다.

"잇세이 씨 건 안 사세요?"

나는 물었다.

"난 벌써 이치노토리 시작할 때 신사에서 갈퀴 부적을 샀어. 늙은이는 작은 거면 충분해. 그렇지만 하긴 산노토리까지 있는 해엔 화재나 재난을 조심하라고 하니 말이지. 화재 예방 부적만 댁 거랑 내 거랑 두 개 받아

갈까. 그 집도 목조 아냐."

절 산문에 큰 복갈퀴가 봉납되어 있고 맞은편에 가이운 술통이 쌓여 있었다. 그때 마신 술이라는 것을 깨달았다. 여관에 묵었을 때 하루이치로 씨가 저녁 식사 때 마신 것과 같은 '가이운'이다.

신사로 다시 와 화재 예방 부적을 받은 뒤 야나카로 돌아오기 위해 택시를 탔다. 복갈퀴를 두 손으로 안듯이 해서 올라탔다. 택시가 출발한 뒤 잇세이 씨는 조용히 말했다.

"집을 팔게 됐어."

"그 근사한 저택을요?"

갑작스러운 이야기에 놀라 물었다.

"그래. 이젠 너무 오래돼서 여기저기 삐걱거리는 데다가 늙은이 혼자 살기엔 너무 넓어서. 게다가 지난번 같은 일이 또 있을까 봐 걱정이라나. 결혼해서 살림 난 다음엔 부모는 거들떠보지도 않았으면서 딸이란 게 하여간 제멋대로라니까. 끝이 좋으면 다 좋다고 부모가 죽기 전에 효도하는 시늉이라도 해서 청산하려는 속셈이겠지만. 나도 이젠 영락없는 할아버지니까 딸 부부한테 신세지면서 사는 것도 나쁘지 않을 것 같아서."

"어디로 가시는데요?"

"유가와라."

잇세이 씨가 짤막하게 대답했다.

"쓸쓸해지겠어요."

솔직한 기분을 말했다. 그렇게 털어놓은 순간 내 가슴에 정말 꽃병에 물을 붓듯 단숨에 쓸쓸한 기분이 치밀었다.

"웬걸, 오다와라에서 신칸센 타면 도쿄까지 금방이야. 게다가 삼사 축제 땐 매년 꼭 오고 말이지. 축제에 본사 (本社) 가마가 빠질 순 없으니까."

잇세이 씨가 시원스레 말했다.

고토토이 거리에서 내리면 된다는 내 말을 가로막고 잇세이 씨는 히메마쓰야 앞까지 데려다주었다.

"건강히 지내시고요."

말과 함께 눈물이 쏟아졌다.

"행복해져야 해."

잇세이 씨가 그렇게 말하며 오른손을 내밀었다. 나는 싸늘한 손가락을 두 손으로 꽉 잡았다. 그 이상 계속하면 울음을 그치지 못할 것 같아 바로 손을 뺐다.

잇세이 씨가 사 준 복갈퀴를 두 팔로 잘 들어 밤하늘

높이 쳐들었다. 택시는 문을 탁 닫고 출발했다. 이 이별
이 영원한 이별이 아니기를 기도하며 택시가 모퉁이를
돌아 사라질 때까지 그 자리에 서서 배웅했다.

봄
을
기
다
리
다
──

섣달.

후쿠와 긴타로가 사는 수반에 첫얼음이 얼었다. 은행
나무 가로수는 눈부신 황금색으로 빛나고, 땅에 떨어진
잎이 겨울바람에 날아올랐다. 밤하늘이 아름다운 계절
이 됐다. 안뜰에 있는 남천 열매도 빨갛게 물들었다.

설에 기모노를 입으려고 준비하는 사람이 늘었는지
히메마쓰야는 일 년 중 가장 바빴다. 게다가 감히 바라
지도 못했던 기회가 찾아들었다. 히메마쓰야 손님 중에
일본 잡화 관련해서 글 쓰는 사람이 있었던 듯, 그녀가

일하는 잡지의 앤티크 기모노 특집 페이지에 허리띠에서 소품까지 모두 코디네이트해 달라고 의뢰해 왔다. 전화를 받고 뛸 듯이 기뻤다.

매일 저녁 가게 문을 닫고 나서 스케치북에 그림을 그리며 기모노 코디네이트에 몰두했다. 일러스트레이터가 되고 싶어 공부했던 학창 시절로 돌아간 기분이었다. 지금은 아직 겨울이건만 특집은 꽃놀이가 테마라고 했다. 겨울바람이 휘몰아치는데 벚꽃을 상상하기는 쉽지 않았지만, 지금까지 쌓은 경험과 감을 총동원해서 봄 코디네이트를 고안했다. 처음이다 보니 모르는 것도 많았지만 배울 게 많은 기획이었다.

모델이 실제로 기모노를 입고 촬영할 때는 히메마쓰야에서 기모노를 여러 종류 챙겨 가 스튜디오에서 입히는 역할까지 담당했다. 평소에는 혼자 일하는 셈인데, 잡지 일은 팀으로 움직이는 공동 작업이다 보니 스태프와 호흡을 맞추는 데 애먹었다. 그래도 촬영이 순조롭게 진행됐을 때는 다른 사람들과 손바닥을 마주치며 기뻐했다.

그런 때 나는 하루이치로 씨에게 일의 성과를 보고하고 싶어졌다. 이제 더는 만나지 않겠다고 결심한 것도 잠시 잊어버리고 하루이치로 씨의 휴대폰에 연락하고 싶어졌다. 그게 안 되면 적어도 봄이 왔을 때 내가 관계했던 잡지를 하루이치로 씨가 서점에서 우연히 집어 페이지 구석에 실린 내 이름을 발견해 주면 좋겠다고 생각했다.

안 그래도 바쁜 와중에 그런 일까지 맡았으니 올해 섣달은 정말 순식간에 지나갔다. 크리스마스도 정신이 들었을 때는 이미 끝난 뒤였다. 하지만 하루이치로 씨와의 일만 빼면 좋은 일만 이어져 내심 복갈퀴 덕분이 아닌가 생각했다. 눈이 핑핑 돌 정도로 바빴지만 연하장도 모두 직접 쓰고 27일에 우체통에 넣었다. 전에는 지우개로 십이지 도장을 파서 찍었는데, 전부 똑같은 무늬면 재미없으니까 내년에 배달될 연하장에는 색종이 등으로 종이 오리기를 만들어 붙였다.

이 일을 앞으로 계속해 갈 것이라는 자부심 같은 것이 들기 시작했다. 그런 느낌은 히메마쓰야를 시작한 뒤로 처음이었다.

올해도 28일에 무사히 한 해의 일을 마무리할 수 있었다.

영수증 정리도 마치고 잡지 일도 모두 끝내 마음이

아주 개운했다. 내년 7일까지 히메마쓰야는 문을 닫고 쉰다.

연휴 동안 읽을 책과 잡지가 이미 잔뜩 쌓여 있다. 시간이 넉넉히 있으니 내년에는 칠복신 순례가 가능할지 모른다. 그렇게 생각하니 기분이 밝아졌다.

물론 하루이치로 씨를 완전히 잊은 것은 아니었다. 나는 하루이치로 씨를 이제 두 번 다시 만날 수 없다는 사실에 조금씩 익숙해지는 연습을 하고 있었다. 전화벨이 울려도 하루이치로 씨 목소리를 기대하지 않도록. 가게 문 닫기 직전에 미닫이문이 드르르 열려도 들뜨지 않고 평정을 유지할 수 있도록. 석양이 아름다워도 함께 보고 싶다고 생각하지 않도록.

그렇게 해서 내 생활 속에서 하루이치로 씨의 존재를 하나하나 지우려고 애썼다. 모든 게 꿈속에서 벌어진 일이었다고 스스로를 타일렀다. 마음이 뭔가를 생각하기 전에 몸을 움직이려고 노력했다.

연말연시 연휴 첫날인 29일부터 설 준비를 시작했다. 문창지를 새로 바르고 일층도 이층도 평소보다 꼼꼼히 청소했다. 오쿠야마 풍경에서 산 에도 수세미도 이때 처음 개시했다. 이멜다 여사가 준 신발도 과감하게 처분했다. 어머니나 스즈노 씨에게 물어봐도 사이즈가 다르고, 신는 것 외에 달리 이용할 방법이 없었다. 몇 년 동안 내내 마음에 걸렸던 신발이 사라지자 침실이 실제보다 더 넓게 느껴졌다. 나 자신도 무척 마음이 개운했다.

30일에는 정월 장식을 직접 만들었다. 짚과 벼 이삭, 솔방울을 금색과 은색 노끈으로 묶고 남천 같은 붉은 열매를 악센트로 더하니 그럴싸해졌다. 그걸 히메마쓰야 앞에 장식하고 방 안에도 꽃을 꽂아 준비했다. 찬장에서 굽 달린 쟁반을 꺼내 떡을 바치니 연말 분위기가 한층 강해졌다.

섣달그믐이 닥친 저물녘, 잠깐 산책을 나가니 집집마다 소나무 장식을 세우고 금줄을 걸어 이 시기 특유의 청정한 공기가 흘렀다. 길 가는 사람은 많지 않았지만 다들 차분하게 정월을 맞이하려는 분위기가 느껴졌다. 불조심을 재촉하는 구호도 딱따기 소리도 어딘지 모르게 화려하게 들렸다. 내년에도 나만의 속도로 한 걸음씩 앞으로 나아가자. 신성하고 정결한 공기에 싸인 야나카를 걸으며 그렇게 생각했다.

설음식도 올해는 가짓수를 더 늘리기로 했다.

며칠 걸려 검정콩을 폭신하게 조리고, 청어알도 공들

여 염분을 뺐다. 멸치는 쓰키치까지 일부러 가서 다른 재료와 함께 좋은 것으로 샀다.

검정콩은 새카맣게 볕에 탈 정도로 건강하게, 부지런히 일할 수 있도록. 청어알은 자손이 번영하기를 바라는 마음으로. 멸치볶음은 벼가 실하게 결실을 맺도록(모두 일본어 이름이나 비슷한 발음에서). 나와는 직접 상관있는 것, 상관없는 것까지 좌우지간 의미를 확인하며 마음을 담아 요리했다.

생선살을 넣은 달걀말이도, 반달어묵도 직접 만들었다. 라쿠코가 생선알을 좋아해서 넉넉히 사다가 간장에 절였다. 으깬 밤은 치자 열매를 써서 선명한 노란색을 내고 하나코 입맛에 맞게 달콤하게 만들었다. 무와 당근을 채썰어 홍백초절임을 만들고 유자 껍질을 넣어 맛을 냈다. 국화순무는 내가 좋아하는지라 이것도 넉넉히 만들었다. 연근은 하얗게 색이 나오도록 식초를 넣고 살짝 조려 내고, 다시마말이는 속에 우엉과 쇠고기를 넣어 어머니 입맛에 맞췄다. 당근은 매화 모양 틀로 예쁘게 찍어 상큼하게 맛을 냈고 청대콩조림은 하나하나 줄기를 땄다.

그 밖에도 삼치구이와 오리구이 등 여러 날 두고 먹

어도 상하지 않을 음식을 많이 만들었다. 근처 공원에서 굴거리나무 잎을 따와 찬합을 장식하니 훌륭한 설음식이 됐다.

31일 아침, 평소보다 일찍 일어나 어머니와 동생들먹을 설음식과 내 설음식을 크고 작은 찬합에 나눠 담았다. 물기가 있는 것은 지퍼가 있는 비닐봉투에 따로 담아 준비를 마쳤다. 오후에 하나코가 찬합을 가지러 올 것이다.

하나코에게 바로 줄 수 있도록 보자기에 싼 찬합 등을 튼튼해 보이는 종이 쇼핑백에 한데 모아 넣었다. 이제 약속 시간까지 장 보러 가서 예약해 둔 납작한 찰떡을 찾고 떡국 재료를 조달하면 설음식 재료 준비는 끝이다.

아카후다도에서 돌아와 한숨 돌리려고 교토 번차를 마시는데 조금 일찍 하나코가 찬합을 가지러 왔다.

"시오 언니, 나 열심히 돈 모아서 미국에 유학 갈 거야!"

하나코는 히메마쓰야의 미닫이문을 열자마자 시멘트 바닥에 버티고 서서 큰 소리로 말했다.

"갑자기 무슨 소리야?"

"영어를 더 잘하고 싶단 말이야. 충동적으로 고등학교를 그만뒀지만 다시 한번 제대로 공부하고 싶어져서."

그 때문에 아르바이트를 하나 더 했구나, 하고 이해했다.

"엄마는? 엄마한테는 말했어?"

"응, 오늘 이따 집에 가면 보고하려고."

하나코는 명랑하게 대답했다.

"잘됐다."

"고마워." 하나코는 페코 인형처럼 방긋 웃고는 "랏코가 배고프다고 메시지 보냈으니까 얼른 가야지. 이거 홍백 보면서 다 같이 먹을게."라고 했다.

"설음식은 해 바뀐 다음에 먹는 거야."

나는 지적했다.

"헉, 그런 거야?" 진짜로 몰랐는지 하나코는 과장되게 눈을 동그랗게 뜨고는 "연내에 받았을 땐 그믐날에 먹었는데. 남으면 그럴게."라고 천연덕스럽게 말했다.

"뭐, 그러시든지."

나는 말했다.

"그럼 나 갈게! 시오 언니, 남자한테 차여서 외로워지면 언제든지 집으로 돌아와, 알았지?"

"아이구, 그래."

건성으로 대답하고 하나코에게 묵직한 종이 쇼핑백을 건넸다.

"새해 복 많이 받고! 엄마랑 라쿠코한테 안부 전해 줘."

나는 손을 흔들며 말했다.

"유학 정해지면 보고할게."

하나코도 뒤를 돌아보고 손을 크게 흔들며 말했다.

또 소중한 사람이 내 곁을 떠나려 한다. 그렇게 이기적으로 한탄하면서도 나는 하나코의 보고가 조금은 기쁘고 조금은 서글펐다.

안으로 들어와 화장실에 있는데 또 미닫이문이 드르륵 열렸다.

"하나니? 뭐 두고 갔어?"

말꼬리를 늘이며 화장실에서 큰 소리로 불렀다. 어쩌면 유학 가니까 세뱃돈 좀 달라고 청구하러 돌아왔는지도 모른다. 약아빠진 하나코라면 충분히 그럴 수 있다싶어 황급히 화장실에서 뛰쳐나오니, 아까 하나코가 서 있던 자리에 이제 다시는 못 만날 줄 알았던 사람이 서 있었다.

"하루이치로 씨."

마음의 준비가 전혀 되지 않은 상황에서 어떤 표정을 지어야 할지 알 수 없었다. 뭐라 말을 이어야 할지 궁리하는데, 하루이치로 씨가 "같이 스키야키를 먹고 싶어서 재료를 사 왔는데…… 할 이야기도 있고."라고 조심스레 말했다. 순간 마음이 딱딱하게 굳어 또 가 버리라고 할 뻔했다. 하지만 이제 내 진짜 마음을 속이지 말자고 생각했다.

"들어오세요."

마음속 깊은 곳에서 목소리를 냈다. 접어 두었던 밥상을 오랜만에 꺼내 다다미에 폈다. 화로도 하루이치로 씨 가까이 옮겼다. 이럴 때는 좌우지간 움직이자고 생각했다.

"갑자기 와서 미안해."

"이젠 못 만날 줄 알았는데."

내 쪽에서 그런 말을 해 놓고 뻔뻔하다고 생각하면서도 마음속 저 깊은 곳에서는 하루이치로 씨가 다시 만나러 와 주기를 무의식중에 바라고 있었다. 아무리 외면하려 해도 몸속 어딘가에 좋아한다는 감정이 내내 욱신거리고 있었다. 그걸 방금 내가 한 말로 명확히 이해했다.

"나도 아까까지는 그렇게 되려나 생각했어."

하루이치로 씨의 얼굴을 보다 보니 가슴에 눈처럼 쌓여 있던 감정이 녹아 물이 되는 것 같았다. 그때 하루이치로 씨의 왼손 약지에 변화가 생긴 것을 알아차렸다.

"추워졌네요."

나는 창 너머에 펼쳐진 고요한 풍경을 보며 말했다.

"도리노이치에 갔었나 봐?"

하루이치로 씨가 장롱 위의 복갈퀴를 바라보며 말했다. 그 옆에 기우소가 있다. 오늘은 무슨 일이 있어도 기우소의 도움을 받지 않겠다고 속으로 맹세했다.

"뭐 마실 거 줘요? 술도 있는데."

사실은 잡지 코디네이트 일을 했다고 보고하고 오쿠야마 풍경에서 사 온 선물도 주고 싶은데, 어디서부터 시작해야 할지 알 수 없어 엉뚱한 소리를 하고 말았다.

"청주를 미지근하게 데울까요?"

머릿속이 새하얘진 상태로 다시 물었다.

"고마워."

하루이치로 씨가 숙연히 말하며 나를 봤다.

하루이치로 씨의 검정 다운재킷을 받아 옷걸이에 걸고 사 왔다는 스키야키 재료를 냉장고에 넣었다. 하루이치로 씨는 매우 온화한, 새해 첫날의 아침 해 같은 밝은 색상의 스웨터를 입고 있었다. 나도 모르게 스웨터 가슴에 손을 대 보고 싶어졌다. 늘 들고 다니는 무거워 보이는 검정 배낭은 오늘은 보이지 않았다. 대신 작은 보스턴백 하나가 하루이치로 씨 옆에 놓여 있었다.

"쇼트커트도 잘 어울리는데."

멍하니 있으려니 하루이치로 씨가 또렷한 목소리로 말했다.

다시 하루이치로 씨를 언뜻 보니 비 갠 뒤의 포근한 늦가을 날 같은 표정이었다. 가슴에 따스한 감정이 사르르 퍼지는 게 느껴졌다.

"안주 뭐라도 준비할게요."

그럴 수 있다는 것에 감사하며 하루이치로 씨에게 말했다. 지난달 잇세이 씨가 가져다준, 김 구울 때 쓰는 배로가 생각나 숯불을 피웠다. 그동안 밥상에 술잔 두 개를 나란히 놨다.

잇세이 씨는 산 사람끼리 만날 수 있었다는 것만 해도 기적이라고 말했다. 마지막으로 남은 힘을 쥐어짜 응원해 준 유키미치가 가까이에서 나를 지켜봐 주는 것만 같았다. 어쩌면 야요이 씨도 가까이에 있을지 모른다.

"하루이치로 씨는 어떤 떡국 먹어요?"

일상적인 대화를 나눌 수 있다는 게 지금은 뭣보다도 행복했다.

"아버지가 히로야마 산골 출신이라, 옷푸리떡국이라고 해서 맑은 국물에 떡을 살짝 데쳐 넣고 옷푸리 김이란 특수한 김을 술에 풀어 넣어. 대합이랑 오징어도 넣던가. 오래돼서 기억이 가물가물한데."

"떡은 둥근 모양이에요?"

"정식으로는 갓 친 떡을 멍석에 펴놓고 양면에 금화 같은 문양을 찍은 길한 떡을 쓰는데, 어머니는 귀찮다고 둥근 떡을 삶아서 쓰셨지. 시오리는?"

하루이치로 씨가 그전처럼 나를 시오리라고 불러 주었다. 마음속에 괴어 있던 눈 녹은 물이 온천물처럼 한층 따뜻해져 몸에 흘러 나가기 시작했다. 나는 온기를 온몸으로 느끼며 대답했다.

"집에선 어머니가 도쿄 사람이라 평범하게 간토풍 떡국이었어요. 그렇지만 가끔 정월에 아버지 본가에 가면 연근을 갈아 넣은 다시마 국물에 데친 떡이 든 떡국이 나왔거든요. 아직까지도 그게 그 지방 풍습인지 아니면 아버지 본가에서만 먹던 건지 알 수 없지만, 아버지를 비롯해서 다들 좋아하면서 먹었죠."

"떡국도 지방에 따라 종류가 다양하니까."

하루이치로 씨와 떡국 이야기를 하느라 뜨거운 물에서 술병 꺼내는 것을 까맣게 잊어버렸다. 미지근하게 데울 생각이었는데.

"미안해요. 뜨거운 청주가 됐네요."

술병을 행주로 싸 서둘러 밥상으로 가져갔다.

"다리 펴고 편하게 앉아요."

나는 말했다. 그리고 나무 상자 바닥에 뜨겁게 달궈진 숯을 놓고 중간 뚜껑을 덮은 다음 그 위에 김을 놓았다. 뚜껑을 덮고 얼마 동안 기다리니 맛있는 냄새가 나기 시작했다. 설음식 재료와 함께 쓰키지에서 사 온 김이다.

밥상을 사이에 두고 하루이치로 씨 앞에 앉아 하루이치로 씨 잔에 술을 따랐다. 꼴꼴꼴 하고 맑은 소리가 났다. 하루이치로 씨도 내게 술을 따라 주었다. 우리 둘 다 말없이 잔을 들어 입에 댔다. 술이 꽤 뜨거워 불덩어리가 목 중심을 타고 떨어지는 것 같았다.

김이 바삭하게 구워지기를 기다려 하루이치로 씨에게 김을 권했다. 뚜껑을 연 순간 바다 냄새가 났다.

"맛있는데."

하루이치로 씨가 바삭바삭 소리 내어 김을 먹으며 말

했다. 역시 하루이치로 씨는 기린을 닮았다.

"생일 선물요." 문득 생각나 말했다. 아직 고맙다는 말을 하지 못했다. "아주 많이 기뻤어요. 고마워요."

그렇게 말하는 게 고작이었다. 또 울음이 날 것 같았다.

홀짝홀짝 마셨을 뿐인데도 나는 완전히 취했다. 술기운에 몸을 맡기고 오랜만에 가슴속 깊은 곳에서 새콤달콤한 기분이 부풀어 오르는 것을 느꼈다. 건드리면 즉시 망가질 것 같은 그것은 내가 지금 분명히 살아 있다는 증거일지 모른다.

이렇게 같은 공간에 있는 것만으로 만족했는지 두 사람 다 말은 별로 많지 않았다. 마주 앉아 술을 마시며 조금씩 날이 저물어 가는 것을 느꼈다. 조금만 더 이대로 여운을 맛보고 싶었다.

안뜰에 고마치가 온 듯했다. 지금 하루이치로 씨와 분위기 좋으니까 조금만 더 조용히 해 주렴, 하고 속으로 고마치에게 일렀다. 섣달그믐이건만 오늘도 불조심을 일깨우는 목소리가 지나갔다. 집들의 정적을 깨뜨리지 않도록 배려가 느껴지는 부드러운 목소리였다.

이윽고 완전히 해가 저물어 히메마쓰야 안도 어둑어둑해졌다. 탁자 위 스탠드를 켜려고 일어섰을 때 하루이치로 씨가 에취 하고 크게 재채기했다.

"추워요?"

"응, 좀."

"우리 자요."

"뭐?"

그 순간, 하루이치로 씨가 명백히 놀란 표정으로 나를 봤다. 하루이치로 씨가 착각했다는 것을 깨닫고 황급히 부정했다. '자다'에 두 가지 의미가 있다는 것을 안 게 언제더라.

"거북이."

하고 싶은 말의 핵심 부분만 목소리로 나왔다.

"거북이?"

하루이치로 씨가 되물었다.

"네. 옛날에 동생이랑 늘 그러고 잤거든요. 하지만 내가 언니니까 맨날 동생이 내 등에 달라붙어 있었죠."

그렇게 말하며 하루이치로 씨의 손을 잡았다. 한 달도 더 만지지 못했더니 전에는 갓 친 떡처럼 보들보들하고 따스하던 손이 오늘은 메마르고 차가웠다. 얼음장 같은 하루이치로 씨의 손가락을 두 손으로 쥐고 얼음을 녹이듯 호호 불었다.

손을 잡은 채 이층으로 이어지는 계단을 올라갔다. 오래된 건물이라 둘이 번갈아 발을 디딜 때마다 삐걱삐걱 소리가 났다.

"먼저 누워요."

하루이치로 씨가 침대 옆에 우두커니 서 있기에 감촉이 부드러운 옅은 황적색 스웨터를 벗겼다. 추운 것 같아서 체크무늬 셔츠는 두고 잘 때 불편하지 않도록 바지도 벗게 했다. 양말은 하루이치로 씨가 스스로 벗었다.

나도 동시 진행으로 허리띠를 풀었다. 허리띠 속에 매는 천이 다다미에 사르르 떨어지면서 지금까지 아무도 모르게 한 손을 들고 있던 복고양이 무늬가 모습을 드러냈다. 내년부터 히메마쓰야 오리지널 상품으로 판매하려고 장인에게 부탁해 처음으로 만들었다. 이것도 하루이치로 씨에게 보고하고 싶었지만 지금은 거북이가 우선이었다.

하루이치로 씨가 침대에 천천히 누웠다.

"저쪽 보고 나한테 등이 보이게 눕는 거예요."

내가 가르쳐 주자 아무 말 없이 돌아누웠다. 나도 침대에 누워 하루이치로 씨의 등에 상체를 딱 붙였다.

"어미 거북이가 새끼 거북이를 등에 업은 것 같죠?"

손을 뻗어 이불을 올리니 비로소 마음이 진정됐다.

"좁네."

하루이치로 씨가 벽을 본 채 말했다. 나는 하루이치로 씨 다리에 내 다리를 감았다.

"차다."

"아까 추웠거든." 하루이치로 씨가 말했다. "그렇지만 둘이 이렇게 붙어 있으니까 따뜻한걸."

"응."

"일어나면 스키야키 해 먹자."

"그럼 그걸 먹고 나서 해넘이국수 먹을까?"

"여기 사람들은 어느 국숫집에 가지?"

"작년엔 닛포리역 앞 가와무라에 갔었는데."

"네즈 근처에 하는 데가 있으면 거기도 좋겠군."

"내일이 되면 설음식도 있어. 열심히 만들었거든. 그렇지만 그전에 우선 떡국 먹어야겠다. 하루이치로 씨는……."

거기까지 말했을 때 걸쭉한 꿀 같은 수마가 찾아들었다. 하루이치로 씨는 어떤 떡국을 먹고 싶으냐고 물어보고 싶었지만 소리가 나오지 않았다. 나는 조용히 눈을 감았다.

하루이치로 씨에게서 새근새근 숨소리가 들려왔다. 평온함이 어린 소리였다.

잘 자요.

이미 잠든 하루이치로 씨에게 마음속으로 말했다. 나도 두 손을 떼고 잠의 세계로 빠져들었다.

몇 시간 뒤, 제야의 종소리에 잠이 깼다. 이 부근은 절이 많은지라 사방에서 종소리가 들려왔다. 귀 기울여 들어 보니 종소리가 미묘하게 다르다.

해넘이국수도 스키야키도 먹지 못했다. 하지만 그건 그것대로 괜찮을지도 모른다. 해 바뀐 뒤 둘이 같이 먹으면 된다. 우리 관계는 비록 순탄치는 않아도, 그래도 같은 일을 반복할 뿐인 원이 아니라 나선처럼 조금씩 위치를 바꿔 가며 우리 나름의 행복에 조금씩 다가가고 있었다. 진전은 더디다. 하지만 일 년 전만 해도 나와 하루이치로 씨가 침대에서 거북이를 하게 될 줄 누가 예상했겠나.

그렇지만 이렇게 둘이 몸을 붙이고 있다고 문제가 뭐 하나 해결되는 것은 아니다. 나와 하루이치로 씨의 관계는 여전히 비뚤어졌다.

그래도 있는 그대로의 내 모습을 받아들이고 싶다. 마

음속에 잔해처럼 무질서하게 쌓인 감정과 감정 사이로, 빛을 구해 지상에 고개를 내미는 꽃처럼 나도 환한 쪽을 향해 살아가고 싶다. 혼자서는 도저히 넘을 수 없는 시련도 하루이치로 씨와 손을 맞잡으면 어쩌면 극복할 수 있을지도 모른다.

방 안 공기가 유난스레 선득하다 했더니 창밖에 눈이 사락사락 흩날리고 있었다. 솜처럼 폭신하고 큰 눈송이였다.

눈이 온다고 하루이치로 씨에게 알리려다가 황급히 입을 다물었다. 하루이치로 씨가 평온한 표정으로 자고 있었다.

제발. 나는 생각했다.

하루이치로 씨가 산다는 것의 고달픔을 잊고 잠깐만이라도 단꿈을 꾸게 해 주세요. 그리고 잠깐이라도 좋으니 내 나약한 마음에도 고요히 눈이 내려 아름다워 보이게 해 주세요.

봄, 여름, 가을, 겨울.

하루이치로 씨와 보낸 시간은 빛을 발하듯 아름다웠다.

그 한순간 한순간을 기억하고 싶다. 누군가를 좋아하게 된다는, 불순물이 조금도 없는 고귀한 감정을 영원히 내 몸과 마음에 아로새기고 싶다. 앞으로 나와 하루이치로 씨가 어떻게 되든 간에.

하루이치로 씨가 내 쪽으로 돌아누웠다. 나는 하루이치로 씨를 두 팔로 품에 끌어안았다. 분명한 것은 나도 하루이치로 씨도 지금 이 세상에 살아 있다는 것.

새해가 밝으면 또 새로운 봄이 찾아올 것이다.

초초난난

1판 1쇄 **인쇄** 2023년 5월 15일
1판 1쇄 **발행** 2023년 5월 29일

지은이 오가와 이토
옮긴이 권영주

발행인 양원석 **편집장** 김건희 **책임편집** 이혜인
디자인 정세화, 김미선 **일러스트** 박혜미
영업마케팅 조아라, 정다은, 이지원, 박윤하

펴낸 곳 ㈜알에이치코리아
주소 서울시 금천구 가산디지털2로 53, 20층 (가산동, 한라시그마밸리)
편집문의 02-6443-8868   **도서문의** 02-6443-8800
홈페이지 http://rhk.co.kr
등록 2004년 1월 15일 제2-3726호

ISBN 978-89-255-7655-8 (03830)